BUR
Rizzoli

ALEPH

L'Aleph è l'origine: la prima lettera dell'alfabeto ebraico,
il segno da cui derivano l'α greca e l'A latina. È il numero uno, il soffio vitale.
Come i libri migliori, che sono sempre l'inizio di un viaggio
che non finisce con l'ultima pagina.

Dello stesso autore in BUR Rizzoli

I guardiani

Il resto della settimana

L'ultimo passo di tango

Una lettera per Sara

Voci nel buio
a cura di Maurizio de Giovanni

Maurizio de Giovanni

Sara al tramonto

nero

BUR
Rizzoli

Pubblicato per

BUR
Rizzoli

da Mondadori Libri S.p.A., Milano

Published by arrangement with The Italian Literary Agency

ISBN 978-88-17-10959-8

Prima edizione Rizzoli: 2018
Quinta edizione BUR Nero: luglio 2021

Sara al tramonto

Arti,
piccolo figlio peloso e innamorato.
Anche stavolta, come sempre,
una carezza all'inizio e una alla fine della storia.

I

La donna invisibile sedeva sulla penultima panchina, la seconda a uscire dal pomeriggio e a entrare nella sera.

Alla sua sinistra aveva preso posto una coppia di ragazzi, impazienti di pomiciare in libertà. Aspettavano che l'ombra diventasse più fitta e che i bambini smettessero di giocare e rientrassero nelle loro stupide case, lasciando il campo a chi aveva faccende più serie da sbrigare. A destra, invece, a godersi il tramonto di maggio che filtrava tra i palazzi, giovani madri e babysitter chiacchieravano o leggevano. Di tanto in tanto lanciavano occhiate allo stormo vociante di bimbi che occupavano aiuole e scivoli in plastica.

I giardinetti costituivano una piccola, significativa vittoria di mamme e pensionati sul resto del quartiere che avrebbe preferito l'ennesimo parcheggio. In una città poverissima di parchi pubblici, la densità della popolazione era tale da privilegiare l'utile al dilettevole; stavolta, però, nei dintorni abitavano troppe persone influenti che andavano ascoltate, perché quella ormai era una zona da benestanti, dopo essere stata per sessant'anni un rione popolare.

Ecco, quindi, un minuscolo Central Park circondato da brutte costruzioni in cemento armato, incongrua gentilezza verde un po' sbiadita, ma difesa con le unghie e con i denti dalla fame delle auto.

La donna invisibile, dal suo comodo punto di osservazione, rifletté divertita sull'alternanza di umanità che l'ambiente circostante avrebbe registrato di lì a qualche ora, dopo un breve interregno concesso al popolo delle coppiette, la cui avanguardia attendeva sull'ultima panchina. I fiochi lampioni avrebbero lasciato ampie zone di buio in cui si sarebbe rifugiata la gente della notte; bustine e soldi sarebbero passati veloci di mano in mano, personaggi indefinibili per sesso ed età avrebbero costruito provvisori letti di cartone, e qualche bottiglia vuota sarebbe stata rotta sui vialetti.

Ma ci voleva ancora tempo. Per ora il sole resisteva, e insieme a lui i bambini che si rincorrevano, le mamme che conversavano e perfino tre anziani che disputavano la partita di bocce conclusiva della giornata.

In senso stretto, la donna non poteva essere definita invisibile. Se qualcuno si fosse concentrato, se avesse scrutato con insistenza proprio dalla sua parte, forse l'avrebbe notata. Ma la concentrazione in quella città era tanto rara da poter affermare che sì, la donna invisibile era davvero invisibile. Minuta, i capelli grigi che sfioravano le spalle pettinati in maniera anonima, le scarpe basse, il vestito scuro, una giacca leggera, una borsa morbida in grembo, sedeva sul bordo della panchina, coprendo le ultime lettere di una scritta in vernice che comunque sarebbe stata incomprensibile. La testa era protesa in avanti, verso il vuoto. Non guardare nessuno, e nessuno ti guarderà.

In realtà la donna invisibile stava osservando qualcuno, senza particolare interesse: così, per mantenersi in esercizio.

A una trentina di metri, al limite del suo campo visivo, su una delle panchine ancora immerse nel sole, c'erano due giovani che discorrevano. La distanza, le urla dei bambini, gli scooter che sfrecciavano accelerando, i tanti rumori della strada impedivano che anche l'eco di una sola parola del dialogo arrivasse alla donna invisibile.

Nonostante questo, lei coglieva il contenuto della conversazione come se fosse seduta in mezzo a loro.

Era il suo potere.

Tu sei speciale. Noi, tutti noi, abbiamo studiato anni, ci siamo esercitati di continuo, ma non riusciamo a fare la metà di quello che a te viene naturale. È incredibile il livello di precisione dei tuoi rapporti. Incredibile.

Quasi coetanee, una rossa e l'altra bruna, erano là per badare a una femminuccia e a un maschietto, che però non giocavano insieme.

La rossa era la mamma della bimba; la bruna, molto carina, la babysitter dell'altro. Dovevano essere in confidenza, perché avevano iniziato a parlare fitto appena si erano incontrate. La donna invisibile non poteva sentirle, ma distingueva con chiarezza i movimenti delle labbra e non c'erano ostacoli che le impedissero di osservarne i gesti, la posizione dei corpi, la postura delle spalle. Era più che sufficiente per ascoltarle, come se le parole fossero diffuse da quattro casse disposte attorno a lei.

La babysitter era l'amante del padre del bambino. E stava attuando una vera e propria strategia grazie alla quale l'uomo, un facoltoso professionista, forse un medico o un avvocato, avrebbe lasciato la moglie e quella peste di ragazzino viziato per andarsene via con lei. In quel momento aveva finito di descrivere nei dettagli le pratiche sessuali che aveva sperimentato, seguendo con precisione lo schema di una serie di romanzi erotici letti con provvidenziale tempistica.

La rossa ascoltava attenta. Intratteneva a sua volta una ludica, atletica relazione con un istruttore di spinning ed era ansiosa di confrontarsi con l'amica perché temeva la concorrenza di un paio di compagne di corso ninfomani. Ogni tanto l'appassionato colloquio era interrotto dalle incursioni dei bambini che volevano un po' d'acqua, un biscotto o raccontare l'evoluzione dei propri giochi. Gli argomenti trattati però erano così avvincenti che i piccoli ottenevano solo qualche secca, distratta risposta dalle donne, coinvolte in un acceso dibattito su come governare il ritmo di certe contrazioni vaginali durante la penetrazione.

La donna invisibile combinava alla lettura del labiale l'interpretazione dei movimenti di testa, dita e braccia. Era quasi certa che la rossa si stesse addirittura eccitando, da come continuava ad accavallare le gambe e a sfiorarsi la punta del seno con la mano.

Avevi ragione, sai? È incredibile, ma avevi ragione. Un filmato di pochi secondi, così sgranato, ripreso da lontano, e hai capito alla perfezione quello che in dieci non erano riusciti a interpretare, con tutti i microfoni direzionali e le cimici che avevano a disposizione. Impressionante. E complimenti! Grazie a te li hanno incastrati, e in via riservata ci sono arrivate le congratulazioni del ministro. Stai diventando una risorsa indispensabile.

Senza volerlo, la donna invisibile apprese che la rossa non aveva alcuna intenzione di mollare il flaccido marito, un faccendiere ricco sfondato, commercialista di professione. A meno che, disse quella scherzando ma non troppo, prima o poi non fosse finito in galera per qualche maneggio, come peraltro c'era da aspettarsi. Per questo l'aveva convinto a intestarle un certo quantitativo di denaro che riposava all'estero. Per precauzione, gli aveva suggerito. Così, nel deprecabile caso, avrebbe pensato lei, da amorevole e devota consorte, a ungere le debite ruote e a pagare i migliori legali. Sta' tranquillo, amore. Ci sono io. A quel punto, secondo il suo disegno, sarebbe salpata verso più felici lidi in compagnia dell'istruttore di spinning, o di chi per lui, non lasciando tracce di sé.

La bruna, piena di ammirazione, chiese cosa ne sarebbe stato della figlia che, coi capelli fulvi come la madre, in quel preciso istante rischiava l'osso del collo catapultandosi a testa in giù dallo scivolo.

L'altra rispose fredda, a voce bassa, ma la donna invisibile comprese con esattezza. La rossa avrebbe lasciato la bambina alla nonna paterna, che pur odiando la nuora era molto affezionata alla nipote. Perché negare alla maledetta vecchia una simile gioia?

Mentre ridevano entrambe per la battuta, in tutto e per tutto uguali a dolci mammine impegnate a scambiarsi ricette, qualcuno si sedette sulla panchina della donna invisibile, occupando l'estremità opposta alla sua.

L'aveva vista arrivare con la coda dell'occhio, quindi non ebbe bisogno di girarsi a guardarla. Era una giovane dai lineamenti fini e regolari, con i capelli lisci e chiari raccolti in una coda. Indossava uno spolverino che stonava un po' col clima tiepido e calzava scarpe comode. Era incinta, e gestiva l'enorme pancione come un corpo estraneo, muovendosi circospetta e sostenendolo con una mano quasi potesse sfuggirle da un momento all'altro.

Neanche la ragazza si voltò, accentuando l'impressione di invisibilità della donna. Il sole aveva abbandonato la terza panchina, e l'ombra stava attaccando la quarta nel compimento di una quieta ma implacabile invasione. Dopo qualche attimo, la giovane mormorò:

«Ho sempre freddo. Dicono che è normale, ma a me pare così strano».

La donna invisibile rispose senza muoversi:

«Chi lo dice che è normale?».

La ragazza sbuffò. «La ginecologa e mia madre.»

L'altra rimase in silenzio per qualche secondo. «Non ricordo bene, ma non mi sembra. Passai tutta l'estate nelle tue condizioni e partorii a ottobre. Rammento il caldo, non il freddo. Ero giovanissima.»

«Cioè, quanti anni avevi? Io ne ho ventisette, e...»

«Neanche questo ti ha raccontato, eh? Ne avevo ventuno.»

La giovane voltò la testa, sorpresa, quindi tornò a contemplare il vuoto davanti a sé, un po' a disagio. «No, lo sai. Lui non accennava mai a te. All'inizio credevo che fossi morta in un modo orribile, tipo che ti fossi ammazzata. Un figlio non ricorda volentieri una storia del genere. Poi, un giorno che parlavamo del bambino, delle possibili somiglianze... Insomma, disse che...»

La donna annuì con un impercettibile gesto:

«Che sperava non assomigliasse a me. In niente».

«Sì, più o meno. Allora gli chiesi...»

«Gli chiedesti cosa mi era capitato, no?»

«Già, e lui a monosillabi, un po' alla volta, mi spiegò che te n'eri andata. Ignorava perfino se eri viva o...»

«Invece lo sapeva, lo sapeva benissimo. Solo che non voleva vedermi, punto e basta. Mi aveva cancellato, come immaginava avessi fatto io con lui.»

La giovane si passò una mano sulla mongolfiera tra il seno e le gambe. «E tu? Lo avevi cancellato?»

Lo sguardo della donna invisibile sfiorò il ventre della ragazza. «Una cosa come quella non si può cancellare.»

«Non si può. Ma allora che è successo? Secondo mia madre... Se scoprisse che ci vediamo e parliamo...»

Amore mio dolcissimo, quanto ti sono costato? Solo adesso che tutto sta per finire, adesso che finalmente il dolore cederà il posto al silenzio, adesso che ti lascerò sola, mi rendo conto del prezzo che hai dovuto pagare per noi due. Amore mio.

«Tua madre in parte ha ragione. Dal suo punto di vista io sono una specie di criminale, una che ha abbandonato un marito fedele e un figlio piccolo per scegliere un'altra vita. È comprensibile che ti sconsigli di incontrarmi. Quindi perché vieni qui?»

La ragazza sembrò di nuovo sorpresa: non l'aveva mai sentita parlare tanto a lungo. Si strinse ancora nelle spalle. «Per lui, credo. Sei l'unica della sua famiglia, no? Sei rimasta tu. E per il bambino. Trovo sbagliato che non abbia... Mica posso decidere io di... Insomma, di sottrargli gli affetti. Se ha una... una...»

Sul viso della donna invisibile affiorò una smorfia:

«Non riesci nemmeno a pronunciarla, quella parola. E non ci riesco neanch'io. Non sono stata moglie né madre, e all'improvviso dovrei essere suocera e nonna. Mi pare un po' troppo».

La giovane scosse il capo:

«Non è solo questo. È che vorrei capire. È tutto strano. Ogni giorno, da quando è accaduto, cerco di ricordarmi di lui, delle sue espressioni, del suono della sua voce. Lo sai, sono una fotografa e ho centinaia di scatti, ma il modo in cui mi parlava, i movimenti... Mi terrorizza l'idea di dimenticare».

Senza che le si alterassero il tono o i lineamenti, alcune lacrime cominciarono a rigarle le guance.

Dammi queste maledette pillole. Dammele, ti ho detto! Capisci che... Capisci che non voglio dormire? Ogni volta che chiudo gli occhi, vedo il suo volto su quel tavolo di metallo, uno sconosciuto che ho tenuto in corpo. E sento di nuovo il suo peso nel ventre, sento la sua bocca tirare il seno, sento la sua manina nella mia. Dammi quelle pillole!

La donna mormorò:

«Te ne posso parlare, se vuoi. Magari certe spiegazioni servono anche a me. Chiedi pure. Quando avrò risposte, risponderò. E qualche domanda te la farò io, per recuperare il tempo perduto».

La ragazza acconsentì, seria. «Va bene. Oggi soltanto qualcosa, però. Sono stanchissima. Perché non ti tingi i capelli e non ti trucchi?»

L'altra dovette reprimere un sorriso. Lanciò un'occhiata alla rossa e alla bruna che in lontananza si stavano salutando con la promessa di nuove, piccanti confidenze per l'indomani. «Non mi piace apparire diversa da come sono. Non mi piacciono le maschere e le finzioni, le ho combattute per tutta la vita. Immagino che sia una specie di deformazione professionale.»

La giovane rifletté, concentrata. E alla fine parve convinta. «Capisco. Mi sembra logico. Qual era il tuo lavoro, di preciso?»

La donna ci pensò su prima di rispondere:

«Accontentati di quello che posso raccontare. Ero in polizia, come sai. Ma non in strada, non mi occupavo di delinquenza comune. Ero… un'amministrativa, in un certo senso. Stavo in ufficio, insieme ai miei colleghi. Noi interpretavamo, cercavamo di decifrare i segni».

La ragazza corrugò la fronte, sforzandosi di comprendere:

«Che significa "decifrare i segni"?».

"Vaticano" ti ripeto. Stammi a sentire, maledizione. Ha detto "Vaticano", non "andiamo". La trascrizione è sbagliata e cambia il senso! Il movimento delle labbra è diverso, vedi? Guarda bene, osserva il labbro inferiore, quelli hanno deciso di colpire là. È impossibile che non lo vediate! Ascoltami, Massi. Fidati di me per una volta. È l'uscita del Papa il momento!

«Era una forma di traduzione. Analisi, linguaggi. Niente di particolare. Ma col tempo ti fa schifo ogni alterazione della realtà. Ecco perché non mi tingo i capelli e non mi trucco.»

La giovane tacque, assorta. Poi domandò:

«E da quando hai smesso?».

«Da quasi quattro anni.»

Un sussulto di stupore:

«Davvero? Ma è da tanto! Come mai?».

Che farai, amore mio? Non durerà molto, ed è già un miracolo tutto questo tempo. Non sono preoccupato per i soldi, quelli ci sono. Ma come riempirai le giornate dopo che me ne sarò andato? Non dovevi lasciare l'ufficio, sei stata una pazza. E pazzo sono stato io a permetterlo.

«Ho assistito una persona durante una lunga malattia. Quando è finita, mancavo da troppo. È un mestiere che richiede aggiornamento continuo. E io ormai ero fuori.» Come in risposta a quella constatazione, qualcosa vibrò nella borsa che teneva in grembo. Con un gesto vagamente inquieto aprì la cerniera ed estrasse il cellulare. Sul display c'era un messaggio da un mittente anonimo. Una sola parola: "Caffè".

La ragazza strinse il bavero dello spolverino e si alzò a fatica.

Alla loro sinistra la coppietta, favorita dalla vittoria della sera nella quotidiana battaglia col giorno, aveva cominciato a comunicare in una maniera che non aveva bisogno di interpretazioni.

«Devo andare, altrimenti mammina mi tempesta di domande. A domani, se riesco. Sempre al tramonto. Un'ultima cosa: come ti devo chiamare?»

La donna invisibile la fissò.

«Chiamami col mio nome. Chiamami Sara.»

II

Forse, se non mi avessi voltato le spalle.

Se avessi provato a parlarmi per una volta, invece di troncare tu la conversazione, come sempre.

Se avessi riconosciuto quell'incrinatura, quella crepa nella mia voce, che voleva dire tanto, ma che non eri disposto ad ascoltare.

Perché c'era, sai? C'era, la disperazione.

Era la voce dell'ultima spiaggia, dell'ultima possibilità. Perché a me bastava poco, solo un po' di attenzione.

Ma tu eri grande, no? Eri quello che non aveva mai avuto dubbi, l'uomo delle certezze. Quindi figurati se ti fermavi per un momento soltanto ad ascoltarmi. Eppure c'è stato un tempo in cui pendevi dalle mie labbra. In cui leggevo nei tuoi occhi aspettative, incanto, amore. E di quell'amore, solo di quell'amore mi nutrivo io.

Se non ti fossi girato.

Magari avremmo ritrovato per un momento le parole, le emozioni, la tenerezza del passato. Magari non avrei più pensato di essere solo un impedimento, un ostacolo, un fastidio sulla strada dorata della tua potenza, della tua infallibile determinazione.

Magari per un istante avrei letto nei tuoi occhi che potevi intendere le mie ragioni.

Avrei affidato alle parole ogni cosa. Forse sarebbe venuto fuori tutto: i sentimenti, i desideri, il buio delle passioni. E anche i motivi delle divergenze, delle liti e del rancore. C'era tanto da dirsi. E io ti avrei ascoltato, magari scoprendo un po' dell'uomo che forse esisteva sotto quell'affascinante durezza, dietro l'affilata astuzia, simbolo della tua forza.

La tua dannata arguzia. E gli sguardi di ammirazione, lo stuolo di adoranti fanatiche che ti seguivano ovunque. Quella statica, plastificata bellezza impermeabile agli anni che non sembravano neppure sfiorarti.

Forse ti avrei confessato la mia ossessione. La mia gelosia, la mia solitudine.

Se non ti fossi voltato sprezzante, avrei trovato il coraggio. Magari ci sarebbe stato finalmente un confronto. Certo, sarebbe stata una discussione accesa: è capitato mille volte con te. Ma l'intelligenza ti avrebbe consentito di scorgere lo spiraglio, una lama di luce filtrare dall'abisso. Avresti capito che non c'era più tempo per ignorarsi, che non c'era più spazio per altro silenzio.

Che l'unica strada era quella della comprensione.

Invece te ne sei andato proprio nel mezzo di una mia frase, mentre cercavo di articolare un pensiero, di spiegarti una necessità. Mentre infilavo il mio messaggio nella bottiglia e lo affidavo alle onde di un oceano immenso, che si allargava ogni giorno di più, che diventava un buio universo di separazione.

Forse è stato quello. Il fatto che mi trovassi a metà di un concetto formulato con enorme fatica.

E ti sei girato senza un sospiro, uno sbuffo d'insofferenza, senza neanche alzare gli occhi al cielo, nulla: semplicemente il tempo a mia disposizione era scaduto, e non sarebbe bastato tutto l'oro del mondo per prolungarlo, perché il mio dolore infinito giungesse al tuo cuore di pietra.

Voltarti per andare via è stata la sentenza. Quei radi, vecchi capelli ben pettinati all'improvviso mi sono sembrati un ridicolo simulacro, quasi il posticcio cosmetico di un pupazzo di cera, la protesi usurata di chi era stato vivo ma da anni non lo era più.

Gli occhi forse mi avrebbero impedito di reagire e non avrei fatto ciò che ho fatto. Occhi negli occhi è probabile che non sarebbe successo.

Ma quella nuca. La pelle giallastra sotto la tintura, le grinze del collo che sporgevano dal colletto della camicia. Le spalle un po' curve sotto il peso dell'età, il passo strascicato. Un piccolo, povero relitto, un ometto senza un briciolo di futuro, sostenuto da un passato svanito, si permetteva di darmi le spalle?

Come potevo sopportarlo?

Quando ho visto il colore di quel cervello, di quel nobile, antico cervello nel quale avevano ballato infinite idee e infinite perversioni, ho compreso che era davvero necessario. Che era destino, che doveva finire così. Mi è servito spaccarti il cranio, osservare la poltiglia grigiastra che colava sul tuo bel tappeto, antico quanto te, per avere la consapevolezza di che minuscolo, stupido essere fossi, dopo tutto.

E delle stagioni che avevo gettato via, aspettando un sorriso e una parola dolce che non possedevi in quel cuore nero.

Se non avessi voltato le spalle, forse sarebbe stato diverso.

Ma le hai voltate.

Le hai voltate.

III

"Caffè" significava "pizza". Era un messaggio in codice, una vecchia accortezza che non serviva più.

Mentre camminava verso casa per prendere l'auto, Sara rifletté su come certe abitudini fossero dure a morire. Una moglie che organizza un piano per mollare il marito in difficoltà e sottrargli dei soldi rivela le proprie intenzioni, su una panchina dei giardinetti, a una confidente occasionale che a sua volta ammette con candore di scoparsi il consorte della datrice di lavoro; il tutto a una trentina di metri da una ragazza sul punto di partorire che, nel giro di dieci minuti, apprende dalla madre del compagno defunto più di quanto il figlio stesso abbia mai saputo di lei. Nel frattempo un'antica amicizia necessita di un misterioso scambio di parole d'ordine per rinnovare il rito di un appuntamento.

Il viaggio non era lungo. Qualche chilometro di strada urbana trafficata, un'arteria secondaria a scorrimento veloce, alcuni cavalcavia, un paio di traverse, un posteggio. Era da molto che non si recava da quelle parti, ma nulla era cambiato. Ebbe l'impressione che l'insieme fosse soltanto un po' più sporco e decadente. Pensò che forse era colpa della dolcezza dei ricordi, di cui ben conosceva l'ingannevole potere di abbellire la realtà.

Percorse a piedi una via ampia, alcuni negozi erano ancora aperti. E approdò a una piazzetta con al centro sparute aiuole, più misere dei giardinetti in cui era stata nel pomeriggio, che tuttavia sfoggiava il pomposo nome di VILLA COMUNALE inciso su una targa di marmo all'ingresso. Dall'altro lato c'era una pizzeria piuttosto rinomata, come certificato dalla sua sopravvivenza negli anni, e una dozzina di persone che aspettava di entrare. Quando si accorse di Sara, l'uomo che segnava le prenotazioni le indicò l'interno del locale.

La donna avanzò tra i tavoli. Un grande schermo trasmetteva video di canzoni che non corrispondevano alla musica proveniente dagli altoparlanti piazzati ai quattro angoli della sala, che costringeva i clienti a urlare per capirsi. Sara sorrise scorgendo chi l'attendeva al solito posto in fondo.

Assorta nella lettura di un fascicoletto di fogli A4, un bicchiere di birra mezzo pieno sul tavolo, una donna di una bellezza raffinata, appena sgualcita, se ne stava di fianco al muro, in una posizione strategica che le consentiva di tenere sotto controllo l'ambiente, senza essere riconosciuta da eventuali avventori non graditi. Le lunghe gambe erano accavallate mentre le dita affusolate percorrevano la carta. Aveva labbra piene, leggermente imbronciate, e un paio di vezzosi occhiali sulla punta del naso sottile, un po' allungato.

Avvicinandosi, Sara si accorse del reticolo di rughe agli angoli della bocca e ai lati degli occhi. Il tempo passa e lascia tracce, pensò.

«Ciao, Bionda.»

Senza alzare il capo l'altra sorrise e sussurrò:

«Ciao, Mora».

Il vecchio scherzo che durava dall'inizio del loro rapporto aveva assunto una sfumatura di malinconia a tratti insopportabile. Erano entrate insieme nell'unità speciale un'era geologica prima, quando non esistevano cellulari e personal computer, quando Internet era ancora un esperimento universitario americano e quando il mondo era giovane.

Teresa Pandolfi veniva dai Servizi, da qualche oscuro meandro a metà tra gli apparati civili e quelli militari, sotto la responsabilità di funzionari in divisa che rimanevano in carica nonostante il succedersi dei governi. Sara Morozzi era una brillante graduata della polizia di Stato. L'assegnazione e gli incarichi da svolgere erano concetti vaghi e fumosi i cui contorni si sarebbero delineati solo più avanti, dopo eventi che avrebbero fornito risposte a domande che nessuno avrebbe mai formulato.

Le ragazze, diverse come il giorno e la notte sia nel fisico sia nel carattere, erano destinate a diventare acerrime rivali o grandi amiche. Poiché erano intelligenti, non ci misero troppo a capire che la seconda era l'opzione migliore. Il soprannome di Teresa, che assomigliava a una tedesca, fu inevitabile; quello di Sara derivò di conseguenza da una storpiatura del cognome. Diventarono

Bionda e Mora, e così rimasero anche per i colleghi che si alternavano in servizio, ignari delle loro vere identità.

Sara si accomodò e lanciò un'occhiata fugace al locale.

Teresa restò in silenzio, terminando la lettura. Alla fine trasse un sospiro profondo e fissò l'ex collega con il suo sguardo azzurro. «Dimmi come stai.»

Si erano incontrate qualche mese prima, in occasione della morte di Giorgio, il figlio di Sara, dopo circa quattro anni senza scambiarsi nemmeno un messaggio. Il protocollo prevedeva questo, certo; ma Mora si sarebbe aspettata qualche contatto, soprattutto negli ultimi giorni di Massimiliano.

«Io? Bene. Come sempre.»

Non posso fare altro, Bionda. Sono arrivata qui che ero moglie e madre, avevo un lavoro ma lo dimenticavo una volta a casa. Avevo pensieri piccoli, la spesa, le vacanze, le vaccinazioni e la scuola di Giorgio. E ora, ora mi sembra di essere in una navicella, in orbita nello spazio. Ci sono quest'ufficio e Massimiliano, ci siete voi: e il resto è sparito, non esiste più niente, solo il mondo qui dentro. E basta. Non riuscirei più a vivere, là fuori.

«E tu, Bionda?» continuò.

La Pandolfi si guardò attorno, distratta. Poi rispose, rapida:

«Coppia, angolo destro, vicino alla vetrata».

Il frastuono era assordante, ma loro sussurravano, abituate a capirsi, quasi fossero sorde, leggendosi le labbra.

Sara non si voltò, il punto di cui parlava l'amica era proprio alle sue spalle. Inclinò la testa. Sembrava che stesse orecchiando una melodia lontana. Dopo un attimo disse:

«Lui ha superato i sessanta, anche se si tinge i capelli. Non è abituato a vestirsi in giacca e cravatta, forse è un artigiano. Mani ruvide, una ferita recente sul dorso della destra. Edilizia, probabilmente. Credo ramo sanitari. Lei ha una ventina d'anni, massimo ventidue. Sono lontani dal loro quartiere. Lui ha parcheggiato qui davanti e ogni tanto si sporge a guardare la macchina».

Teresa annuì, complice. Quindi chiese:

«Relazione?».

Sara si mordicchiò il labbro inferiore, era un'abitudine di quando si concentrava. «Sono amanti, anche se fingono di essere padre e figlia. Lui le cerca le gambe sotto il tavolo, lei gli tiene il broncio. Quando sono entrata, gli ha comunicato che vuole darci un taglio, che ha bisogno di aria. Lui la sta supplicando. Normale amministrazione, insomma.»

La bionda scosse il capo, ammirata:

«Vedi? Resti unica. Nessuno è mai stato come te. Tantomeno adesso, che questo schifo di mestiere è diventato quello di un dannato notaio. Credimi, sono avvilita».

In quel momento arrivò un cameriere con due piatti.

«Per te una Margherita all'ombra, giusto?»

Sara trattenne un'espressione divertita:

«E per te un calzone fritto con salumi. Sei un pozzo senza fondo e non ingrassi di un grammo. Maledetta».

L'altra alzò il bicchiere di birra, accennò un brindisi e

scolò il contenuto in un unico sorso lasciando intendere al cameriere di gradire un altro giro.

«Senti, Mora, immagino che… sarà stato terribile, col Capo. Abbiamo seguito, a modo nostro. Conosci le regole, non potevamo contattarvi, ma se ci fosse stato qualcosa da tentare, allora saremmo stati i primi. Lo sai, vero?»

Amore, amore, stai tranquillo. Ancora qualche minuto e la fiala farà effetto. Dormirai un po'. Ti prego, guarda me, guarda me. Distraiti, pensa… Pensa all'ufficio, pensa che siamo ancora là. Ti ricordi? Pensa che stiamo aspettando la trasmissione di un filmato, pensa a quella volta che piazzammo una cimice nel covo e c'era un topo. Ricordi? Noi ascoltavamo e arrivavano squittii e fruscii, e dovevamo capire che dicevano mentre il topo rosicchiava i fili. Ricordi? Dài, amore, manca poco e dormirai. Presto dormirai, amore mio.

«Lo so, figurati. E sì, è stata dura. Ma ormai è finita.»

Aveva provato una strana sensazione sentendo chiamare Massimiliano "Capo" ancora una volta. Le sembrava di essere ripiombata nel passato: la pizzeria, la collega. E il Capo.

«Tu, piuttosto? Il lavoro?»

Bionda indurì il viso:

«Non me lo chiedere. È cambiato tutto. In pratica non è rimasto nulla di quello che facevamo. Nulla. Resistono soltanto questi fogli, perché i vecchi come me stampano, altrimenti ogni cosa sta sui maledetti touch screen, sequenze di dati gelidi e disumani, cascate di numeretti».

Sara tagliuzzava senza appetito la pizza con poco pomodoro. «Non capisco.»

Teresa invece ingeriva pezzi di calzone fritto con una voracità cupa e implacabile. Era come se non volesse gustare i sapori. «I social. Ora è tutto là. Oltre a quello che la gente condivide in Rete pare non esista altro. Non vivono, non parlano, non si incontrano. Scopano perfino online. Tra un po' pianteranno un paio di elettrodi sul cranio ai neonati e li lasceranno connessi dalla culla alla tomba.»

Sara attese che Teresa sviluppasse i concetti secondo le sue traiettorie mentali.

«E ci hanno dato questo software americano, sviluppato dai tedeschi, che incrocia tutto quello che è possibile incrociare. Associa le parole, verifica le frequenze d'uso dei vocaboli, esprime delle curve emotive. È come infilare pensieri, passioni, perversioni del pianeta in un frullatore, e osservare il vomito che salta fuori. Roba sperimentale, sia chiaro, ma costa talmente tanto che le grandi menti ai piani alti pretendono risultati comprensibili. E ci mettono in croce.»

Sara suo malgrado era incuriosita:

«Cioè, i controlli non sono più ambientali? Esaminate solo le relazioni via Internet?».

La bionda inghiottì l'ultimo boccone, agitando la mano in un gesto vago:

«No, no, certo che no. Ma prima di arrivare sul campo c'è questa scrematura immensa e folle. Controlliamo noi, ma è il computer a stabilire chi. Tutto qua. Lo sai che ci sono io a capo della sezione?».

Alla notizia, riportata quasi per caso, Sara sussultò:

«No, io non… Come avrei potuto? Brava, Bionda. Sono contenta, te lo meriti! E da quando?».

Teresa scosse la testa, con uno sguardo triste:

«Non me lo merito. Doveva toccare a te, e anche da prima, se non… se non te ne fossi andata».

Mora replicò, decisa:

«Fesserie! Io non ho la stoffa per comandare, coordinare, e nemmeno le qualità richieste a un dirigente. Io sono… ero… capace soltanto di ascoltare. Non avrei resistito un'ora. Tu invece sei sempre stata più diplomatica, più abile nelle relazioni».

L'amica sorrise:

«Sei speciale. E ancora non comprendo il motivo…».

Sara ricambiò il sorriso.

«Perché lo amavo. Non esisteva altro per me. Non è mai esistito altro dal giorno in cui l'ho incontrato. Non ho avuto dubbi quando ho lasciato mio marito, anche se ero certa che non mi avrebbe permesso di rivedere Giorgio. Non ho avuto dubbi nemmeno dopo che si è ammalato. Lui è stato l'unico, grande amore della mia vita. È questo il motivo.»

Teresa annuì, seria. «Vieni. Camminiamo.»

IV

La sera era più fresca in quella zona dell'hinterland lontana dal mare. Sara ricordava fin troppo bene quando usciva dall'ufficio con Massimiliano a orari assurdi, l'umidità che entrava nelle ossa, il freddo che succhiava il calore dai corpi e intorpidiva le dita.

Senza una ragione precisa, passeggiando con Teresa per quella via così familiare, accusò un leggero disagio. Si sentì come se fosse scappata, come se avesse disertato.

L'amica le offrì una sigaretta, che rifiutò. «Cerco di tenermi in forma. Vado a correre la mattina presto. Provo a mangiare cibi decenti. Mi aiuta a passare il tempo.»

«Beata te. Se ci fosse un campionato di esaurimento nervoso, io vincerei la medaglia d'oro ogni anno.»

Percorsero un centinaio di metri in silenzio. Sara percepì l'imbarazzo dell'altra e decise di aiutarla:

«Bionda, perché mi hai cercata? Capisco che ora il protocollo lo consente, ma...».

La Pandolfi tirò un'ultima boccata e spense la sigaretta sotto il tacco. Alla luce dei lampioni sembrava più vecchia. «Senti, Mora, io... Quello che devo... che voglio dirti, non c'entra con… Cioè, il lavoro c'entra, c'entra sempre. Ma è in via ufficiosa, mettiamola così.»

«Cioè, è una questione personale? Riguarda te?»

Teresa scosse il capo con vigore:

«No. Ne abbiamo parlato: sei una leggenda in ufficio, e non solo. È un terribile spreco che te ne stai con le mani in mano. Siamo tutti d'accordo. E da quando il Capo…».

«Tere', ne abbiamo già discusso, mi pare. Io ho chiuso, tu stessa mi hai spiegato come funziona adesso, no? Non riuscirei nemmeno a muovermi. Non ho particolare familiarità coi computer, e nemmeno mi interessa averne. Poi, noi ci occupavamo di altro.»

La bionda la interruppe:

«Aspetta, Mora. Aspetta. Hai ragione, le cose sono cambiate. Oggi non ci sono più "noi" e "loro", non ci sono cattivi che tramano nell'ombra, gente che prepara bombe nelle cantine o che rapisce politici. Oggi fanno affari, transazioni, accordi con un sorriso e una stretta di mano, e ammazzano migliaia di bambini dall'altra parte del mondo. Noi colleghiamo notizie, eventi all'apparenza isolati, e qualche volta riusciamo a sventare dei crimini: ma è come andare a pesca con la canna nell'oceano. Funziona che ci indicano un nome e cominciamo a scavare, il profilo social, l'indirizzo mail, la SIM. Ma usiamo ancora i metodi tradizionali: tipo una cimice nell'auto. Ricordi?».

Sara attendeva, paziente. Erano arrivate nei paraggi della sede all'ultimo piano di un anonimo palazzo grigio, con la vecchia insegna di una ditta di import-export. Provò una breve, intensa stretta al cuore.

Teresa, trovando quasi conforto alla vista del loro ufficio, si fermò e tornò a fissarla con i suoi occhi azzurri:

«Noi che siamo qui da una vita non ne possiamo più. Ci imbattiamo in delitti orribili, riduzioni in schiavitù, violenze di ogni genere, pedofilia, perversioni, e abbiamo le mani legate. Nessuno fa niente. Temendo di tradirci, di svelare chi siamo, rimaniamo fermi e assistiamo a queste atrocità. Abbiamo paura che un magistrato si chieda come sia filtrata una notizia o che un avvocato passi a un giornalista un'informazione, e la copertura salti. Custodiamo segreti, vincolati alla massima riservatezza. Siamo stanchi, però».

Sara osservava, calma, l'ex collega. Cominciava a intuire, e quello che intuiva non le piaceva neanche un po'.

La bionda continuò:

«Molto si può ignorare, per carità. Siamo consapevoli che per ottenere un risultato importante bisogna tralasciare aspetti secondari. Ma alcuni danni collaterali non li accettiamo più. Quando ci siamo sentite, per la storia di Giorgio, ho iniziato a riflettere. E ne ho parlato agli altri. Qualcuno credeva che… che con la morte di Massimiliano ti fossi persa, ecco. Che non fossi più tu. Invece la tua gestione della faccenda, la maniera in cui l'hai risolta… Insomma, eri tornata. Affilata, sicura. Precisa».

Sara avvertì una leggera vertigine. Non immaginava che l'avessero seguita, ma ora le pareva logico. «Quello era un problema mio, Bionda. Ho fatto ciò che dovevo.»

L'amica le strinse un braccio, sorridendo:

«Ma certo! E anche alla perfezione, senza sbavature o

errori. Operativa al massimo. Ti chiediamo di continuare, anche per chi non è libero di intervenire».

«Ma stai scherzando? Io dovrei… E su che basi, poi? Su notizie intercettate per caso da voi via etere? Non sono un giudice, Bionda. E nemmeno un boia. Mi chiedo come proprio tu, che mi conosci bene, possa aver pensato che…»

«È proprio perché ti conosco, Mora. Per questo sono certa che non puoi startene qua fuori, tra una corsetta la mattina e un po' di palestra la sera, con quel vestito dimesso e le scarpe basse ad aspettare una vecchiaia troppo lontana. So che stai incontrando la ragazza, la compagna di Giorgio. In che mondo vuoi che nasca quel bambino?»

La donna dai capelli grigi arretrò di un passo, avvertendo una rabbia gelida che le montava dentro:

«Sorvegli me, sorvegli Viola, e dici di essere mia amica».

L'espressione della Pandolfi si indurì:

«Tutti, Sara. Noi sorvegliamo tutti. Basta solo inserire il nome e vengono a galla i fatti, hai dimenticato? Quindi siamo informati su come hai risolto il caso di tuo figlio, e anche sul resto. Massimo rispetto e piena condivisione. Ma non ti sarai convinta di essere davvero invisibile, no?».

«Mi stai ricattando, Bionda? Perché a me non interessa niente di niente. Sarebbe inutile.»

«Al contrario, ti sto spiegando che abbiamo bisogno di te. Non ci sono altri fuoriusciti capaci di seguire certe piste. Non con le tue capacità. Aspetta a rifiutare, riflettici qualche ora. Ci rivediamo domani. Stavolta una "pizza", al solito posto.» Sorrise e si voltò entrando nel portone della palazzina grigia. E lasciando Sara alla notte.

V

La notte era diventata la grande nemica.

A tenerle compagnia ci sarebbe stato un altro ospite: il dubbio sulla decisione da prendere. L'accenno di Teresa a Viola l'aveva turbata: conosceva i meccanismi che l'unità era in grado di attivare, l'aveva visto succedere di continuo in trent'anni, e un brivido le corse lungo la schiena al pensiero di quanto fosse fragile il suo rapporto con quello che rimaneva di Giorgio.

Ma doveva anche ammettere che lo stato di animazione sospesa in cui era rimasta nei mesi dopo la morte di Massimiliano era destinato a concludersi, prima o poi. Non era il tipo che se ne stava fermo a guardare le lancette dell'orologio.

Molta compagnia, nella notte ostile.

C'era stato un tempo, nemmeno troppo lontano, in cui per Sara il giorno non era altro che un viaggio verso la notte: le ore della tenerezza e dell'amore, il ritorno alla dimensione per la quale aveva sacrificato tanto.

Mentre guidava verso la sua abitazione, si chiese in quale momento le tenebre si fossero trasformate in quell'inospitale territorio straniero che le procurava una paura così grande. La malattia di Massimiliano non aveva tolto nulla alla loro intimità; anzi, per paradosso, li aveva avvicinati ancora di più. Combattere insieme a lui, sostenerlo, amarne la debolezza dopo averne adorato la forza l'aveva persuasa, se mai ne avesse avuto bisogno, di non aver sbagliato.

Lo vedete? Guardate con attenzione. Prende qualcosa dalla tasca e gliela passa. Ecco, proprio qui. E ora... Lei chi è? Chi l'ha autorizzata a entrare? Be', dato che è qui, mi dica... Morozzi? Ma non doveva... Ah, sì, era per oggi. Venga, venga. Ragazzi, continuiamo più tardi. Devo ricevere la signora. Avevo dimenticato che sarebbe arrivata. Mi scusi. Lei arriva dalla polizia, vero? Assistente capo Morozzi Sara. Conosce le nostre attività? No, naturalmente no. Mi ascolti, le spiego.

Come se avesse avuto scelta.

Come se incontrare quegli occhi, sedersi davanti a lui, sentire un frammento della sua voce non fosse stato l'ingresso immediato nel vero universo, denso di colori, sapori, odori, e l'inevitabile cancellazione del passato, la riduzione della vita precedente a mero intervallo, a semplice premessa, a stucchevole ma necessaria attesa di un'esistenza vera e compiuta.

Come se avesse potuto sorridere e rispondere: "Grazie, tutto chiaro, qual è la mia scrivania?", e poi tornarsene dal marito e dal figlio, in un mondo in bianco e nero, consapevole che altrove, a pochi chilometri, c'era il motivo stesso per cui era nata, fuori dell'involucro sintetico che era la quotidianità senza di lui.

Mi creda, Morozzi. Non immaginavo... La trovo bellissima. Bellissima. Ho percepito uno scatto nel momento stesso in cui è entrata qui, e... Non mi è mai successo. Ho ventitré anni più di lei, ho controllato. Questo strano mestiere mi ha assorbito e non ho mai provato l'esigenza di... Mi rendo conto che è sposata e che ha un bambino; è tutto assurdo. Ma io... io glielo devo confessare. Penso di essere innamorato di lei, Morozzi. Quindi, come vuole che mi comporti?

E quando gli aveva risposto che era in grave ritardo, che lei lo sapeva da mesi e quei mesi li aveva impiegati per lasciare la famiglia senza un perché, sostenendo che non poteva restare un minuto di più, che avrebbe rinunciato a ogni pretesa, anche alla metà di casa che aveva pagato, la disprezzassero pure amici e parenti, ma lei andava via; quando gli aveva risposto così, e lui ridendo con quella bocca immensa e dolcissima le aveva chiesto se, per favore, poteva darle del tu, Sara aveva compreso il significato esatto della parola "felicità".

La notte non era una nemica, no. Lo era diventata da quando sia il figlio che aveva abbandonato sia l'amore per cui aveva sacrificato tutto si erano trasformati in anime morte, abitanti del buio acquattati come belve pronte a saltarle alla gola urlando stridule: a lei, colpevole di essere rimasta viva. I sogni avevano cominciato a perseguitarla, notte dopo notte. Eppure aveva sempre dormito, fino ad allora, un sonno profondo e senza ricordi.

Dopo aver chiuso la porta del suo appartamento, cominciò a spogliarsi. Restò nuda, in piedi davanti allo specchio. I capelli sembravano una parrucca grigia di Carnevale indossata da una ragazza la cui carne inconsapevole si rifiutava di cedere agli anni. Senza vestiti era tutt'altro che invisibile, il seno sodo e il ventre piatto urlavano la vita che il cuore non desiderava più.

Infilò una maglietta e si avvicinò alla finestra, protetta dall'oscurità. Al di là della strada una coppia di anziani sedeva al tavolo di una cena ormai conclusa. Studiando svogliata il volto della donna e il profilo a due terzi dell'uomo, Sara registrò un pacato, malinconico confronto sulla fine della passione. Non parlavano di sé, non apertamente almeno, ma di una certa Marianna, con buone probabilità la figlia in procinto di separarsi dal marito. La madre sosteneva che avrebbe dovuto lasciar perdere, il padre invece che era giusto: che bisogna ammettere quando è finita, anche a costo di restare senza un tetto. La moglie, velenosa, replicò che avrebbe dovuto dirglielo trent'anni prima come la pensava.

Sara si allontanò dalla finestra, convinta che la capacità di udire a tanta distanza ciò che gli altri dicevano fosse una dannazione e non un dono.

Mi dispiace, amore. Mi dispiace molto. Noi, tutti noi possiamo decidere di non capire, basta smettere di concentrarci.

Ma tu, tu sei talmente brava che le frasi ti arrivano lo stesso, quelle belle e quelle brutte. Dev'essere orribile. Vieni qui, tra le mie braccia. Riposa. Ascolta soltanto il mio cuore. Lo senti? Ti ripete sempre le stesse parole. E te le ripeterà ancora, e ancora.

Nel buio allungò la mano verso la mensola e trovò la boccetta delle pillole. Ne era rimasta una.

Restò assorta a lungo, soppesando il contenitore nel palmo. Che notte sei?, domandò. Chi di voi due verrà ad accusarmi di non essere morta?

Ingoiò la compressa. Accese lo stereo a basso volume e andò a sedersi in poltrona, a contemplare il vuoto chiedendosi quale decisione avrebbe preso.

VI

Teresa Pandolfi si domandò per la centesima volta se Mora si sarebbe presentata.

Seduta a un tavolino sulla terrazza dello scalcinato bar che inalberava la presuntuosa insegna CAFFETTERIA AZZURRA, si ripeté che, essendo in anticipo, non poteva escludere alcuna eventualità.

In effetti, di azzurro nei dintorni non c'era proprio niente. Il luogo era stato classificato anni prima come abbastanza sicuro, con quell'affaccio sull'ampia strada tutta buche a doppio senso che collegava i malinconici sobborghi della cinta urbana: troppo allo scoperto per la criminalità organizzata e troppo decentrato per i colletti bianchi della città. Il frastuono dei camion in perenne transito confondeva la ricezione dei microfoni direzionali, all'epoca strumenti assai in voga; inoltre era impossibile avvicinarsi senza essere notati. La cosiddetta terrazza consisteva in uno stretto balconcino di certo abusivo, come gran parte dei piani sopraelevati della zona, ma che garantiva una perfetta visuale per sorvegliare le vie d'accesso.

Per questo, "pizza" significava un appuntamento alla

Caffetteria Azzurra, tributo alla passione calcistica del vecchio proprietario, impegnato full time a discutere di quell'unico argomento con uno staff di quattro pensionati in servizio permanente effettivo. Un posto pessimo, insomma. In compenso il caffè era sorprendente e, nell'attesa di sciogliere il dubbio sull'arrivo dell'amica, Teresa ne stava sorbendo una seconda tazzina, quando una voce calma alle sue spalle sussurrò:

«Addirittura due. Ti sveglierai, se continui così».

Senza voltarsi la Pandolfi rispose:

«Come diavolo riesci a passare inosservata, accidenti a te? Nemmeno un rumore. Certe volte credo che tu sia morta, e che io immagini di incontrarti».

Sara si sedette di fronte all'ex collega. «Magari è vero. E magari dovresti chiederti perché hai di questi pensieri.»

La bionda la scrutò:

«Dio, che faccia... Assomigli a un panda. Guarda che in certi casi la mancanza di trucco attira di più l'attenzione».

Sara lasciò scorrere lo sguardo sulla fila di autotreni che transitavano senza interruzioni a una decina di metri. «Questo avrebbe senso se una si ponesse il problema di non farsi notare. Comunque rimane che non mi hai vista. E adesso veniamo al punto, non voglio che un capostruttura perda tempo.»

Teresa accusò il colpo con una smorfia. «Sono qui a titolo personale. L'unità non c'entra e non c'entrerà mai in questa storia. Ti ho spiegato che è... un'iniziativa di alcune persone, alle quali non va che certi delitti continuino ad accadere senza poterli impedire.»

Sara si mosse impaziente sulla sedia:

«Sì, l'hai già detto. Però non hai chiarito che vuoi da me».

«Senti, Mora, siamo vecchie: se sei qui, hai già capito, e ci stai. Lo sappiamo entrambe, quindi non fingiamoci pensionate al parco e passiamo a noi.»

L'altra si sporse in avanti con uno strano, feroce sorriso:

«Al tempo, biondina. Al tempo. Finché non ci intendiamo, è impossibile procedere. Poi io sono davvero una pensionata, ricordi? Adattati, rispetta l'anzianità e giochiamo a carte scoperte».

Teresa si accese una sigaretta e si appoggiò allo schienale della seggiola traballante.

«D'accordo. Quell'anno e mezzo di differenza me lo farai pesare per tutta la vita. Noi operiamo ai livelli più alti, controllando i trasferimenti di ingenti somme, le relazioni tra organizzazioni criminali e grosse aziende, il terrorismo internazionale o le deviazioni interne agli apparati dello Stato. Non possiamo esporci né correre il rischio che, in un'indagine per sfruttamento della prostituzione minorile, un pubblico ministero qualsiasi usi un'intercettazione non autorizzata.»

«E allora?»

«Capita che degli innocenti finiscano in galera, o che un colpevole la faccia franca. Danni collaterali, certo. E noi dobbiamo rimanere concentrati su altro, seguendo le nostre priorità. Ma queste conseguenze secondarie alla lunga diventano insopportabili e qualcuno chiede di affrontarle in modo non convenzionale. Per agire in questo senso, però, serve gente in gamba. Anonima. Intelligente. Esperta.»

«Sacrificabile» soggiunse Sara sottovoce.

Teresa aprì la bocca per replicare con veemenza, ma la richiuse e cambiò tattica:

«Non è così. È solo più prudente che chi tratta certi affari non abbia legami, ecco. E abbia invece esperienza».

Sara tacque per qualche istante, tenendo gli occhi sui camion. La tromba di un clacson squarciò l'aria, seguita da un vaffanculo stentoreo.

«Era impossibile che stessi ferma per sempre, troppo tempo davanti. Forse avrei potuto farla finita. Non immagini quante volte ci ho pensato, da quando lui… Ma non me lo perdonerebbe mai. Lo conosci.»

Teresa sorrise:

«Sì. Lo conosco».

Sara si alzò, avvicinandosi alla ringhiera. L'altra la osservò di spalle, la figura minuta, i capelli grigi scompigliati dal vento caldo e polveroso della strada. Il vestito ordinario, le scarpe basse.

La donna invisibile parlò con un filo di voce, e anche l'udito della Pandolfi, affinato dall'addestramento, ebbe difficoltà a carpire ogni singolo termine. «Te lo ripeto. Non sono un'operativa, tantomeno un boia. Tu mi fornisci il materiale e io indago. Ci metto quanto ci metto, poi ti comunico le conclusioni a cui sono arrivata. Insieme decidiamo come procedere, e a quel punto intervengo. Va bene?»

Teresa sussurrò, consapevole che sarebbe stata compresa alla perfezione anche con quel tono:

«Per me è perfetto. Quando puoi iniziare?».

Sara tornò a sedersi:

«Ho iniziato stanotte. Dimmi».

VII

Pandolfi è brava. Non ha un talento naturale come il tuo, ma è determinata e seria. Un po' arrivista, forse; senz'altro avrà una brillante carriera. Penso ci si possa fidare. Lo so che è tua amica, amore, siete entrate insieme, ma non dimenticare che tu vieni dalla polizia, lei invece era nei Servizi. È diverso, io li conosco bene. Quando abbiamo formato questa unità, volevamo che fosse composta da membri di entrambe le strutture. Non è un caso. Vi completate, pur non assomigliandovi affatto. E sarà sempre così.

Teresa estrasse dalla borsa una cartellina sottile. «Ti ricordi il caso Molfino?»

Sara socchiuse gli occhi:

«Il finanziere morto un anno fa? Fu una cosa grossa, giornali e televisioni ne parlarono per mesi. È stata la figlia, mi pare».

La bionda confermò con un cenno del capo:

«Sì, esatto. L'indagine apparve semplice fin dall'inizio. Le prove erano schiaccianti, lei aveva precedenti per violenza e quella sera li avevano sentiti litigare. Processo liscio, adesso la colpevole è in galera».

«E che c'entra l'unità?»

Teresa inforcò gli occhiali da lettura:

«Controllavamo lui, per ovvi motivi: imprese con partecipazioni mafiose, bustarelle per gli appalti, assunzioni di manovalanza criminale. Niente di eccezionale. E i nostri dati sono compatibili con la colpevolezza di Dalinda, la figlia».

«Allora di che stiamo parlando?»

L'amica scartabellò nel dossier:

«Hai presente un certo ispettore Davide Pardo? Ha la nostra età, forse qualche anno in meno».

Sara fece mente locale, ma quel nome non le diceva niente. «No, perché?»

«È un tipo tosto, un buon poliziotto. Qualche paturnia personale, a tratti sociopatico ma onesto. Ha arrestato lui la ragazza e, dopo un po', ci ha contattati.»

Suo malgrado Sara rimase sorpresa. «Cacchio se cambiano i tempi... Oggi uno sbirro qualsiasi può addirittura trovarvi. Una volta non esistevamo per nessuno.»

Le labbra della Pandolfi si piegarono in una smorfia di disappunto:

«Mora, non darmi lezioni. Mica è arrivato all'unità. Andava di pattuglia con uno dei nostri. Pardo sa che lavora nei Servizi, ma non presso quale struttura. Così gli ha parlato a cena. Non è proibito».

«E cosa gli avrebbe confidato durante la cenetta?»

La bionda lasciò cadere l'ironia. «Ritiene che ci sia dell'altro. E forse Dalinda è innocente.»

Sara sbuffò, sul punto di alzarsi:

«Senti, Tere', se dobbiamo occuparci di tutti i presunti errori giudiziari, cercati un avvocato, non una come me. Risentiamoci quando hai qualcosa di concreto e...».

Teresa allungò la mano sul tavolino e strinse quella di Sara. «C'è dell'altro. Una bambina.»

«Quale bambina?»

«La Molfino ha una bimba di sei anni, anche se non ne ha mai rivelato la paternità. Ora la piccola è in affidamento allo zio, il fratello maggiore di Dalinda, che sta dirigendo le aziende di famiglia dopo la morte del padre, per inciso con molta più onestà e minori profitti. Comunque la ragazza ha voluto vedere Pardo in carcere e gli ha confidato che teme per la vita della figlia. Secondo lei, il fratello non è in grado di proteggerla.»

Sara ascoltò in silenzio. Poi chiese:

«E secondo questa Dalinda perché la bambina sarebbe in pericolo?».

Teresa scosse la testa:

«Non ne ho idea. Appurarlo dovrebbe essere il tuo compito. Un lavoretto semplice, per iniziare. Magari è solo la fissazione di una drogata in crisi d'astinenza che ha persuaso l'ispettore. Magari è un tentativo di uscirne pulita. Oppure è vero, e una bimba di sei anni corre un rischio che si potrebbe evitare».

La donna dai capelli grigi spostò lo sguardo sul cielo azzurro e sulle nuvole che lo attraversavano veloci. Di nuovo la tromba di un automezzo suonò, ma stavolta non ci fu alcuna imprecazione a farle eco.

«D'accordo, Bionda. Leggerò le tue carte, e forse mi interesserò del caso. Tanto sono libera e, come hai notato dalle occhiaie, non dormo molto, di recente.»

Teresa si allungò sullo schienale, con un'espressione di sollievo.

«Brava, Mora. Puoi anche non credermi, ma sono soprattutto contenta per te. Saperti a riposo mi avvilisce, chissà perché. Ti faccio cercare da Pardo, va bene?»

Sara s'irrigidì:

«Io mi muovo da sola, sia chiaro. Informalo che forse, e ripeto "forse", qualcuno lo avvicinerà. Non so dove né quando».

La bionda annuì:

«Lo immaginavo. Ribadisco che il questurino ignora l'esistenza dell'unità. Non raccontargli niente».

Sara emise una risatina beffarda, quindi si alzò prendendo la cartellina che la Pandolfi le porgeva. Prima di lasciare la terrazza, si fermò e, senza voltarsi, mormorò:

«Un'ultima cosa, Bionda: scordati di Viola. Lei in questo momento smette di esistere, per voi. Mi faccio viva io».

VIII

Viola se ne stava seduta, perplessa, sulla panchina dei giardinetti. Si guardava attorno e ogni tanto consultava l'orologio da polso, come per capire quanto ancora avrebbe dovuto aspettare.

A un tratto, senza essersi accorta del suo arrivo, si trovò Sara di fianco. «Mamma mia, mi hai spaventata. Perché non c'eri? È la prima volta che...»

L'altra si giustificò:

«Scusami, ho avuto un piccolo contrattempo».

La ragazza domandò curiosa:

«Che è successo? Non so dove abiti, se vivi con qualcuno...».

Sara sospirò lievemente:

«Ti ho detto di chiedere quello che vuoi sapere. Abito non lontano da qui, nel quartiere. E sono sola, senza nemmeno un animale domestico. Una volta, te l'ho raccontato, avevo un compagno, ma è morto».

Viola annuì:

«Sì, mi hai parlato della sua malattia. Dopo che hai smesso col vecchio lavoro, che hai fatto?».

Per un motivo che non sarebbe stata in grado di spiegare neanche a se stessa, Sara non voleva mentire a Viola. Era consapevole che avrebbe dovuto tacere molto, e che molto altro sarebbe stato difficile da comprendere, ma non voleva mentirle.

«Sono in pensione, anche se ogni tanto una vecchia collega mi chiede diciamo una consulenza, e io le do una mano. Prima ero con lei, e ho tardato. Tu stai bene? Hai dolori?»

La giovane si stiracchiò. «No, no, sto benissimo. Nessun allarme. Certo, non vedo l'ora di avere il bambino, e di tornare normale. Mi sembra di essere in maschera.»

Un pallone le rotolò vicino ai piedi e Viola lo rimandò con un calcetto verso il ragazzino al quale era sfuggito.

«Mi stavo chiedendo come sarà. Se prenderà più da me o da Giorgio. E ti pensavo, perché non riesco a capire se ritrovo i tuoi lineamenti in lui. Io le somiglianze non le riconosco. Ti assomigliava?»

Prima di rispondere, Sara tacque per qualche istante:

«Io l'ho visto... dopo l'incidente. Non è lo stesso. Non mi pare, comunque. Ma nemmeno io sono fisionomista».

Tacquero entrambe.

Quindi Viola mormorò:

«Che peccato. Ci siamo solo io e te, e non saremo capaci di stabilire se il bambino avrà qualcosa del padre».

Sara non riuscì a replicare e preferì cambiare argomento:

«Hai deciso il nome? È un maschio, no?».

Viola scosse la testa:

«Mia madre me ne avrà suggeriti mille che io trovo sbagliati. La ginecologa è abbastanza convinta che sia maschio, ma fino all'ultimo, se non si scopre bene, non è sicuro. Mi sembra tutto così incerto». La voce era colma di tristezza, più di quanto avrebbe giustificato il contenuto della frase.

Sara cercò di rincuorarla. «Manca pochissimo, ormai. Devi stare serena.»

La ragazza scattò come se l'avesse insultata:

«E come posso stare serena, secondo te? Partorirò un orfano di padre e dovrò tirarlo su da sola, piena di dubbi perché tuo figlio, che in pratica non hai conosciuto, ha pensato bene di farsi investire da una macchina, di notte, mentre portava in giro il cane. Dipendo da mia madre, una donna pessima e invadente con cui non ho mai avuto confidenza e che si tiene stretta i soldi. Non lavorerò per chissà quanto, proprio ora che, dopo averci provato una vita, cominciavano a conoscermi nel circuito delle riviste. Ma secondo te dovrei stare serena». Aveva alzato il tono della voce e due pensionati che leggevano sulla panchina di fianco si erano girati incuriositi.

Sara ricambiò con un'occhiataccia gelida e quelli rimisero il naso nei giornali. «Immagino la tua sofferenza, e hai ragione. Ma non sei sola, Viola. Tua madre, anche se ha il suo carattere, ti vuole bene e ti sosterrà sempre. E ci sono anch'io.»

La giovane la fissò, sorpresa:

«Tu? Perdona la schiettezza, ma non sei un modello di affidabilità. E ho seri dubbi che Giorgio, se fosse vivo, mi consentirebbe di parlarti».

Amore, ti prego, lasciami sveglio ancora un po'. Non permettere che io dorma sempre, non preoccuparti del dolore, spiegalo ai dottori che sono capace di sopportare. Lasciami sveglio, voglio pensare a te, a quello che siamo stati e che saremo per sempre. Io lo so che ci sei. E ti sento, anche quando sei lontana.

«Non è importante l'opinione che hai di me. Io ci sono per te e soprattutto voglio esserci per il bambino. Però non sono una che impone la propria presenza, perciò mi piacerebbe che sorridessi e non avessi paura di me. Ecco.»

La giovane rifletté su quelle parole. Poi allungò la mano: «Ci sto. Tu mi aiuterai se te lo chiederò, e in cambio ti terrò informata su di me e sul bambino. Però promettimi, e promettimelo adesso: se ti servirà qualcuno per il tuo lavoro, chiamerai me. D'accordo?».

Sara rifletté qualche istante; quindi strinse con decisione la mano di Viola. «D'accordo. Ora però discutiamo di questo nome. Non reggerei certe sorprese.»

IX

«Non capisco di che ti preoccupi.»

«È difficile da spiegare. Avverto un'inquietudine che non va via.»

«Non ti rendi conto che più rimugini, peggio è? Quando si compie una scelta, bisogna essere i primi a crederci. Sennò non puoi aspettarti che gli altri...»

«Non è questione di crederci o non crederci, figurati.»

«Cominci a pentirti?»

«Ma scherzi? Andava fatto.»

«E allora perché ne stiamo parlando?»

«È filato così liscio, che mi vengono in testa mille pensieri.»

«Ah, sì? E quali?»

«Ma niente.»

«Se fosse niente, staremmo dormendo. Invece...»

«Hai ragione. Qualcosa dev'essere, altrimenti riuscirei a prendere sonno.»

«Senti, per te è stata dura. Durissima. Dover sottostare per tutto quel tempo a...»

«Non voglio ricordare, mi vengono i brividi.»

«E tacere, sorridere, tollerare quello che hai tollerato...»

«Dio mio.»

«Ma è passata, ed è giusto così, no? Quindi, per quale motivo siamo qui a discutere?»

«È che quell'immagine... il dopo, insomma. Se solo avesse avuto il tempo di...»

«Adesso ascoltami bene: guardami. Guardami, ho detto. Non c'era più tempo.»

«Forse c'era. La malattia...»

«Sarebbe stato tardi, avremmo avuto gli occhi di tutti addosso. Aveva deciso di...»

«Lo so, lo so.»

«Se lo sapessi davvero, non avresti questi dubbi.»

«Avrei solo preferito... Anche per quello che poi è successo a lei. Non era meglio...»

«All'inizio, forse. Ma dopo come sarebbe andata?»

«Ma no, è così, la conosci. Non avrebbe mai...»

«Non puoi averne la certezza. Gli anni passano, la gente cambia. In ogni caso, quella faccenda è risolta. Tra l'altro secondo l'avvocato la situazione è tale che, anche proseguendo... Comunque ora c'è l'altra cosa, ma per quella non abbiamo fretta.»

«A proposito, è proprio necessario? Io credo che...»

«Questo è affar mio. Dimenticatene.»

«Mi spaventi, quando fai così. È come se... come se non ti riconoscessi.»

«Tu non sei abbastanza forte. Se me la sbrigo io, è meglio.»

«Però è così piccola. Innocente. Mi pare impossibile considerarla una minaccia.»

«Ormai è deciso.»

«Non è facile. In pratica è sempre con qualcuno. Ha una vita molto regolare, adesso.»

«La trovo io, la soluzione. Calmati! È un problema mio che la tengano d'occhio. Anzi, stai alla larga da lei.»

«Ma come? Non sarebbe strano se...»

«No, affatto.»

«Fortuna che ci sei. Senza di te, io non avrei avuto il coraggio.»

«Su, forza.»

«In certi momenti percepisco un tale smarrimento, che...»

«Shhh, basta.»

«Rivedo sempre la stessa scena, e mi distrugge. È sufficiente che chiuda gli occhi...»

«Vieni qui, smettila.»

«Stringimi, ti prego. Stringimi forte.»

X

Al ritorno dall'appuntamento con Teresa, Sara aveva ammesso con una punta di rincrescimento che quella cartellina sottile, senza neanche un segno sul frontespizio, era un ospite tutt'altro che indesiderato nella sua auto.

Non che avesse ambito a tenersi occupata, né che avesse difficoltà a impiegare il proprio tempo. Si allenava regolarmente, mangiava cibi sani, leggeva i libri che aveva sempre voluto leggere e vedeva i film a cui per anni, col progredire della malattia di Massimiliano, aveva dovuto rinunciare. E per una come lei, che degli altri non aveva mai sentito davvero il bisogno, l'assenza di una normale vita sociale non era certo un peso.

Adesso guardami in faccia e giuramelo. Sì, ripeti sempre che non giuri mai e tutte quelle fesserie, ma stavolta una promessa non mi basta: voglio che me lo giuri. Su cosa? Su quel sorriso. Proprio su quel sorriso di tanti anni fa, quando ho capito come si trasformava il tuo viso mentre stringevi gli occhi e stendevi le labbra. Quando mi sei esplosa dentro, e niente è stato più come prima. Giurami che starai bene.

Giurami che ti prenderai cura di te, che non ti trascurerai e smetterai di fumare. Che ti guarderai attorno e sorriderai ancora. Giuramelo.

Quindi era stata bene, come può star bene una alla quale hanno strappato il cuore dal petto, una che davanti allo specchio fissava un corpo che non riconosceva più, senza distinguerne i lineamenti e i confini. Sì, era stata davvero bene.

Ora però c'era quel dossier, e qualcosa era scattato in lei. Ci aveva impiegato così tanto a diventare invisibile, al mondo e a se stessa, che ora le sembrava strano dover riemergere e usare di nuovo le nozioni che aveva imparato. Strano al punto da dubitare di essere all'altezza.

Arrivò nel suo quartiere che la sera avanzava a grandi passi. Posteggiò e salì a casa. La scelta di quel palazzo risaliva all'inizio, ai tempi in cui Massimiliano le aveva proposto di convivere. Lei aveva atteso, quieta, consapevole che qualsiasi decisione avesse preso per loro due sarebbe stata giusta.

Ora che era tutto così lontano, continuava a meravigliarla l'assenza di stupore per le scelte che aveva compiuto. Una giovane donna lascia la famiglia, volta le spalle a ogni amicizia, affitta una stanza ammobiliata e aspetta. Aspetta. Un sorriso, poi un altro; una parola, due. Un espresso al bar, una pizza. Un bacio, e un bacio ancora.

Fare l'amore. Farlo di nuovo.

Senza chiedere mai, senza programmare niente, senza immaginare un futuro che durasse più di una settimana, di un weekend fuori città. Attendendo, giorno dopo giorno, di occupare lo stesso metro quadrato con lui. E basta.

Si preparò un caffè e si affacciò al balcone. Sei piani più in basso, il traffico scorreva lento, punteggiato da guizzanti scooter maledetti da anziani passanti. Un quartiere di vecchi, pensò. Di ricchi vecchi terrorizzati.

La luce era strana, morbida, come quella di un acquerello.

Niente alba e niente tramonto.

Vedi, amore, questa città è talmente egocentrica che non ha voluto né alba né tramonto. Il sole spunta dalla montagna che è già alto, e si nasconde dall'altra parte, dietro la collina, ben prima di diventare rosso. Ho scelto questo appartamento, oltre che per il motivo che sai, anche perché da qua si vede alla perfezione. Se questo posto avesse avuto aurore incantevoli e crepuscoli di fuoco, sarebbero stati loro i protagonisti di cartoline e film, ti pare? "Guarda che alba, guarda che tramonto" avrebbero esclamato tutti. E invece dicono: "Guarda che città". E mentre lo dicono, è già giorno o è già notte.

Nel palazzo non c'era il portiere. Ci abitavano perlopiù coppie attempate, coi figli in giro per il mondo o domiciliati in quartieri più giovani e di tendenza. Sara evitava con metodo ogni riunione di condominio, delegando via mail il vecchio amministratore. I rapporti di vicinato si limitavano a un cortese saluto, se incrociava qualcuno per le scale o in risposta a qualche sguardo curioso rivolto a quella signora silenziosa che non usava l'ascensore. Trent'anni, e nemmeno una conoscenza più approfondita.

Qualche volta le era capitato di sentire dei litigi al piano di sopra, dove abitava un uomo che aveva una fidanzata più giovane. Era durata poco, e forse un'inquilina con l'udito meno raffinato del suo non se ne sarebbe accorta. Le discussioni d'altronde non erano mai degenerate in atti di violenza, e per fortuna non c'era stata la necessità d'intervenire.

Massimiliano aveva trascorso gli ultimi mesi in ospedale, quindi lei si era risparmiata visite curiose di finta partecipazione. Quando il compagno era morto, aveva deciso di trasferirsi in albergo per un po', cercando il coraggio per ritornare a casa. Dopo aveva dovuto mantenere il giuramento, e aveva ripreso a vivere.

Adesso però doveva aprire un'altra porta, sbarrata da allora. Dal giorno in cui Massimiliano aveva smesso di chiederle di aggiornare quello che, finché era stato in piedi, aveva aggiornato da solo.

Sara tirò un sospiro profondo. Andò in cucina, sciacquò una tazzina e la ripose con cura. Quindi raggiunse la camera da letto, spalancò l'armadio ed estrasse una chiave dalla tasca di un vecchio cappotto da uomo. Con quella fece scattare la serratura di una piccola cassaforte a muro, dietro una veduta di Capri acquistata mille anni prima da un pittore di strada, durante un fine settimana in Costiera.

Dài, compramela. È troppo brutta per non averla; poi uno con la faccia tosta di vendere una crosta così merita un incentivo, no? Ti prego, amore, compramela. Ti assicuro che, se avrai la faccia tosta di pagare per una veduta simile, io avrò la faccia tosta di appenderla al muro della stanza da letto. Tre facce toste. Non è meraviglioso?

Nella cassaforte c'erano dei documenti, l'atto di acquisto dell'immobile, alcuni gioielli indossati di rado e una seconda chiave con una targhetta di plastica azzurra.

Sara la prese e rimise l'altra nel cappotto dopo aver chiuso la cassetta di sicurezza. La mano carezzò la manica dell'indumento. Il naso catturò le tracce di un antico odore. Il cuore pianse in silenzio.

Accostò l'anta del mobile, uscì dall'appartamento ed entrò nell'ascensore che non usava mai. Premette il tasto -1 e rimase ferma, impassibile, finché la cabina non si arrestò con un sobbalzo. Uscì e aspettò che gli occhi si abituassero alla penombra, non volendo accendere il neon sfrigolante che correva lungo il corridoio delle cantine.

Cominciò a camminare. Una porta, due, tre. Alla sesta si fermò e tirò fuori la chiave con la targhetta azzurra.

L'interno era quello di un normale scantinato: scatoloni, un appendiabiti carico di vecchie giacche, attrezzi polverosi. La puzza di naftalina appestava l'aria stantia.

Spostò l'attaccapanni e si introdusse in un vecchio guardaroba di legno. Dietro un loden trovò a tentoni la manopola di un'apertura a combinazione. Cominciò a ruotarla in senso orario e antiorario.

Ora, minuto, giorno, mese e anno in cui sei entrata in quest'ufficio e mi hai sorriso. L'ora, il minuto, il giorno, il mese e l'anno della mia rinascita. Il principio della mia vera vita, amore.

Una volta dentro, cercò con la mano l'interruttore sulla parete. La luce lattiginosa illuminò un vano tappezzato da fascicoli ordinati su scaffalature che arrivavano fino al soffitto. Decine, centinaia, forse migliaia di incartamenti.

Il lavoro di un'intera esistenza. Le tracce di un mondo nascosto che gravitava in silenzio sotto la superficie della realtà visibile a tutti. Era qui che vibravano le premesse del presente, era qui che si coglievano certe rotte carsiche capaci di spiegare esplosioni e dolori. Era qui che il passato oscuro e notturno di tanta gente sopravviveva ai tentativi di occultarlo.

Sara fece un respiro profondo, e si mise alla ricerca di quello che le serviva.

Fuori ormai era buio.

XI

L'ispettore Davide Pardo possedeva un cane, anche se sarebbe stato più appropriato affermare il contrario. Boris infatti era una deliziosa bestiola appartenente alla razza dei Bovari del Bernese, ed era senza dubbio fuori taglia con i suoi sessanta chili di peso e settanta centimetri d'altezza al garrese.

Avere Boris come coinquilino era un'esperienza impegnativa, soprattutto in un normale appartamento da single urbano, peraltro non troppo propenso al "vivi e lascia vivere". Dopo una dura giornata di lavoro, l'ispettore avrebbe assai apprezzato di non dover bonificare l'ambiente come una squadra della protezione civile. Non era nemmeno facile sopportare l'espansività dell'animale, incline a comunicare con il contatto e l'abbraccio, e in possesso di un umido, roseo chilo di lingua che, appena possibile, spalmava sul viso del suo più grande amico.

Pardo inoltre non si sarebbe definito un amante dei cani, e dei Bovari del Bernese in particolare. Anzi, c'erano momenti in cui avrebbe volentieri vestito i panni dello sterminatore, attendendo il cucciolone nei pressi della capace ciotola dalla quale consumava il frugale pasto di tre chili di carne al giorno (voce che incideva in maniera significativa sulle magre finanze del poliziotto) con una lama affilata e buie determinazioni. Ma sarebbe stato poco etico, perché Boris era pur sempre l'unico essere vivente che era riuscito a convivere con lui per più di un anno: quindi meritava una serena sopravvivenza, anche solo per gratitudine.

Per quella situazione, l'ispettore non poteva prendersela con nessuno all'infuori di se stesso. Superata da poco la cinquantina e nel pieno dell'ennesimo naufragio sentimentale, un paio di anni prima aveva cercato di intenerire la sua dolce metà convincendola a non fare le valigie. Come nei più melensi film anni Cinquanta, si era presentato in compagnia di un cagnolino con un fiocco azzurro al collo e il ciuffo incollato alla fronte dalla pioggia (il fiocco era per il cucciolo, il ciuffo bagnato invece era suo). Risultato? Abbastanza ovvio: i bagagli erano stati preparati ancora più in fretta, e il quadrupede era rimasto padrone del campo perché il commerciante di peli non aveva sentito ragioni in merito all'eventuale restituzione.

Tra i risvolti interessanti della vita con un Bovaro del Bernese figurava lo sviluppo di un'accettabile condizione atletica per reggere allo sci nautico di terra delle passeggiate con la belva, sport a cui l'ispettore si applicava prima di recarsi in commissariato. Il rituale prevedeva il frustrante tentativo di indirizzare Boris verso marciapiedi isolati, brandendo con l'altra mano una paletta *king size* per raccoglierne le imponenti deiezioni. A mo' di colonna sonora, risuonava un'infinita sequela di bestemmie pronunciate a fior di labbra dal trasportato.

Quel giorno di maggio Boris si fermò all'altezza di un platano, consentendo a Davide di rifiatare per un attimo con il braccio lungo il fianco. Era una mattina sonnacchiosa e le vie nei paraggi della sua abitazione erano deserte. Il poliziotto preferiva l'orario antelucano per diradare le possibilità di incontro con altri cani, che avrebbero rischiato di restare uccisi dall'espansività del suo. Il quartiere era ancora sgombro da auto e scooter, e la città sembrava reggere l'impatto di una nuova giornata.

Davide osservò l'ingresso del piccolo bar dove consumava la colazione e decise di entrare con Boris, invece di riportarlo come al solito a casa a masticare il divano mentre lui di sotto masticava il cornetto.

Il locale era vuoto, e l'ispettore soddisfatto si avvicinò al bancone per ordinare. L'animale si accucciò ai suoi piedi, spazzando il pavimento con la coda.

«Bellissimo cane» disse una voce alla sua sinistra.

Pardo non aveva notato una donna dai capelli grigi in occhiali da sole seduta a un tavolino con una tazza davanti. Non sopportava chi gli rivolgeva la parola, e detestava chi lo faceva di prima mattina. Perciò si limitò a grugnire, ritenendo superfluo mostrarsi d'accordo con un'opinione che lo lasciava indifferente.

Dopo qualche attimo la donna aggiunse:

«Un Bovaro del Bernese, no? Splendido».

Davide lanciò un'occhiataccia alla ficcanaso. Che voleva da lui?

«Impegnativo, altro che splendido. Grazie. Ora vorrei finire la colazione.»

L'altra, come se fosse stata invitata, si alzò avvicinandosi a Pardo. Il barista si concentrò sui bicchieri da lavare.

«Ma lei attacca tra più di due ore, ispettore. Come mai questa fretta?»

Davide restò con la bocca semiaperta, studiando il volto coperto dalle lenti scure. A guardarla con attenzione, la signora non era poi così vecchia. I capelli grigi tendevano a ingannare.

«Chi diavolo è lei? E perché mi conosce?»

L'altra rimase impassibile. «Complimenti per la bestemmia, lunga e articolata. Sembrava canticchiasse, a uno non in grado di leggere le labbra.»

All'improvviso a Pardo fu chiaro chi fosse quella specie di spia. Il suo amico dei Servizi gli aveva telefonato la sera prima per informarlo che forse qualcuno lo avrebbe contattato. Non aveva aggiunto altro.

«Ah, allora è lei. Mi scusi, mi aspettavo...»

«Un uomo, o almeno una più giovane. Be', mi spiace, deve accontentarsi. Parliamo qui o da un'altra parte?»

Davide spostò lo sguardo dal caffè, in via di veloce raffreddamento, al cane, in via di altrettanto veloce riscaldamento. Boris si comportava in maniera strana, di solito reagiva con rumorosa ed eccitata curiosità all'approssimarsi di un estraneo. Stavolta pareva non essersi accorto della sconosciuta, ma dava lo stesso segni di inquietudine.

«Usciamo. Usciamo pure.»

Percorsero qualche decina di metri in silenzio, con l'ispettore che cercava di governare i continui strappi del cane e la donna che camminava, calma, a poca distanza.

A un certo punto le chiese:

«Che cosa sa?».

Lei si strinse nelle spalle:

«Che prima ha effettuato un arresto, e dopo le sono venuti dei dubbi. Almeno, a quanto sembra».

«No, che sciocchezza. Non è andata affatto così. Io non ho alcun dubbio. Ho rilasciato ben due testimonianze.»

La donna si fermò a riflettere. Quindi aggiunse:

«Ci dev'essere un errore. Se è tutto a posto, la mia presenza non serve. Buona giornata».

E si avviò nella direzione opposta. Il poliziotto si riscosse e la seguì:

«No, no, senta! Ehi! Si fermi, signora... come si chiama?».

La donna si bloccò voltandosi:

«Non è importante, ispettore. Faccia pace col suo cervello, invece. E quando avrà deciso, riparli col collega».

«Di norma, io ho un ottimo rapporto col mio cervello. Mi aspetti, mi libero di questo stron... cioè, porto il cane a casa e scendo. Un attimo solo.»

Dopo nemmeno due minuti, era di nuovo in strada.

Sara lo studiò con maggiore attenzione. Non era brutto: forse un po' sovrappeso e abbastanza trasandato, ma la capigliatura spettinata e gli occhi vivaci toglievano un po' di anni alla durezza dell'espressione. Con quello che aveva passato, in fondo, non se l'era cavata troppo male.

«Senta» le disse, «nemmeno io sono sicuro dei motivi

per cui mi sono confidato con Luca a proposito di questa storia. E ignoro perché la tizia abbia chiamato me e perché io ci sia andato. Io...»

Sara lo interruppe:

«Calma. Procediamo con ordine. Prima di raccontarmi tutto, mettiamoci su quella panchina».

Davide sbatté le palpebre annuendo. Quando si furono seduti, riprese:

«Dunque, della morte di Molfino suppongo che conosca quello che c'è da sapere».

La donna fece un gesto vago con la mano:

«Ho letto qualcosa. È stato ammazzato con dei colpi alla nuca, no?».

«Molti colpi. Per la verità si notava un particolare accanimento. Io sono arrivato sul posto con la prima squadra. Un vero macello. Il vecchio aveva più cervello sul pavimento che nel cranio e... mi scusi.»

Il viso di Sara si contrasse in una smorfia:

«Lasci stare. Qualche scena del crimine l'ho vista anch'io. E con cosa è stato percosso?».

L'ispettore si sistemò i capelli un paio di volte. Doveva essere un gesto automatico quando si trovava in difficoltà.

«Ecco, questa è la prima stranezza: l'arma impropria non è stata mai rinvenuta e Dalinda non ha detto nulla al riguardo. L'abbiamo trovata che dormiva accanto al corpo del padre.»

«Dormiva per terra?»

«Sì, era strafatta, piena di roba fino agli occhi.»

«E su quali basi avete disposto l'arresto?»

Pardo la anticipò:

«Primo: era sporca di sangue e materia cerebrale. Secondo: servitù, parenti e vicini hanno sostenuto la stessa versione, cioè che quel giorno Dalinda aveva urlato alla vittima "Ti ammazzo", tanto che l'avevano sentita tutti. E terzo: ha ammesso che sì, in effetti poteva benissimo essere stata lei, anche se non ricordava nulla di preciso. Ecco su quali basi».

Sara lo fissò concentrata. «E durante il processo il suo avvocato...»

«Ha mantenuto il carro sulla discesa, come diciamo qui. Insomma, è stato diplomatico e pare che nemmeno presenterà appello. È stato un omicidio terribile, signora. Anche tenuto conto della malattia.»

«Quale malattia?»

Davide aggrottò la fronte:

«Ma allora non ha letto i rapporti? Molfino era gravemente malato. Il fegato. Gli rimaneva poco, stava morendo di suo».

La donna ci pensò su qualche istante. Poi disse:

«Ispettore, chiami in ufficio. Lei oggi mi accompagna dal medico che ha eseguito l'autopsia».

Davide rimase sbalordito:

«Ma sta scherzando? Io sono impegnato!».

«No, non è vero. La sua attuale competenza è archiviare i rapporti. Ho le mie fonti. Stia tranquillo, la copriamo noi. Adesso andiamo.»

XII

Durante il tragitto fino all'ufficio del medico legale, a bordo dell'utilitaria di Pardo che ricordava la versione mobile della cuccia di un Bovaro del Bernese, e in effetti lo era, il poliziotto non resistette alla tentazione di informarsi sull'organizzazione alla quale Sara apparteneva.

«Luca, il mio amico» spiegò, «prima parlava sempre del suo lavoro, ora invece pare sia impegnato in un progetto segreto della NASA. Di che vi occupate, di preciso?»

«Io ho smesso, sono in pensione.»

L'ispettore la studiò, sorpreso:

«Come sarebbe? Allora perché è venuta a cercarmi?».

Sara sospirò, tenendo lo sguardo sulla strada:

«È complicato. Mi consideri una specie di consulente esterno. Verifico la fondatezza di certe… notizie, come quella che ci ha fornito lei. Tutto qui».

«Non agisce in via ufficiale?»

«Niente che mi riguardi è ufficiale. Io non sono con lei in questo momento, non ci siamo mai visti. In realtà non esisto.»

«E come la presento al dottore?»

Senza muovere un muscolo, la donna mormorò:

«Sono solo una collega, sarà più che sufficiente».

Davide arrestò la macchina con un sobbalzo nei pressi dell'Istituto di medicina legale:

«Ma tra colleghi ci si chiama per nome. Lei il mio lo conosce, io ignoro il suo».

L'altra rifletté per qualche attimo prima di rispondere:

«Va bene, può usare Mora».

«Cognome?»

Sara si tolse gli occhiali. Il poliziotto pensò a quanto fosse diversa rispetto alla sua prima impressione.

«Non è rilevante, Pardo. Tanto le assicuro che non avrà molte occasioni di rivolgersi a me. Piuttosto, prima di entrare mi spieghi perché non è più così certo dell'*indubbia* colpevolezza della Molfino.»

Se c'era ironia in quelle parole, Davide non la apprezzò.

«Senta, Mora, o come diavolo si chiama, io ho svolto il mio lavoro secondo le regole. E pure il PM, il GIP e gli altri.»

«Siamo qui, però. Quindi qualcosa è successo.»

Davide sembrava in evidente difficoltà:

«La tizia, la Molfino, mi ha mandato a chiamare tramite una guardia carceraria, che è una vecchia amica. Senza seguire la procedura, insomma. Ed è strano, le pare? Mica capita spesso che una colpevole di omicidio, del padre per di più, contatti il poliziotto che l'ha arrestata».

«E lei ci è andato.»

«Sì, e forse non avrei dovuto. Però per motivi miei ho preferito incontrarla.»

Sara lo fissava, inespressiva.

«Capisco. Magari per evitare che si ripetesse la faccenda del '97, immagino.»

L'ispettore si irrigidì:

«A che si riferisce, accidenti?».

«Via, Pardo. Non giriamoci intorno. Conosco il caso di Lorusso Gaetano, arrestato durante un'operazione antimafia nel giugno di quell'anno, accusato di appartenere a una banda che imponeva il pizzo a San Giovanni, e...»

«Non c'entro niente con quella storia!»

«E Lorusso non c'entrava proprio niente con le estorsioni, si trovava nella sala giochi per caso.»

«Erano cinque, e stavano insieme al momento dell'irruzione.»

«Lo portaste via insieme agli altri, benché sostenesse di essere innocente.»

«Basta, cazzo! Chi è lei, il diavolo? Prima, quando ero col cane, ha intuito da lontano che stavo bestemmiando e...»

«Siccome nessuno lo ascoltò e l'avvocato d'ufficio non gli credette...»

«Non fu colpa mia, maledizione!»

«Lorusso si impiccò in carcere, convinto che a causa sua i figli sarebbero stati marchiati per sempre dall'accusa di appartenere a qualche clan. Invece lui con la malavita non aveva mai avuto legami.»

L'ultima frase, pronunciata col tono piatto di una litania, cadde nel silenzio dell'auto come un macigno prima di una frana. Davide ansimava piano, con gli occhi strabuzzati e le labbra serrate.

La donna continuò, sussurrando:

«Io sono sicura della sua buona fede. È lei ad avere dei dubbi visto che, almeno fino a due anni fa, ha continuato a spedire in forma anonima dei soldi alla famiglia Lorusso. Non è così?».

Davide replicò a denti stretti:

«Il carcere è una brutta bestia, collega. Quando sei dentro, hai l'impressione che sia finito tutto, che la speranza sia morta. Dovrebbe rieducare, invece è l'inferno. Ma credo lei sappia anche questo».

Sara scrollò le spalle:

«Ognuno fa il suo mestiere, *collega*. L'ha detto lei, no? Non sta a noi decidere. Altrimenti non servirebbero i magistrati».

Pardo fermò l'auto e aprì lo sportello, ma prima di scendere aggiunse:

«I figli di Lorusso, un maschio e una femmina, si sono diplomati. Uno all'alberghiero, e adesso l'hanno assunto come cameriere in un hotel del lungomare; l'altra al liceo artistico, ed è figurinista da un famoso sarto di Chiaia. Sono bravi ragazzi».

Il medico legale, il dottor Curzio, era piuttosto anziano, con baffi spioventi da tricheco macchiati di nicotina e un paio di occhi acquosi.

«Ancora con questa storia? Che c'è di nuovo? Mica dovremo riesumare il cadavere e procedere con altri esami, vero? Mi pare che abbiamo verificato tutto.»

Pardo lo rassicurò:

«Non preoccuparti, dotto'. Nessun problema. È che la collega, qui, sta svolgendo una ricerca su alcune inchieste recenti, per statistiche o roba del genere, e io l'ho accompagnata. Voleva solo porti qualche domanda. Ce li hai cinque minuti?».

Curzio lanciò un'occhiata diffidente a Sara:

«Una ricerca, eh? Niente nomi, però. Non mi va di essere citato in articoli altrui. D'accordo?».

Sara annuì:

«Per me va bene. Ho bisogno solo di qualche informazione».

L'uomo si accese una sigaretta, sbuffò il fumo e bofonchiò:

«Allora?».

«Nel rapporto dell'autopsia lei riferisce di un corpo contundente a superficie arrotondata, e di un particolare accanimento. Conferma?»

«Certo. C'era lo sfondamento della scatola cranica e la copiosa fuoriuscita di materia cerebrale. Doveva trattarsi di un oggetto pesante, già il primo colpo è stato fatale.»

Sara cercò di approfondire:

«Nessuna ipotesi sull'arma? Per esempio il tipo di materiale o...».

Curzio la interruppe:

«Non ne ho idea. Niente schegge o altri residui. Comunque qualcosa di metallico che non ha perso pezzi».

La donna tacque, cercando di visualizzare la scena. Poi domandò:

«Nel referto ha scritto anche che Molfino era malato. Ricorda?».

Il medico rivolse un'occhiata perplessa a Pardo. «È tutto nero su bianco, e la relazione la ritirasti proprio tu, ispettore.»

Davide indicò Sara con lo sguardo lasciando intendere che quell'insistenza era solo un'eccentrica fissazione:

«La collega vuole ascoltare con le sue orecchie, dotto'».

«Il fegato era uno dei peggio ridotti che io abbia mai esaminato.»

Sara non batté ciglio:

«In che senso?».

Curzio sospirò. «Superficie irregolare, evidenti noduli diffusi, consistenza fibrotica, colore scuro. Una condizione cirrotica in stato di grave avanzamento.»

«E quali erano le cause?»

Il dottore allargò le braccia:

«Alcol, un virus dell'epatite, intossicazione da farmaci di lunga durata, patologie congenite, il persistere di una cattiva alimentazione. Ma anche la malattia di Wilson, una colangite sclerosante primitiva, una cirrosi biliare. Una qualsiasi di queste cause, o più di una».

Sara e Davide si scambiarono uno sguardo, poi la donna insistette:

«Insomma, secondo lei ...».

Il medico spense la sigaretta con evidente rammarico:

«Sì, senz'altro. Il tizio stava morendo».

Davide si giocò la carta del fatalismo:

«Un po' come tutti noi, del resto».

«No, Molfino si era portato assai avanti col lavoro. Sarebbe stato un miracolo se ridotto così fosse campato un altro mese, mese e mezzo.»

Sara mormorò, quasi tra sé:

«In pratica, ammazzandolo gli hanno accorciato la vita di poco».

Curzio fece un gesto d'assenso, e i baffi spioventi gli conferirono un'aria ancora più lugubre:

«Di pochissimo, in effetti».

XIII

All'uscita dall'Istituto di medicina legale, Sara si avviò verso un bar all'angolo della strada.

Dopo un attimo di esitazione, Pardo le andò dietro con un sospiro, accomodandosi al tavolino al quale si era seduta. «Scusi, sono queste le maniere formali che usate tra colleghi? No, perché va bene la riservatezza, ma la maleducazione è un'altra cosa.»

Sara gli scoccò un'occhiata gelida:

«Io sto lavorando. E quando lavoro la forma cede il passo alla sostanza. Per me un caffè, grazie».

Davide serrò le labbra, poi fece un cenno al cameriere.

«Mi spiega per cortesia perché ha voluto cominciare dal medico legale? Quali informazioni le ha dato che non poteva trovare nel referto?»

Sara rispose distratta, continuando a seguire il filo dei propri pensieri:

«Nelle carte non ci sono le espressioni facciali, e io sono abituata a leggere quelle. Non mi serviva la descrizione del fegato, avevo bisogno di capire quanto tempo rimaneva a

Molfino se non l'avessero ammazzato prima. E ora lo sappiamo».

Davide si grattò la testa:

«Ma che c'entra? Chi l'ha ucciso, quasi di certo la figlia, si è accanito con rabbia. Mica ha pensato: "Vabbe', tanto muore tra poco per conto suo, non vale la pena di finire in galera per tutta la vita"».

La donna rispose con indifferenza:

«Forse. O forse non era a conoscenza della malattia. Adesso, per favore, mi parli della figlia, dell'arresto e dell'incontro in carcere».

L'ispettore fece spallucce.

«Il centro operativo ricevette una telefonata anonima, che riferiva di urla e rumori provenienti dalla casa di Molfino. La porta era socchiusa, all'interno c'erano lui, morto, e la figlia che dormiva beata in un lago di sangue. Risultò strafatta, un bel cocktail di droghe e alcol. D'altronde, se la vedesse... È piena di tatuaggi e piercing, coi capelli alla mohicana.»

Nel frattempo era arrivato il caffè. Sara mormorò:

«La porta accostata, e niente arma del delitto».

Davide scattò:

«Ancora? Si risparmi critiche che non le competono. Non abbiamo tirato a indovinare, c'era tanto di magistrato e...».

«Intendevo solo che il quadro non è univoco.»

«E non è che l'avvocato della Molfino si sia prodigato troppo per smontare la tesi dell'accusa. Il processo non ha avuto intoppi, e ripeto: pare che nemmeno ricorreranno in appello.»

«Quindi la prima volta che l'ha vista non vi siete nemmeno parlati. È così?»

Pardo scosse il capo:

«No. Quando si è svegliata, mi ha domandato dove si trovava e chi eravamo. Chiedeva in continuazione di Bea: Bea di qua, Bea di là. Sulle prime non avevamo capito, poi risultò essere la figlia di sei anni».

«E con chi era la bambina?»

«Dormiva in camera sua, viveva con la madre e il nonno. Ora è stata affidata al fratello maggiore della Molfino, che è sposato ma non ha figli.»

Sara rifletté, sorseggiando dalla tazzina:

«E secondo la madre, la piccola sarebbe in pericolo».

«Così pare.»

La donna tacque per qualche attimo. Poi riprese:

«Va bene, Pardo. Adesso passiamo alla sua visita in galera».

L'ispettore sembrava a disagio.

«Be', io ho questa amica, una collega che prima di entrare nella penitenziaria era di pattuglia con me, una in gamba...»

«Per favore, niente divagazioni. Mi parli della ragazza.»

«Se devo raccontare, lo faccio a modo mio. Sia cortese e non m'interrompa. Difettate di buona educazione dalle vostre parti.»

Sara guardò l'orologio in modo plateale e con un cenno lo invitò a proseguire.

«Siamo rimasti in contatto. Non sono molti, in polizia, quelli che vale la pena frequentare. Peccato che Tina sia gay, altrimenti sarebbe stato carino conoscersi meglio. E insomma, mi telefona e mi chiede: "Davide, ma tu sei tra quelli del delitto Molfino?". Io rispondo di sì, che ero nella squadra intervenuta sul posto. E lei mi comunica che potrebbe esserci una novità interessante. "Quale?" domando io. E lei...»

«Pardo, ascolti: di solito sono paziente, ma se devo sorbirmi la trascrizione della conversazione...»

L'ispettore sbuffò, alzando le mani:

«Va bene, allora riassumo. Pare che le due abbiano stretto amicizia. Dalinda non dà fastidio, se ne sta tranquilla e non raccoglie provocazioni, la sua condotta è molto apprezzata. Mentre chiacchieravano, è venuto fuori che io e Tina siamo amici, e la Molfino aveva memoria del sottoscritto».

«Ah, sì? E come mai?»

Pardo assunse un'aria offesa:

«Senta, signora, non sarò di suo gusto e tantomeno lei è del mio, ma ho un mio pubblico, sa? Non passo certo inosservato, è chiaro che la ragazza...».

Sara inarcò le sopracciglia:

«Continui, la prego».

«Tina mi ha riferito che Dalinda voleva incontrarmi.»

«E non le è sembrato inusuale? In fondo era pur sempre quello che l'aveva arrestata.»

«No, non è così raro. Si è aggrappata all'ultimo istante di libertà, forse. Oppure ricordava di essere stata trattata con un minimo di gentilezza. Comunque ho accettato.»

«Ma non ha informato i suoi superiori e nemmeno il magistrato.»

«Sul momento no, e dopo non era il caso. Era proprio per non parlare con loro che la ragazza voleva vedermi. Ho sbagliato?»

«Probabilmente avrei ragionato così anch'io.»

«Insomma, ci sono andato. In verità ho agito un po' fuori dai canali ufficiali: non è stato un colloquio, non avrei potuto motivarne la richiesta. Ha organizzato tutto Tina, questione di pochi minuti. Io dopo l'affare di Lorusso ho una particolare sensibilità per chi è in carcere e volevo la sicurezza di non aver arrestato un'altra aspirante suicida.»

Sara annuì:

«E come stava la Molfino?».

Pardo allargò le braccia:

«E come doveva stare? Occhi bassi, dimagrita, voce rotta, tremore alle mani. Una tossica in galera, disorientata e triste».

«Allora che è successo?»

Davide si mosse sulla sedia, in difficoltà:

«Tina la teneva per un braccio. Dalinda mi ha stretto la mano, mi ha fissato in faccia e ha detto: "Bea, Bea… dovete salvarla. È in pericolo, la ammazzeranno"».

«Ha usato proprio queste parole?»

Davide si spazientì:

«E chi cacchio se lo ricorda se erano quelle esatte? Io non sono come lei, che sente bestemmiare uno a un chilometro di distanza. Le ho spiegato che poteva stare tranquilla, che la bambina era con il fratello e la cognata. Allora lei ha sospirato e ha cominciato a piagnucolare, e Tina se l'è portata via. È finita lì».

Sara tacque, immersa nei propri pensieri, quindi tornò alla carica:

«Mi sfugge il senso del suo comportamento. Lei minimizza la preoccupazione per le paure della Molfino; però ha contattato Luca, il suo collega, e attirato la nostra attenzione. Forse sono io che non la capisco, ma è una condotta poco coerente».

Pardo aprì e richiuse la bocca un paio di volte prima di rispondere:

«Io… io non la voglio, questa responsabilità. Già una volta… Sono un poliziotto, non uno psicanalista, e nemmeno un prete o un giudice. Non voglio entrarci in questa storia. Ho passato l'informazione a uno di cui mi fido, che magari può intervenire, e adesso ne sono fuori».

Sara si alzò con un sorriso soave sulle labbra. «No, ispettore caro. Lei ci sta dentro, eccome. Se non altro in qualità di testimone. Perciò si tenga pronto e a disposizione, perché se ci lavoro io, su questo caso, ci lavora anche lei. Avrà presto nostre notizie. Buona giornata.»

XIV

La potente automobile scura imboccò il viale rombando. La bella bionda alla guida ridacchiò e senza preavviso allungò la mano sull'inguine del ragazzo atletico seduto al posto del passeggero.

Teresa adorava quei gesti improvvisi. Si godeva lo stupore e la reazione involontaria del partner occasionale, proprio nel mezzo di una normale conversazione sugli argomenti più disparati. Pescava le proprie prede tra i novellini delle scorte, gli stagisti ammessi in specifiche sezioni dell'unità ma che ne ignoravano il funzionamento complessivo o, come quella sera, catturando in un locale lo sguardo famelico del cliente più carino. Al gusto della conquista aggiungeva il piacere che le procurava l'orgoglio ferito della giovane con cui il futuro amante si accompagnava prima che lei decidesse di portarselo via.

Era un groviglio di emozioni a ispirarle simili performance. C'entrava il sentirsi ancora attraente e desiderabile, insieme alla vendetta contro un ex marito al quale piacevano le ventenni, come quella appena mollata dalla sua nuova fiamma; c'entrava anche il sesso in sé, l'attività più divertente e gratificante che riusciva a permettersi.

E poi c'era il potere, ovviamente. La voglia di far capire a tutti che il maschio alfa in giro era lei: Pandolfi Teresa, la prima donna ad assumere la direzione di uno dei più segreti e strategici apparati che si potessero ricondurre, in senso molto lato, alla difesa dell'ordine pubblico.

Assaporò la reazione del ragazzo sotto la sua sapiente mano, mentre accostava a un centinaio di metri da un elegante portone. Avvertì la sorpresa mista a un lieve timore. Poi l'interesse crescente per quella femmina così raffinata, della stessa età della madre, che gli accarezzava il pacco in modo assai esplicito, preludio di una notte alla cui altezza lui sperava di dimostrarsi.

Con un'espressione rassicurante e continuando a toccarlo, Teresa mormorò qualcosa. L'altro, con un largo sorriso che lo faceva sembrare ancora più giovane e che non riusciva a levarsi dalla faccia, annuì felice e scese dalla macchina. Avrebbe atteso in strada che si accendesse la luce della finestra al secondo piano per raggiungerla. La discrezione era d'obbligo.

Separatasi dall'accompagnatore, Teresa parcheggiò nel posto riservato. Uscì dall'auto, chiuse lo sportello e ancheggiando allegra si diresse verso il portone.

Sara la aspettava nell'ombra, e come al solito la Pandolfi la vide solo all'ultimo momento.

«Accidenti a te, Mora. Mi hai spaventata, cazzo. Ma che ti piglia? Invece di acquattarti nel buio, non potevi mandarmi un messaggio?»

La donna dai capelli grigi non mosse un muscolo. «Non ti ricordi più quello che ci hanno insegnato? Limitare al minimo i contatti. Perché scriverti, se so dove trovarti?»

Teresa d'istinto lanciò un'occhiata alle sue spalle:

«Ma io qua ci abito, maledizione! Si tratta di lavoro, no? Non ce l'hai una vita?».

Sara fece una smorfia:

«No, mi hai cercata proprio per questo. E non preoccuparti, è questione di pochi minuti. Devo incontrare la Molfino, da sola».

Teresa restò a bocca aperta:

«Perché? Il tuo compito è verificare che la bambina…».

«Senti, Bionda, se ti dico che devo incontrarla, significa che è indispensabile. Non farmi perdere tempo, oppure liberami da questa stronzata.»

«Ma hai parlato col poliziotto, quel…»

«Pardo, sì. Non ha capito niente, nemmeno il motivo per cui la ragazza ha chiesto di vederlo. È anche per questo che voglio parlarle. Hai dimenticato come funziona?»

Teresa emise un profondo sospiro. Dietro di lei, a qualche decina di metri tra gli alberi, una figura camminava avanti e indietro, inquieta, in attesa che una finestra si illuminasse. «Conosco il metodo: il movimento delle labbra, la postura, la posizione della testa, il tono della voce. Se non ce li hai davanti, non puoi leggerli.»

«Esatto.»

La bionda ci pensò un attimo, poi acconsentì:

«Va bene, cercherò di accontentarti. Non è semplice, però, un colloquio privato in carcere con una sconosciuta…».

Sara sibilò:

«Domani. Può accompagnarmi lo sbirro. Tanto è come se non ci fosse».

Teresa sorrise aspra:

«In coppia, eh? Significa che stai cominciando a divertirti anche tu».

Dall'oscurità, la donna invisibile rispose sarcastica, accennando alla notte:

«Non ci provare, Bionda. Io e te siamo diverse. Vedo che non te lo sei tolto il vizio degli sbarbatelli».

Teresa arrossì di colpo:

«Ma no, quello è il... nipote di un vicino. Gli ho dato un passaggio e...».

«... e gli hai messo la mano in mezzo alle gambe all'improvviso, come si è visto dal sobbalzo che ha fatto. Dopo gli hai detto che lasciavi il portone aperto, di aspettare che entrassi in casa e accendessi la luce prima di salire. E alla fine hai aggiunto che eri impaziente di scoprire il sapore di quel bell'arnese. Che poi, per inciso, credo che la parola "arnese" non si usi nemmeno più. Chissà se il bambino ha afferrato.»

La Pandolfi strinse i pugni, livida:

«Anche se ci conosciamo da tanto, non hai il diritto di venire qui a...».

Sara si voltò e dileguandosi nelle tenebre mormorò:

«Comunicami quando dobbiamo essere al carcere femminile, domani. Basterà un messaggio».

XV

Si ricordò della boccetta vuota quando ormai era impossibile rimediare uno stimolante che la tenesse sveglia. L'insolita attività della giornata l'aveva distratta, oltre a stancarla troppo: sarebbe dovuta passare da Franco l'indomani.

Per un attimo valutò la possibilità di chiamarlo nonostante fosse tardi, sperando di estorcergli la ricetta e con quella cercare una farmacia di turno. Ma il medico era solito spegnere il cellulare e staccare il citofono dopo una certa ora. Il mestiere del neuropsichiatra, in assenza di limiti, rischiava di smarrire ogni frontiera notturna.

E invece, per Sara, proprio la barriera del buio rappresentava il confine con la paura. L'unica vera debolezza che le era rimasta, l'unico terrore: dormire.

Amore, sei così forte. Io non ho mai conosciuto nessuno come te e, credimi, ne ho incontrata di gente. Tu sei come l'acciaio, col tuo sorridente silenzio, con le mani calde e ferme, col tono basso della voce. Sei un diamante, che per qualche incredibile motivo solo io vedo brillare. È così bello voltarsi e trovarti al mio fianco.

Non è vero, considerava Sara. Non ci credeva neanche quando Massimiliano glielo ripeteva, ormai alla fine, nei momenti in cui la coscienza riusciva a ricavarsi uno spazio nel dolore immenso che lo attanagliava.

No, non sono forte. Altrimenti non mi sentirei morire come stasera, alla sola idea di addormentarmi.

L'inizio era coinciso con il ritorno a casa, dopo la morte di lui. Finché era rimasta in albergo, il sonno arrivava muto e ristoratore, calandole addosso come le tenebre sulla città, trasportandola in un territorio nero e silenzioso, privo di voci da ascoltare. Poi, all'improvviso, aveva iniziato a ricevere visite: le prime erano dello stesso Massimiliano. Al di là del vetro della rianimazione, l'ultimo luogo che l'aveva ospitato, si sforzava di sedersi fissandola, muto e addolorato. Sembrava rinfacciarle una colpa gravissima.

Più tardi era arrivato Giorgio, a volte il bambino in lacrime di quando lei l'aveva lasciato, a volte l'adulto morto, sul tavolo dell'obitorio, con i lividi e le fratture dell'incidente. E le parlava eccome, vomitandole addosso accuse che pesavano sul cuore di Sara; con frasi cariche di veleno le rimproverava ogni momento di un'adolescenza, di una gioventù e di una maturità dalle quali si era autoesclusa e che non sarebbero tornate mai più.

Cominciò ad ansimare, avvertendo il terrore di una sofferenza incombente che era peggio del tormento stesso. Provò a trovare conforto nella stanchezza, nella speranza di cedere al sonno, di svegliarsi con il sole già alto e idee nuove da coltivare.

Nel tentativo di distrarsi andò con la mente a tutti

coloro che, in quel quartiere residenziale all'apparenza tranquillo, inseguivano una consolazione per lenire la solitudine. Pensò alla coppia che aveva "sentito" discutere dalla finestra e si considerò fortunata di non avere avuto in sorte quel destino, perfino più crudele della solitudine. Pensò alla signora anziana che abitava alcuni piani sopra di lei, in perenne lotta coi condomini perché si ostinava a tenere quattro gatti nel suo appartamento. Quanta vita le restava? E per quale motivo aveva scelto quella come unica compagnia? Poi pensò a Teresa. La immaginò mentre fumava, sveglia, accanto a un ragazzo sconosciuto che invece russava dopo un vigoroso, insoddisfacente rapporto sessuale. Si chiese se non stava meglio lei in compagnia dei suoi fantasmi che, urlando, le ricordavano le sue responsabilità. Pensò pure a Pardo, l'ispettore disordinato, e al suo Bovaro del Bernese: una stravagante società anche quella, un matrimonio a perdere.

La gente, rifletté Sara resistendo al sonno, si aggrappa. Non fa altro, alla fine. Si aggrappa a una persona, a un animale, a un ricordo. Si aggrappa alle bollette, al mutuo, alle vacanze. Si aggrappa per non affondare, fissando gli occhi su qualcosa di vicino per non dover guardare lontano, dove risiede solo l'abisso.

La testa, che la stanchezza aveva disancorato dalla logica, andò alla ragazza sconosciuta, Dalinda Molfino, una figlia piccola, le mani macchiate dal sangue del padre che presto sarebbe morto comunque. Droga e rabbia, certo. Ma anche l'ossessione per una bambina accudita da altri, forse più affidabili, e comunque strappata dalle sue braccia.

Per qualche paradossale motivo la situazione della donna era speculare e opposta alla sua quando aveva lasciato Giorgio e il marito per seguire l'amore. Dalinda voleva stare con Bea, provare a proteggerla pur essendo inadeguata. Chissà da chi, chissà perché.

Gli occhi le si chiudevano, nonostante la strenua resistenza che si sforzava di opporre. Indugiò su quello che la ragione confinava lontano, sulle rarissime circostanze in cui Massimiliano le aveva parlato di suo figlio.

Amore, devo confessarti un segreto. Non guardarmi mentre te ne parlo, forse non riuscirei ad arrivare alla fine del discorso: e invece stavolta voglio rivelarti tutto. È necessario. Te lo devo.

Sara aveva cercato di cambiare argomento con una futilità. Era stata lei che aveva deciso, lui non c'entrava. Non voleva che si sentisse responsabile più di quanto lo fosse già, senza averlo scelto.

Ma lui le aveva stretto la mano, tenendo gli occhi fissi sul mare d'inverno della Costiera, dove andavano a trascorrere qualche ora per separarsi dal resto del mondo.

Io l'ho seguito, tuo figlio. L'ho seguito per tutti questi anni, e lo seguo ancora. A modo mio, a modo nostro, restando a distanza e intervenendo con piccoli colpi di sterzo quando è necessario correggere un po' la direzione. Capisco che non vorresti, che non mi chiedi nulla e che la tua scelta è chiara. Ma lo so che ci pensi. Che non c'è battito del tuo cuore in cui non risuoni l'eco dell'essere madre. Anche se nessuno sulla faccia della Terra ti crederebbe, forte di giudizi che è così facile esprimere.

Lo sapeva, certo.

Era troppo abituata a desumere l'oggetto delle ricerche, la natura del lavoro di Massimiliano, per non scorgere la zona d'ombra che le teneva nascosta. Era come scoprire l'esistenza di un pianeta dall'alterazione dell'orbita degli altri.

Avrebbe potuto leggere con facilità i documenti, aprire il fascicolo; ma le piaceva credere che Giorgio fosse affidato a quel padre invisibile, che non avrebbe mai conosciuto e che forse immaginava coltivando i residui di un odio antico.

È un bravo ragazzo. Studia con profitto, gli piacciono le materie scientifiche, la chimica. Intraprenderà la carriera universitaria: io ho agito solo affinché gli fossero riconosciuti i meriti, non ho dovuto eliminare ostacoli dal suo cammino. È sereno, equilibrato, di carattere estroverso. Non è molto sportivo, ma sta bene in salute. Perché ti racconto tutto questo? Perché voglio che tu sia certa che mai, mai, possa trovarsi in pericolo. Che non stia o possa star male. Che abbia sempre una vita soddisfacente, piena di amore e allegria. Ecco perché.

Eppure, caro Massimiliano, lo hai preceduto di così poco. Non eri Dio, e non hai mai giocato a farlo, ma hai commesso, senza esserlo, l'errore di ogni genitore: convincersi che sia possibile proteggere un essere umano da ogni problema, da ogni avversità.

Il figlio che non avevi, morto ammazzato meno di due anni dopo che te n'eri andato tu.

L'angoscia si stemperò nel sonno inquieto. Con l'ultimo barlume di coscienza, Sara si augurò di cadere in fondo al pozzo buio, privo di sogni.

E invece il cadavere di Giorgio si rizzò a sedere e le chiese dov'era mentre lui moriva.

XVI

A Davide Pardo era rimasta addosso un'inquietudine di cui ignorava l'origine.

Di natura era un uomo semplice, che amava la chiarezza. Quando ci rifletteva, non che accadesse spesso ma qualche volta capitava, era a questo bisogno di evidenza che attribuiva la scelta di diventare poliziotto. I buoni e i cattivi, per lui, dovevano essere riconoscibili, con poca approssimazione, al primo sguardo. Come se indossassero magliette diverse. Come due squadre di calcio contrapposte.

Purtroppo, se ne rendeva conto, non era così che andava. Col tempo, collezionando amarezze, aveva compreso che forse la cattiveria nemmeno esisteva. Ma c'era l'egoismo, in diverse forme e in molteplici proporzioni, che nella sua essenza suprema portava un uomo a eliminarne un altro. E l'egoismo percorreva strade insolite, infiltrandosi anche in quelle che a buon titolo avrebbero potuto essere definite "brave persone". Insomma, i cattivi non erano sempre quelli che sembravano cattivi. Bisognava imparare a cercare le vene perverse nei comportamenti normali.

I buoni, invece, secondo l'ideale che Davide aveva cullato nel corso di tutta la sua carriera, erano o avrebbero dovuto essere individuabili senza troppe difficoltà. Meno dubbi c'erano, più semplice era l'esistenza.

Per questo, pensò mentre si esibiva nella consueta performance di sci nautico dietro un Boris in gran forma, gli ultimi giorni lo avevano disorientato. E per questo avvertiva una sorta di turbamento e anche un po' di preoccupazione.

Aveva creduto di mettersi la coscienza in pace segnalando a Luca, il collega che lavorava nei Servizi, i timori della Molfino. Aveva preferito così, perché andare da un superiore o, peggio ancora, da un magistrato avrebbe comportato di certo allusioni al suicidio di Lorusso, e lui non voleva passare per uno prigioniero di antichi complessi.

Ora però non era troppo sicuro della scelta. Luca era scomparso, nemmeno gli rispondeva al cellulare, e la tizia dai capelli grigi, quella che aveva detto di chiamarsi Mora, era una delle persone più inquietanti che avesse mai conosciuto. A guardarla di sfuggita pareva invisibile, una signora qualunque di mezza età come se ne incontrano tante; ma ad averla accanto sembrava che ti radiografasse senza sosta con quegli occhi privi di espressione. Aveva lineamenti delicati, una pelle che tradiva l'inaspettato permanere della giovinezza e la voce bassa, sicura, di chi non ha mai esitazioni.

Difficile sistemarla tra i buoni, Mora. Quell'onniscienza, quell'atteggiamento diffidente e soprattutto quell'incredibile facoltà di cogliere da lontano le parole della gente, quasi leggesse le menti, spaventavano più di un pazzo con la bava alla bocca che irrompe in commissariato brandendo un coltellaccio. Almeno, però, lo prendeva sul serio, e questo la collocava piuttosto in alto nella lista delle donne della sua vita.

Le donne. Il cruccio più grande di Pardo. Gli piacevano non poco, e ce la metteva tutta perché i rapporti funzionassero; ma con inesorabile puntualità riusciva a dare il peggio di sé, e di volta in volta era troppo sicuro o insicuro, deciso o indeciso, tenero o noncurante, l'esatto opposto di quello che la controparte (e già considerarla come una controparte la diceva lunga) desiderava davvero.

In effetti, rifletté mentre Boris lo trascinava dall'altro lato della strada col semaforo rosso attirandogli in un'unica soluzione il quantitativo di insulti previsto per un'intera settimana, la storia delle sue relazioni pareva un cimitero di guerra costellato di lapidi, una diversa dall'altra per decorso e fine. Si andava dalla morte improvvisa, con tanto di ritrovamento della partner a letto con un istruttore di fitness, alla lentissima agonia, con dieci giorni di silenzio davanti alla tv prima di ricevere un biglietto d'addio. Boris, che lo spingeva a chiedersi ogni giorno perché il Bernese fosse noto come una zona tranquilla se era abitato da simili Bovari, deteneva il record della convivenza più lunga: e intanto il tempo passava, inesorabile.

Peccato, perché l'ispettore Pardo Davide avrebbe voluto una famiglia con tanto di figli. Era convinto che l'istinto materno non fosse una prerogativa femminile, e riteneva di possederne una buona dose. Erano le donne che incontrava a fraintenderlo o, se lo capivano, ne avevano paura.

Forse, pensò, intanto che il Bovaro scartava di lato conducendolo in una traversa della via principale, era nato nell'epoca sbagliata.

All'angolo, immersa nell'ombra e invisibile a meno di sbatterci contro, c'era Mora. Boris le si avvicinò scodinzolando e con deferenza si spalmò al suolo, docile come un peluche.

Ansimando, Davide disse:

«Senta, io non so come riesca ad attirare questo animale con la forza del pensiero, ma la smetta perché mi spaventa».

Sara lo fissò, fredda:

«Non so di che accidenti sta parlando. Ho scelto questo posto perché offre un'ottima visuale sul suo portone. Adesso, però, dobbiamo andare».

Davide la guardò meglio:

«Ma ha dormito? Ha una faccia terribile».

Sara gli restituì un sorriso sardonico:

«Lei sì che sa come rivolgere un complimento a una signora. Lasci perdere, il mio sonno non la riguarda. Porti su il cane, perché non c'è più tempo».

Pardo indurì la voce, esibendo il suo famoso sguardo da uomo forte:

«Senta, Mora, io non prendo ordini da lei, chiaro? Questa faccenda è nata da un eccesso di zelo del sottoscritto, di cui per inciso mi sono più che pentito, quando becco quel fesso di Luca gli tiro il collo, quant'è vero Iddio, ma non stravolgo la mia vita perché una sconosciuta pensionata viene a dirmi che…».

Sara alzò una mano e lo interruppe:

«Mi ha convinta, Pardo. Lei non mi serve. In più è capace di assumersi le sue responsabilità. Si assumerà anche questa, quindi. Arrivederci».

Davide la vide allontanarsi calma, come se stesse passeggiando. Il cane si sollevò, agitato, ed emise un lungo guaito. A voce alta l'ispettore si rivolse alla schiena di lei:

«E questo che vorrebbe dire? Che anche voi... la sua unità o quello che cacchio è... vi disinteresserete della questione?».

Sara non rispose né si fermò, dirigendosi verso la macchina.

Boris e Pardo si guardarono perplessi, poi il quadrupede decise per entrambi avviandosi al trotto dietro la donna dai capelli grigi e trascinando il padre putativo con sé, quasi fosse un'appendice del guinzaglio. Quando l'ebbero raggiunta, il poliziotto disse:

«Io le responsabilità me le assumo davvero, cara Mora. Questo sia ben chiaro. È soltanto che credo di meritare un po' più di considerazione, e...».

«Le ho detto di portare il cane a casa, e di sbrigarsi. Devo accompagnarla in galera.»

«Ecco, alla buon'ora si è degnata di spiegarmi... Come in galera? Perché?»

Ma Boris si era diretto obbediente verso il portone, e le rimostranze di Pardo si persero nel traffico del mattino.

XVII

Dalinda Molfino fu condotta nella saletta riservata da due agenti della penitenziaria. Una era Tina, l'amica di Pardo, che gli lanciò un'occhiata in cui si mischiavano curiosità, preoccupazione e perfino una punta di risentimento.

Sara colse al volo e intervenne rivolgendosi all'altra guardia, una donna più anziana dalla mascella pronunciata:

«Questo colloquio è stato richiesto fuori dalle procedure ufficiali ed è molto, molto riservato. Sarebbe meglio se le altre detenute e le colleghe non ne fossero informate. Grazie».

Le due si scambiarono uno sguardo d'intesa e uscirono dalla stanza piazzandosi ai lati della porta.

Non avevano molto tempo, l'assenza della Molfino dalle attività in corso nel carcere sarebbe stata notata presto. Nel messaggio inviato di primo mattino, Teresa aveva specificato che disponevano di un quarto d'ora al massimo.

Sara scrutò la giovane. Teneva gli occhi bassi e aveva i capelli rasati quasi a zero. Alcuni caratteri orientali erano tatuati dietro l'orecchio destro, e dal collo spuntava una testa di serpente che allungava la lingua biforcuta verso il mento. Sia sul labbro inferiore sia su una narice c'erano fori da piercing, e anche sulle orecchie, dalla cartilagine ai lobi. Era ben diversa dalla donna entrata là mesi prima, e questo a Sara fu subito chiaro.

Pardo disse:

«Dalinda, la signora vuole rivolgerti qualche domanda a proposito del nostro ultimo incontro».

L'altra alzò lo sguardo, un'espressione dura sul viso:

«Credi che voglia parlare con una che non conosco? Io mi sono confidata con te, accidenti. Solo con te. Chi è questa? Non ho niente da raccontarle».

L'ispettore protestò:

«Ti assicuro che è una persona fidata! Altrimenti non sarebbe qui. Lo so benissimo quant'è difficile per te».

Dalinda gli sputò in faccia la sua frustrazione:

«Tu non sai un cazzo, un cazzo di niente. E io ho sbagliato a fidarmi».

Sara si alzò, veloce:

«Pardo, andiamo. Ti avevo avvisato che era inutile. Non abbiamo tempo da perdere con le paturnie di un'assassina».

Il poliziotto rimase con la bocca spalancata. Poi si alzò a sua volta, rosso in viso.

La Molfino sollevò una mano:

«Ehi, aspetta! Non sono paturnie, mia figlia è in pericolo, merda!».

Senza sedersi, Sara le rivolse un'occhiata gelida:

«Secondo l'ispettore è un sospetto fondato. Ma io non

sono disposta a sorbirmi il turpiloquio di una che ha ammazzato il padre. Quindi, o mi convinci in trenta secondi a prestarti ascolto o me ne vado da chi davvero ha bisogno di aiuto».

Davide era sconcertato. Fino a poco prima gli era sembrato di dover quasi convincere Mora che forse aveva sbagliato, che magari era soltanto il tentativo di una psicopatica di attirare l'attenzione su di sé: adesso invece la donna pareva decisa a chiudere la faccenda. Aveva raggiunto la porta, messo la mano sulla maniglia, pronta a uscire, e fissava calma la Molfino come a concederle un'ultima possibilità. Sempre se si fosse sbrigata.

«Che caz... Non sono una... Io non lo so più, chi sono. Ma la mia bambina è in pericolo. Non m'importa di me o di rimanere tutta la vita qua dentro. Però accertatevi che Bea non corra rischi. Vi prego.»

Seguì un attimo di silenzio teso. Sara sembrava incerta se andarsene o meno. Alla fine, con lentezza, sollevò la mano dalla maniglia e tornò a sedersi. Guardò Dalinda negli occhi e disse, calma:

«E allora muoviamoci. Io domando, tu rispondi. Ci stai?».

La ragazza acconsentì con un cenno deciso del capo.

Suo malgrado, Pardo restò ammirato dalla rapidità con cui Mora aveva messo la conversazione in discesa.

La donna dai capelli grigi chiese:

«Perché affermi che la bambina è in pericolo?».

L'altra tendeva a mordersi il labbro inferiore. Buon segno, pensò Sara. Significa che non parla senza riflettere.

«Non sta bene. Abbiamo fatto solo due colloqui, e al secondo l'ho trovata peggio del primo. Poi, nonostante le mie richieste, non mi hanno più permesso di vederla.»

«Chi te l'ha impedito?»

«Mio fratello Gianpiero. Bea è stata affidata a lui e a sua moglie Doriana.»

«E tu sospetti che loro...»

La giovane scosse il capo, decisa:

«No, no, le vogliono un bene enorme, non hanno figli. Ma qualcun altro potrebbe... Di sicuro non si accorgono che è malata. Io però sento che è così».

Sara non spostava gli occhi dal volto di Dalinda. I muscoli, i tendini, le labbra, soprattutto lo sguardo. E la voce, sicura ma attraversata da un tremito. Era certa che non stava mentendo. Ne sarebbe stata certa anche guardandola da lontano, e con meno indizi. «Sforzati di essere più precisa, per favore. In che senso è malata? Hai notato lividi o altro?»

Dalinda ebbe un moto di collera:

«Ti ripeto che la amano tantissimo! Poi, se avessi visto segni di percosse, avrei chiesto aiuto di nascosto? No, avrei fatto la pazza, e chi se ne fotte della galera!».

Il tono stridulo attirò l'attenzione delle due poliziotte, che si voltarono a guardare attraverso il pannello di vetro della porta.

Davide fece un cenno per tranquillizzarle, e si rivolse alla ragazza:

«Calmati. Vogliamo venirti incontro, non crearti problemi».

Dalinda recuperò il controllo:

«Nessun segno. Ma ha perso la luce dagli occhi. Bea è allegra, vivace, casinista: quando è venuta qui, sembrava avesse sonno, ed era mattina. L'ho presa in braccio e si è appisolata. Io...».

Si passò una mano sul torace, come a ripercorrere i contorni del corpo della piccola:

«Io l'ho avvertito con chiarezza. Stava male. L'ho detto subito a Gianpi, e lui mi ha rassicurata. Pare che l'abbiano sottoposta anche a un'approfondita visita pediatrica e che sia in salute. Ma io ho percepito che non è vero. Lei è madre?».

La domanda improvvisa colpì Sara come uno schiaffo in pieno volto. Senza nessun motivo, il pensiero andò a Viola che si accarezzava il ventre enorme sulla panchina dei giardinetti.

Annuì, lenta:

«Lo sono stata, tanto tempo fa. Perché me lo chiedi?».

«Allora lo sa come funziona. Una le cose le sente, e basta. Non ci possono essere dubbi.»

Non lo sento. Come se, voltandogli le spalle e chiudendo con quella vita, abbia cancellato anche le sensazioni del mio corpo. Come se fossi nata nel preciso momento in cui ho avvertito lo sguardo di Massimiliano addosso, come se mai fossi esistita prima. Non ricordo di aver fatto l'amore, non ricordo di aver partorito. Io non lo sento, Bionda. Non lo sento più.

«Chi potrebbe volere il male della bambina, e perché?»

La ragazza, confusa, iniziò a divagare:

«Non lo so. Mio padre era malato. Ho sempre creduto che fosse per come aveva vissuto, non era il tipo che si risparmiava. Un po' gli somiglio. Anch'io non mi sono negata niente. E mi va bene così».

Le ultime parole erano state pronunciate con aria di sfida, fissando i grandi occhi neri in quelli di Sara.

Senza preavviso e senza cambiare tono, la donna chiese:

«L'hai ammazzato tu?».

Davide sobbalzò, quasi fosse esploso un petardo, e si voltò verso la collega:

«Ma che c'entra questo?!».

Dalinda considerò la domanda come se fosse difficile dare una risposta. Poi disse:

«Lui era una merda, signora. Una vera merda. Gli importava solo di se stesso e dei soldi, io e mio fratello siamo cresciuti per conto nostro da quando mamma è morta. Io, che alla fine me ne sono sempre fregata di papà, in un certo senso mi sono salvata. Invece Gianpiero, poveretto, è rimasto all'ombra del grand'uomo».

Sara tenne gli occhi fissi su quelli della ragazza:

«Voglio sapere se l'hai ucciso».

«Ho capito, e le sto rispondendo. Non posso escluderlo, non ero in me. Sono stata in un bar, dove ho preso della roba, tanta roba. Sono tornata a casa sulle mie gambe, forse, non ricordo bene. Potrei averlo ammazzato, sì. Lo odiavo. Per questo sono qui, e non combatto per uscire. Se non l'ho ucciso io, è solo perché magari qualcuno è stato più veloce di me.»

Sara la scrutò con intensità.

Fuori dalla stanza le due guardie si scambiarono qualche parola e tornarono a spiare dentro. Il tempo stava per scadere.

«Averlo odiato non ti rende colpevole di omicidio. Dici che una madre certe cose le sente e che sei in pena per tua figlia... Allora devi difenderti.»

Un'espressione triste si dipinse sulla faccia di Dalinda, che rimase in silenzio.

Quindi la porta si aprì e le due agenti entrarono nella stanzetta.

La ragazza mormorò:

«Magari è meglio così, meglio per tutti. Anche per Bea».

La presero per le braccia e lei si voltò verso il corridoio. Prima di uscire, da sopra la spalla destra, disse:

«Mia figlia non sta bene. Voglio solo che qualcuno la aiuti. Pensate a lei, non a me».

XVIII

Appena fuori dal carcere, l'ispettore Pardo fronteggiò Sara e parlò senza preamboli:

«Un attimo, Mora. D'accordo, ho innescato io 'sto casino e adesso devo occuparmene. Per inciso, sono anche contento di come è andata, perché questa ragazza più la vedo, più dubbi mi vengono. Se con gli anni ho sviluppato una paura per colpa di questo mestieraccio, è quella di sbattere dentro un innocente. Mi è tutto chiaro, quindi va bene».

Sara lo ascoltava, paziente. Un filo di brezza le muoveva i capelli grigi, e Davide pensò che quella rinuncia a ogni attributo di femminilità la rendeva inquietante. Eppure era carica di una strana, placida energia. «E allora?»

«Se devo essere coinvolto in questo supplemento d'indagine, come se avessero riaperto un caso che invece era chiuso, voglio capire come stiamo procedendo. Qual è la strategia? Perché qui non c'è nulla di ortodosso.»

Sara inclinò il capo. Sembrava stesse riflettendo su un elemento nuovo, che non aveva considerato fino a quel momento.

«Va bene, mi pare giusto. Cosa vuole sapere?»

Davide fu colto alla sprovvista dalla rapidità della concessione. Si era preparato un discorso più lungo.

«In primo luogo, cosa stiamo cercando? Il problema è la bambina. Perciò dovremmo accertare se sta davvero male e indagare su chi ce l'ha in affidamento o se ne occupa. Senza muoverci per vie ufficiali, certo, magari seguendola, aspettandola davanti alla scuola. Invece abbiamo incontrato il medico legale, poi di nuovo Dalinda e non abbiamo scoperto niente che non conoscessimo già. Ora, mi chiedo e le chiedo di nuovo: cosa stiamo cercando, in realtà?»

A quel punto Sara lo ignorò, dandogli le spalle e raggiungendo la macchina. Quindi sedette al posto di guida.

Dopo un attimo di perplessità, Davide la seguì. Quando ebbe chiuso lo sportello, si sentì autorizzato a completare il ragionamento:

«Ecco, vede? Lei agisce secondo chissà quale criterio, e uno deve assecondarla. Be', a me non va più di essere mortificato così. Sono in servizio da oltre trent'anni, seguo le procedure e mi attengo ai fatti».

«Se sta zitto un attimo, le rispondo.»

Il poliziotto chiuse la bocca con uno scatto, sentendosi piuttosto stupido. Cercò di recuperare dignità profondendosi in un regale cenno della mano, quasi fosse lui a consentirle di proseguire.

«Se la piccola corre dei rischi, è perché a qualcuno conviene che stia male. Ogni indizio rimanda all'omicidio di Molfino, che presenta diverse zone d'ombra.»

Davide allargò le braccia:

«Quali zone d'ombra? C'è una colpevole in pratica rea confessa, che l'avvocato di famiglia manco difende, che ha appena affermato di non ricordare nulla perché era strafatta, ma che potrebbe benissimo aver accoppato il...».

«E non le pare strano? "Non ricorda", "potrebbe", "in pratica": sono abituata a interpretare le parole, e lei usa queste per sostenere una tesi di colpevolezza in cui non crede affatto. Poi ci sono le evidenze oggettive.»

Pardo aggrottò la fronte, colpito:

«A prescindere dai termini, che contano il giusto, quali sarebbero queste evidenze?».

Sara rispose imperturbabile:

«Una ragazza piena di roba, che non sa nemmeno com'è tornata a casa, ammazza il padre sfondandogli il cranio».

L'ispettore sbuffò:

«Se avesse visto quello che ho visto io... I drogati possiedono una forza insospettabile, sono capaci di azioni che, a guardarli da lucidi, uno non potrebbe nemmeno concepire».

«Primo: la Molfino non era in crisi d'astinenza, né sotto l'effetto di eccitanti, tant'è vero che si è addormentata.»

«Sì, però...»

Sara riprese enumerando sulle dita, e a Pardo sembrò che quella signora all'apparenza innocua stesse elencando gli ingredienti di una ricetta.

«Secondo: qual è l'arma del delitto? Qualsiasi sia, Dalinda se n'è liberata, no? E terzo, mi spieghi come funziona: una fracassa il cranio del padre con un oggetto, poi va a buttarlo via, ritorna a casa e si accuccia a dormire vicino al cadavere?»

Davide arrossì, neanche fosse stato lui il giudice istruttore:

«Ma lei crede di essere in un romanzo giallo o in una fiction televisiva, dove i particolari tornano con precisione chirurgica? Questa è la vita vera, Mora, e i pezzi non sempre combaciano. Molte prove emergono anche a distanza di anni. Basta un errore nel primo sopralluogo o un rilievo mancato. Magari l'arma del delitto era una delle statuette in bronzo di quella casa, ce n'erano tante, glielo posso garantire, e la ragazza l'ha rimessa a posto dopo averla pulita. Forse non si è andati troppo a fondo perché non c'era la necessità».

Sara fece una smorfia di soddisfazione:

«Appunto, non c'era la necessità. Quindi, in un certo senso e al contrario di quello che sostiene lei a proposito dei romanzi gialli, i tasselli combaciano anche qui».

«Mi scusi, ma non riesco proprio a capire cosa c'entra con...»

«Con il modo di procedere? Forse nulla. Ma noi non siamo a caccia di un colpevole, come in un'indagine normale; perciò ci muoviamo e ci muoveremo in maniera diversa dal solito.»

Davide scosse il capo:

«Cioè? Io sono abituato a cercare i fatti, a metterli nella giusta sequenza per individuare la prospettiva corretta. Che c'è di sbagliato?».

Sara lo guardò con condiscendenza, come una maestra con un bambino un po' tardo:

«I fatti questa volta li abbiamo e per certi versi tutto quadra. Quello che non torna è nelle parole e negli atteggiamenti, proprio i segni che io sono addestrata a interpretare. Perciò devo incontrarli uno a uno, devo sentirli parlare, meglio ancora se li vedo interagire, i protagonisti di questa faccenda. Lei mi dovrà accompagnare in un giro turistico, ispettore. Faccia per faccia, espressione per espressione».

Pardo si passò una mano sul mento, incerto:

«Non sono sicuro di aver compreso quello che vuole, Mora. Chi è che deve incontrare?».

«Ogni persona implicata in questa storia, e con "questa storia" non intendo la morte di Molfino ma la sua vita, e quella di Dalinda, del fratello e di Bea. Voglio scoprire se si tratta di soldi, di amore o di potere. Non mettiamo in fila i fatti, ma le emozioni, una dopo l'altra. E lei deve aiutarmi a cercarle.»

Davide rifletté. Il rovesciamento della prospettiva lo spiazzava.

«Non lo so se sono capace di lavorare così, collega. Ma devo confessare che ho apprezzato la rapidità con cui ha fatto venire la ragazza allo scoperto, prima. E devo ammetterlo per amore di verità: mi sono convinto che Dalinda sia davvero preoccupata per la figlia.»

Sara sorrise, compiaciuta:

«Ecco, sta cominciando a ragionare nel verso giusto. Che impressione ha avuto? Non su quello che Dalinda ha detto, ma su *come* lo ha detto».

Pardo si concentrò:

«Be'… Di certo non mentiva. Però…».

La donna si protese in avanti, attenta:

«Però?».

«C'era qualcosa… Insomma, ho la sensazione che abbia taciuto su diversi aspetti.»

Sara si riaccomodò sul sedile:

«Esatto. Bravo. In sintesi, la Molfino ha ammesso di essere terrorizzata, ma ha tenuto per sé il reale motivo delle sue paure. E aggiungo, Pardo, che sarebbe inutile insistere. Non ce lo rivelerà».

«Quindi?»

La donna dai capelli grigi annuì, come se stesse rispondendo alla domanda giusta:

«Dobbiamo scoprirlo noi».

XIX

Con lo sguardo fisso sui bambini che giocavano a pallone nell'aiuola al centro dei giardinetti, Viola disse:

«La seconda volta in due giorni. Devo preoccuparmi?».

Mentre si sedeva sulla panchina, Sara mormorò:

«La seconda volta in due giorni cosa?».

«Che arrivi in ritardo.»

La donna invisibile non riuscì a nascondere un moto interiore di gioia per quel piccolo rimprovero. Era da tanto che non si sentiva attesa da qualcuno. «Devo organizzare meglio i miei impegni. Ho avuto... sto avendo alcuni imprevisti.»

La ragazza teneva il broncio, dimostrando meno anni di quelli che aveva.

«Perché hai ripreso a lavorare, beata te. Certe donne, come mia madre, sono capaci solo di stare a casa e impicciarsi di continuo degli affari altrui; giocano a burraco, si truccano, vanno dal parrucchiere e rompono le palle alle figlie. Noi due non siamo fatte per stare con le mani in mano. Solo che io ho un piccolo impedimento, come vedi.»

Era di malumore, pensò Sara. Aveva bisogno di distrarsi, prendendosela con qualcuno. O parlando d'altro.

«Come va, oggi?»

La giovane fece spallucce, contemplando il vuoto davanti a sé.

«Al solito. Mi si gonfiano le caviglie, sono un cesso e rimarrò un cesso per sempre, ho freddo quando tutti gli altri hanno caldo, mangerei una mandria di buoi e non ho capito se mi addormenteranno per squartarmi o se mi spezzerò da sola con una giornata intera di travaglio. E non ho scelto ancora il nome di Alien, qui. Per il resto, tutto bene.»

Sara domandò:

«Hai escluso di chiamarlo Giorgio?».

Viola protestò:

«Scherzi? È morto. Non posso provare malinconia ogni volta che pronuncio il nome di mio figlio, ti pare? Poi ci sono altri motivi».

«Se vuoi spiegarmi, ti ascolto.»

La ragazza si voltò, sul viso aleggiava un'espressione ancora ostile:

«Continuiamo con lo scambio di notizie. Ok?».

L'altra sospirò. Voleva che Viola smettesse di rimuginare e, se doveva sacrificare qualche informazione, andava bene.

«D'accordo. Che vuoi sapere?»

«Qualcosa in più sul tuo incarico. Quanto ha contato nella decisione di abbandonare Giorgio?»

Me ne sono andata, Massi. Li ho lasciati. Non potevo vivere nemmeno un istante nella doppiezza, nella falsità. Sarebbe stata solo sofferenza, per lui, per me e per il bambino. Per tutti. Me ne sono andata senza dirtelo, perché non volevo metterti davanti a un aut aut, con le spalle al muro. Me ne sono andata, e non mi sono mai pentita. Mai.

«Te l'ho accennato, l'altra volta. Ero assegnata a una particolare unità di pubblica sicurezza, specializzata nelle intercettazioni ambientali. Erano anni diversi da questi, c'era la mafia, la lotta politica dura e il terrorismo. C'erano attentati e morti ammazzati, omicidi di magistrati e civili innocenti. Tempi duri.»

«E di preciso qual era il tuo ruolo?»

«Io riuscivo a… insomma, ascoltavo le conversazioni degli altri. Anche da molto lontano.»

Viola piegò la testa. Aveva un modo graziosissimo di prestare attenzione, e Sara sperò che il figlio si fosse innamorato di quella caratteristica. «Non sono sicura di aver capito. Fammi un esempio.»

La donna invisibile sospirò, guardandosi intorno. I suoi occhi captarono un anziano che si rivolgeva a un ragazzino, dall'altra parte dell'aiuola, a circa trenta metri. «Vedi quei due, il vecchio e il bambino? Proprio di fronte a noi?»

«Sì. E allora?»

«Comprendi quello che si dicono?»

Viola la guardò con un sorriso incerto:

«Che è, uno scherzo? Io a stento li distinguo, da qua!».

«Be', il signore attempato è il nonno paterno. Bada al

piccolo nelle ore che spetterebbero al padre, separato. Il bambino chiede quando arriverà il papà, che ha promesso di giocare con lui. Ma non verrà.»

La ragazza spalancò la bocca:

«Mi prendi in giro, vero? Se vuoi che restino affari tuoi, chiudiamola qua».

Sara continuò a concentrarsi sulla coppia. Si era allungata appena in avanti, le dita che si muovevano piano come se seguissero il motivo di uno strumento. Abbassò la voce:

«Il nonno sta spiegando al ragazzino che lo riporterà dalla mamma prima, perché il padre ha avuto un impegno improvviso. Stai attenta adesso, gli sta mostrando il telefonino».

Viola aguzzò la vista, una mano sulla fronte per schermarsi dal sole al tramonto.

«Ma… è vero! Come diavolo ci riesci?»

La voce di Sara divenne quasi un sussurro, velandosi di tristezza:

«L'uomo si è espresso con durezza nei confronti dell'ex nuora. Ha detto: "Quella stronza di tua madre, invece di fregarsene, una volta tanto dovrà venire a prenderti prima, perché io sono occupato". Il piccolo si chiama Fabio ed è sul punto di piangere. Ha i pugni stretti, le braccia lungo i fianchi, la testa bassa. Resiste, non vuole mostrarsi debole. Ecco, adesso tornerà a giocare, ma bada alla sua faccia. Di sicuro scoppierà in lacrime».

Il bambino si voltò, di colpo, e corse fino all'aiuola. Mentre dava le spalle alla panchina dove il nonno aveva riaperto il giornale dopo un'occhiata all'orologio, cominciò a singhiozzare vinto da un misto di rabbia e frustrazione.

Viola era allibita.

«Ma come hai fatto? Li conosci, altrimenti è impossibile. Impossibile!»

La donna dai capelli grigi trasse un lungo sospiro, girandosi verso di lei. «È fin troppo facile. Contano le parole: il labiale o i suoni che puoi selezionare in mezzo agli altri, anche a distanza. E serve tanto allenamento, certo. Ma importanti sono le espressioni, la postura, i movimenti di spalle, mani, occhi. È come unire dei puntini con la penna, più osservi, meno spazi vuoti rimangono.»

La giovane continuava a scuotere la testa:

«È una specie di superpotere, te ne rendi conto? In pratica leggi nel pensiero!».

«No. L'atteggiamento del tizio, il modo di giustificare il figlio attaccando la madre del nipote. È sufficiente una frase per cogliere il quadro generale, la separazione, gli orari. Semplice. Ma anche terribile, se ci rifletti.»

Viola teneva lo sguardo incollato al bambino, che si asciugava le lacrime con gesti bruschi.

«È vero, dev'essere tremendo. E il tuo lavoro è stato questo, per tutti quegli anni?»

«In sostanza sì. Però noi ci occupavamo di un certo tipo di incontri o riunioni, puoi immaginare. Situazioni simili», e indicò i due, «non le consideravamo. Quand'è possibile, evitiamo di farlo. Ma ora tocca a te, ricordi il patto?»

La ragazza annuì. Adesso sembrava più distesa. L'abilità di Sara l'aveva strappata all'ansia. «Io e Giorgio... credo che la nostra relazione stesse per finire. C'era la gravidanza, che era importante. Magari saremmo rimasti insieme per sempre, chissà. Ma l'amore stava scemando. Lui aveva qualcosa per la testa. Una donna se ne accorge: i silenzi, gli occhi fissi nel vuoto. Qualche sorriso che scappa, inseguendo un bel ricordo.»

Io e te parliamo sempre. Anche quando stiamo zitti, quando leggiamo un libro o guardiamo un po' di televisione, io e te parliamo. Allungo la mano, ti sfioro e parliamo. In silenzio. E questo non è come in ufficio, non c'è bisogno di interpretare. È semplice. Io so che ci sei. E viceversa.

Viola continuò:

«È stato un incontro speciale. Due persone così diverse che avevano tanto da raccontarsi. E il sesso, è chiaro. Una compatibilità perfetta, a me non era mai successo. Però una parte di lui era altrove. Fin dall'inizio. Forse una storia andata male, qualche fantasma...».

Sara tacque. Aveva deciso di non rivelare a Viola quello che aveva scoperto di Giorgio, ed era intenzionata a mantenere l'impegno preso con se stessa.

«Ma ora non vale la pena di preoccuparsi. Lui non c'è più, e noi siamo qui. Mi ha lasciato questo» e si sfiorò il pancione «e mi ha lasciato pure te. Una strana signora che non si trucca, non si tinge i capelli e intuisce le parole della gente senza sentirle.»

Le labbra di Sara si piegarono in una smorfia divertita:

«Sì. E che si ritrova a conversare con una ragazza ogni

sera al tramonto, scoprendo che del mondo ignora molto più di quanto credeva».

«Del mondo non si conosce mai abbastanza. Noi ne siamo la prova, non trovi?»

Sara annuì, complice:

«Sì. Noi ne siamo la prova».

Nel frattempo Fabio era tornato dal nonno, che aveva riposto il giornale e dato un'altra occhiata all'orologio; quindi si era alzato, prendendogli la mano. Si erano allontanati, e lo spettacolo era parso a entrambe le donne di una tristezza insostenibile.

Stettero zitte per un po'. L'ultimo raggio di sole aveva lasciato il posto a una serata fresca, e Viola rabbrividì. «Tra un po' andiamo, fa freddino adesso. Ancora una cosa, però. L'uomo che hai amato, e per il quale hai preso quella decisione... Tu che sei così forte, stabile... non mi sembri una molto sentimentale, ecco. Com'era, lui?»

Ti amo così tanto, Massi. Chissà se puoi sentirmi attraverso questo vetro, con tutti quei tubi e l'effetto dei sedativi. Se mi senti lo stesso, dal posto dove la tua mente si è ritirata, ti prego di non dimenticare che ti amo. Che sono nata per amarti, da prima di incontrarti e anche dopo che quel vestito logoro avrà cessato di esistere, e avranno staccato tutto come hai deciso quando eri ancora così tenace da sostenere il peso del mondo sulle spalle. Tu non scordare che ti amo tanto.

Sara rimase in silenzio, valutando la domanda con estrema serietà e percependo l'importanza della risposta che si accingeva a dare. «Si chiamava Massimiliano. Era più grande di me, parecchio più grande. Lo trovavo bellissimo, ma temo di non averglielo mai detto. Quando sorrideva, gli si arricciavano gli occhi, e aveva una fossetta sul mento proprio irresistibile. Non c'è altro da aggiungere.»

Viola sorrise, stringendosi il bavero dello spolverino sul collo. «Hai ragione, la fossetta spiega tutto.»

Passò uno scooter, e un cane si mise ad abbaiare.

XX

Il dottor Franco Peluso sistemò gli ultimi incartamenti nella cassaforte e si alzò dalla sedia con un piccolo gemito provocato da un fastidio articolare. Sto invecchiando, pensò. Di recente gli accadeva spesso di perdersi in quelle considerazioni.

In effetti era abbastanza anziano, avendo superato i settanta. Ma si curava molto. Faceva lunghe passeggiate, giocava a tennis, teneva la bilancia sotto controllo e indossava vestiti di taglio sartoriale. Non fosse stato per la calvizie – la capigliatura lo aveva lasciato anzitempo e senza chiedere permesso – poteva essere scambiato per un cinquantenne. Come aveva filosofeggiato il barbiere allargando le braccia:

«Dotto', teneva ragione quel detto: l'unica cosa che arresta la caduta dei capelli è il pavimento».

Ora però restare fermo e concentrato per molto gli procurava lievi contratture muscolari e dolori che pungevano per un po'. Motivo per cui il medico doveva aspettare che passassero prima di rientrare a casa. Con se stesso adduceva la scusa di quei documenti riservati da riporre dietro il pesante sportello con chiusura a combinazione. Il doppio binario, che lo impegnava nell'attività privata e in certe consulenze segrete, era il percorso che aveva battuto per più di quarant'anni, con significative gratificazioni sia sul piano economico sia su quello professionale.

Si sfilò il camice, lo appese all'attaccapanni e uscì dall'ufficio. La sala d'aspetto era immersa nella penombra e nel silenzio, perché l'anziana segretaria che lo affiancava da tempo immemore era già andata via.

Peluso si diresse verso l'uscita quando, con un lungo brivido che gli attraversò la schiena, si accorse di una presenza. Qualcuno se ne stava in piedi sotto l'arco del corridoio che portava ai servizi.

Il dottore si irrigidì, la mano allungata verso la maniglia della porta d'ingresso. Poteva essere chiunque. E Dio solo sapeva quanto fossero importanti per molta gente le carte che custodiva nella cassaforte.

All'improvviso risuonò una voce bassa e calda:

«Ciao, Franco».

La sorpresa, il sollievo e la rabbia si alternarono veloci come i colori di un caleidoscopio:

«Cazzo, Sara. Ma non ti rendi conto che può venirmi un infarto? E come diavolo sei riuscita a introdurti in uno studio medico di nascosto? Hai forzato la serratura?».

La donna avanzò di un passo, emergendo dal buio. «No, nessuno scasso. Sono entrata e ho incrociato Luisa, ci siamo anche salutate. Hai scordato che qui sono di casa? Poco fa ho usato il bagno, attendendo con discrezione che tu uscissi. Non volevo disturbarti.»

Peluso stava ancora aspettando che il battito del cuore tornasse alla normalità. «Comunque poteva prendermi un colpo. Perché non hai chiamato?»

I contorni della donna si definivano man mano che gli occhi di Franco si abituavano alla semioscurità. La statura piccola, i capelli grigi che arrivavano alle spalle, una giacca sformata. Nessuno come Sara, pensò il dottore, riesce a nascondere se stesso all'universo.

Lei mormorò:

«Sappiamo entrambi che non mi avresti risposto e che sarei dovuta venire a cercarti. Di certe questioni non si parla al telefono, no?».

Il medico sospirò:

«È così. Accomodati di là».

Su Franco puoi contare, amore. Ha più specializzazioni lui di un intero ospedale, è discreto e pensa agli affari suoi. Gli giriamo delle perizie e lui le controlla, in pochi minuti riesce a distinguere quelle autentiche da quelle che hanno stilato medici compiacenti. E possiede pure un meraviglioso istinto diagnostico, intuisce al volo quello di cui la gente soffre. È in gamba. No, non lo definirei un amico, sarebbe troppo, ma mi fido. Quando non ci sarò più, se avrai bisogno di lui, vai a trovarlo.

Peluso riaccese la luce e con il passo stanco andò a sedersi dietro la scrivania.

Sara restò in piedi.

«Non voglio che perdi tempo, Franco. Una cosa veloce.

Puoi esaminare questa?» Estrasse un foglio piegato da una tasca, lo aprì e lo allungò sul piano del tavolo.

Il medico iniziò a leggere, dopo aver inforcato un paio di occhiali. «Ah, Curzio. Lo conosco bene, è abbastanza scrupoloso. Dunque, vediamo... Be', il fegato. Condivido le considerazioni, quelle indicate sono tutte cause potenziali della patologia. Cosa ti interessa in particolare?»

«Vorrei restringere un po' il campo. Capisco che la malattia possa avere molteplici origini. Ma, al di là della prudenza, riesci a essere più preciso?»

Peluso appoggiò il gomito sul bracciolo della sedia, tenendosi la fronte con due dita. «Dovrei esaminare i campioni. E bisogna essere prudenti, sì. Però è davvero messo male. Ora, uno che si riduce così un po' alla volta se ne accorge, e se può permettersi cure, come mi sembra nel caso della vittima, allora combatte. Uno stadio tanto avanzato è riferibile a una rapida degenerazione, e questo mi porta a ipotizzare l'assunzione di qualche sostanza. Ti ripeto che sono considerazioni campate in aria. Servirebbero indagini più approfondite, ma ormai è un po' tardi, no?»

«Esatto, è un po' tardi. Secondo te per quale motivo non sono andati a fondo?»

Il dottore scorse con maggiore attenzione il resto del referto:

«Al tizio gli hanno spaccato la testa finché non gli è schizzato fuori il cervello. Passa tutto in subordine date le circostanze, non ti pare?».

Sara allungò la mano e riprese il rapporto. «L'hanno ammazzato prima che provvedesse il fegato, quindi.»

Il medico fece una risatina priva di allegria:

«Si potrebbe dire così. Hai ripreso a lavorare, Sara? Non ne ero informato, ma sono contento».

«Diciamo che mi hanno chiesto una consulenza, come fanno con te.»

Il medico annuì, scrutando il volto di lei:

«E come va? Hai l'aria piuttosto stanca».

«Benissimo. A proposito, mi serve una ricetta. Ho finito le pillole.»

Peluso si alzò, deciso:

«Non se ne parla. Sei mesi fa ti ho avvisata che era l'ultima volta. È passato molto, e tu devi dormire con regolarità».

«Franco, non è per questo. Ho solo molti impegni, e…»

«Ma che accidenti di impegni hai, scusa? Non credere di prendermi in giro! Dopo tanti anni che ci conosciamo, noi…»

Sara lo interruppe con decisione, senza alzare la voce:

«Proprio perché ci conosciamo da tanto non dovresti accusarmi di mentire. Io non posso dormire, non *voglio* dormire. Ci sono questi sogni continui, che non finiscono. Non lo sopporto».

«Non ha senso, Sara. Quella roba provoca assuefazione, ti trasforma in una specie di zombie privo di volontà. Posso capire i primi giorni dopo la morte di Massimiliano, una storia come la vostra, e gli volevo bene anch'io, a modo nostro eravamo amici. Ma adesso devi tornare alla normalità.»

Sara replicò, dura:

«Se gli volevi davvero bene, allora non devo ricordarti quanto teneva a me e come mi considerava. Quindi fidati, ne ho bisogno e basta».

L'uomo alzò una mano per protestare:

«Sei ancora giovane, sei bella e intelligente, anche se ti conci come una barbona, e questo Massimiliano non lo vorrebbe. Come non vorrebbe che la sua donna diventasse dipendente da amfetamine. Per favore...».

Lei gli rivolse uno sguardo penetrante, i muscoli del viso contratti. La metamorfosi era impressionante. «Vigliotti Andrea, 1972. Diagnosi sbagliata, un tumore cerebrale scambiato per un'emicrania a grappolo. Morto in due mesi. Mascolo Lucia, 1983, l'anestesista non verificò l'intolleranza al farmaco, deceduta sotto i ferri. Devo continuare?»

Il medico restò a lungo a fissarla negli occhi, scuotendo il capo addolorato. «Siamo ridotti a questo? Ti pare giusto, proprio con me?»

«Compila quella ricetta, dottore. E non provare mai più a intrometterti nella mia vita. È meglio per te, credimi.»

Peluso tacque prendendo il ricettario che era sul tavolo. «Non mi hai persuaso con le tue minacce, Sara. Sono soltanto il segno dalla disperazione. E non useresti mai quelle informazioni, perché dovresti spiegare da dove provengono e allora si scatenerebbe un terremoto. Ti accontento perché non meriti che io mi metta di traverso tra te e la tua autodistruzione.» Cominciò a scrivere con gesti bruschi sul blocco. Quindi strappò il foglio e lo passò alla donna. «Non ce ne saranno altre, però. Non ti prescriverò mai più quei farmaci. Perciò ti consiglio di non aprire la boccetta. Le ragioni del sonno o della veglia devi trovarle in altro. Il cuore, se batte, non si può tenere al chiuso. Adesso vattene, per favore. Inquini il ricordo di una persona che mi era cara.»

XXI

La mattina seguente si presentò come una promessa d'estate nella primavera avanzata. Lungo la tranquilla strada residenziale si affacciavano alcuni cancelli, seminascosti da alberi e piante ornamentali potate di fresco e disposte in maniera tale da nascondere gli edifici, garantendo così la privacy dei facoltosi abitanti.

Il vialetto consentiva la sosta e il transito, a senso unico, dei pochi veicoli che di solito passavano di lì. Uno dei cancelli, che dava sul cortile di un complesso composto da basse palazzine, era aperto per consentire al custode di trasportare all'esterno sacchi di plastica pieni di foglie. Dal lato opposto le fronde di un filare di pini marittimi si muovevano lente nella brezza calda, mentre il mare al di là del parapetto luccicava ai piedi della collina.

Da uno degli edifici uscì, a passo svelto, una donna non molto alta, sulla quarantina. La naturale eleganza nell'incedere strideva coi movimenti nervosi dettati dalla fretta. Portava una grande borsa e in spalla uno zainetto con una ballerina rosa dipinta sopra; su un braccio reggeva uno spolverino e un piccolo soprabito che all'improvviso le cadde, costringendola a fermarsi per raccattarlo. Si voltò e disse qualcosa in direzione dell'androne buio alle sue spalle.

Dopo qualche attimo, dall'ombra emerse una bambina. Indossava una divisa scolastica, composta da una gonnellina blu a pieghe e da una giacca dello stesso colore sopra una camicetta bianca, abbinata a una sottile cravatta. Aveva i capelli raccolti in due treccine, ai lati della testa. Camminava lenta e svogliata, trascinando i piedi. La donna sospirò contrariata e abbassò le spalle di scatto. Quindi si rivolse ancora alla piccola, che s'impuntò rimanendo ferma. Sembrava la scena di una commedia: una madre che cerca di convincere la figlia recalcitrante ad andare a scuola.

La signora raggiunse l'auto, un costoso SUV dai vetri oscurati; armeggiò alla ricerca del telecomando che trovò nella tasca dello spolverino, dopo aver posato per un attimo a terra quello che la intralciava. Poi scoccò un'occhiata malevola al custode che fingeva di pulire il cortile per non aiutarla, aprì lo sportello posteriore e gettò all'interno del veicolo ciò che trasportava. Una volta libera dai pesi, tornò verso la bambina e si accovacciò davanti a lei, il viso all'altezza del suo, accarezzandole una guancia e sussurrandole all'orecchio.

La bimba, piano piano, alzò lo sguardo. Aveva un bel volto dai lineamenti regolari, con gli occhi neri e dolci. Un po' pallida, forse, e troppo magra. All'improvviso abbracciò la donna, che la sollevò con facilità per adagiarla sul seggiolino dietro. Finalmente sedette al posto di guida, accese il motore e uscì sul vialetto diretta all'incrocio.

Nascosta dietro uno degli alberi del viale, indistinguibile a meno di non conoscerne l'esatta posizione, una figura dai capelli grigi osservava attenta.

Passarono dieci minuti, durante i quali Sara non fece un solo gesto.

L'immobilità assoluta era, forse, la principale prerogativa dell'invisibilità, oltre all'aspetto del tutto anonimo. In passato, mentendo sul piacere che le procuravano gli effetti del proprio fascino sugli altri, Teresa aveva manifestato più volte invidia per l'abilità di risultare così poco appariscente della collega e per il vantaggio professionale che derivava da quella dote. In realtà non era solo un talento naturale, era anche il frutto dell'attitudine a osservare. A forza di cogliere ogni minimo segno nella postura di un corpo, nell'espressione di un volto, in un movimento delle mani, finisci per cancellarli da te stesso, pensava Sara. E impari ad assumere una precisa posizione che consente di tenere sotto controllo l'obiettivo, salvo poter distogliere lo sguardo senza il minimo movimento del collo, nell'eventualità che qualcuno si giri dalla tua parte.

Il luogo dove si trovava, per esempio, le permetteva di sembrare concentrata sul mare e sul panorama mozzafiato, nel caso in cui l'oggetto dell'appostamento si fosse accorto di lei, domandandosi perché una tipa così strana sostasse di primo mattino sotto un albero davanti a casa sua. Il tutto senza perdersi neanche un dettaglio del quadretto familiare.

Dopo alcuni minuti, una rumorosa utilitaria si arrestò

a qualche metro di distanza. L'ispettore Pardo scese dalla macchina. Si guardò attorno, si avvicinò al punto in cui si trovava Sara. Trasalì quando, quasi sbattendoci contro, la vide. «Ah, è qua! Assomiglia a un cacchio di camaleonte. Si mimetizza sullo sfondo, accidenti a lei. Ma come ci riesce?»

L'altra accennò un sorriso. Il viso, segnato da profonde occhiaie, era ancora più pallido dal loro ultimo incontro, ma Davide decise di evitare l'argomento.

«Il talento di essere insignificante. Grazie di essere venuto subito.»

Pardo rispose con una punta di rassegnazione:

«Stamattina il mio capo mi ha convocato nel suo ufficio comunicandomi che per il momento sono distaccato ad altro incarico. Ha parlato a mezza voce, fissando il muro, come se recitasse una poesia. Non c'è niente da fare, siete davvero incredibili, chiunque voi siate».

Sara ne era già al corrente. La notte prima si era intrattenuta in una conversazione telefonica con Teresa. A chiunque sarebbe sembrata una normale chiacchierata tra vecchie amiche su argomenti futili; e invece, grazie ai molti messaggi in codice sperimentati negli anni, aveva tutt'altro significato.

La telefonata si era rivelata un duello in punta di fioretto. «Sì» aveva confermato Sara, «credo che ci sia da indagare; e sì, prendo in carico la faccenda. Ma mi serve carta bianca e la possibilità di interrogare chi voglio.»

Aveva deciso di accettare dopo una lunga sosta nello scantinato, in mezzo ai dossier che non erano aggiornati da tempo ma che le avevano suggerito qualcosa. Se Teresa voleva chiarezza, lei aveva bisogno di confrontarsi con le facce, le espressioni e i movimenti.

La bionda aveva replicato che non poteva certo disporre la riapertura di un'inchiesta dopo un processo concluso con una condanna, ma che avrebbe cercato di inventarsi qualcosa. Si sarebbe attivata subito, ma Mora avrebbe dovuto procedere con estrema accortezza, tentando di ottenere collaborazioni su base volontaria: se qualcuno tra le persone implicate avesse puntato i piedi, non esistevano strumenti per costringerlo a parlare. Sara aveva sorriso sardonica dall'altra parte della linea, ricordando all'ex collega che, in trent'anni, non avevano dovuto obbligare nessuno a cantare. La bionda, in tono lugubre e continuando a esprimersi per metafore, aveva replicato che le attività dell'ufficio non erano note a tutti i membri. Suo malgrado, Mora aveva sentito un brivido correrle lungo la schiena.

Amore mio, se potessi rivelarti quanto è duro in realtà il mio mestiere... Io e te stiamo gomito a gomito, condividiamo ogni cosa, ma tu scorgi solo la punta dell'iceberg. Di sotto, nel mio schedario, ci sono segreti che sconvolgerebbero l'idea che hai dello Stato e di quello che ci circonda. Cambieresti il modo di considerare la politica, la finanza e perfino la criminalità organizzata. Se leggessi certe trascrizioni, se vedessi alcuni filmati, credimi, amore, scapperesti di notte il più lontano possibile da qui. Promettimelo: consulterai solo i fascicoli che potranno servirti per condurre un'indagine. Non cercare a caso. Lo dico per te. Solo per te.

Poi la donna invisibile aveva avanzato una richiesta specifica, captando da una lieve incrinatura nella voce la sorpresa di Teresa. Se ne rendeva conto, aveva aggiunto, era difficile ma indispensabile.

Lui si era occupato di quella storia fin dal primo momento, e anche se in maniera inconsapevole poteva aver acquisito qualche informazione fondamentale. Documentandosi Sara aveva scoperto che era già più o meno ai margini: nessuno ne avrebbe sentito la mancanza.

A quel punto era stato il turno della Pandolfi di diventare sarcastica. Le aveva chiesto se lo stropicciato ispettore avesse per caso risvegliato negli slip dell'amica un istinto sopito. Era stato allora che Sara aveva concluso la conversazione, aspettandosi una conferma a stretto giro via messaggio.

L'ok era arrivato sette minuti dopo.

E lei a sua volta si era messa in movimento.

Rivolgendosi a Davide disse:

«Andiamo in macchina».

XXII

Appena si sedettero nell'auto di Pardo, lunghi peli di Bovaro del Bernese turbinarono pigramente nell'aria.

La donna allungò una mano ed esordì in un modo del tutto imprevisto:

«Il mio vero nome è Sara. Sara Morozzi».

L'ispettore fissò le dita protese come se fossero un animale sconosciuto. «Non capisco. Che succede?»

«Da oggi su questa faccenda lavoriamo insieme, e trovo giusto che non ci siano equivoci. Perciò iniziamo col darci del tu.»

Davide trasecolò:

«Equivoci? Bugie, piuttosto! Per quale accidenti di motivo finora mi avevi detto di chiamarti Mora? E come sarebbe che da oggi lavoriamo sul caso? Chi l'ha deciso? Io non sono stato consultato, e...».

Sara lo interruppe, seria:

«Be', comunque mi hai dato del tu. Se non vuoi che proseguiamo l'indagine insieme, visto che ora conosci la mia identità, dovrò ucciderti. Peggio per te».

Il poliziotto strabuzzò gli occhi:

«Non dici sul serio».

L'altra, impassibile, annuì:

«Ovvio. Ma siccome non sei un libero professionista, non sei tu che decidi. Come ti ha comunicato il tuo superiore stamattina, devi considerarti distaccato. Certo, hai il problema del mio grado...».

L'ispettore continuava a fissare la mano di Sara:

«In che senso?».

La donna alzò le spalle:

«Semplice. Sei assegnato a questo "caso", come ti piace definirlo, anche se io sarei meno precisa. Sono un primo dirigente, dovrebbe essere una posizione superiore a quella del tuo capo in commissariato. Quindi, considerati alle mie dipendenze. E sono molto, molto condiscendente a permetterti di darmi del tu e a rimanere con la mano tesa ancora per tre o quattro secondi, dopodiché mi chiamerai signora e ubbidirai ai miei ordini».

Pardo afferrò la mano con un po' troppa foga, esibendo un'espressione imbronciata per recuperare un briciolo di dignità. Poi chiese:

«Allora, perché mi hai dato appuntamento qui?».

Sara rivolse lo sguardo verso il cancello dal quale stava uscendo il custode con un grosso sacco scuro. «Ti ho spiegato che io devo vedere. Quindi bisogna che sia messa in condizione di osservare e, se possibile, di parlare con le persone che presumiamo coinvolte. Come sai, lì abita la famiglia del fratello di Dalinda.»

«Sì, ci sono stato quando abbiamo comunicato la notizia della morte del padre.»

«Ho visto uscire la moglie di Gianpiero Molfino. Doriana, giusto?»

«Esatto.»

«Accompagnava Bea a scuola. Molto interessante.»

«E che ci sarebbe di tanto speciale in una che porta... Ah, certo: le espressioni del viso, l'andatura, Saturno nel quadrante...»

Sara lasciò cadere l'ironia:

«La donna vuole davvero bene alla bambina. Non si spazientisce, ed è dolce, premurosa. Bea soffre di una chiara astenia».

Per Davide quelle informazioni erano inconsistenti:

«Magari voleva rimanere a casa o aveva ancora sonno».

«Le girava la testa e non riusciva nemmeno a stare dritta. Le braccia lungo i fianchi, i palmi all'infuori. Credimi, Pardo, la piccola è debole, debolissima. E se non le fanno saltare la scuola, a meno che non ci siano altri motivi, significa che ritengono quella condizione la norma. Doriana ne è convinta davvero. Le ha detto: "Vedrai, tra un po' ti sentirai meglio. Ti ho dato le vitamine". E la bambina ha risposto: "Va bene".»

Davide mormorò:

«Sembra che hai microfoni piazzati ovunque. Comunque, questo che indicazioni ci dà?».

«Ci conferma che le preoccupazioni di Dalinda non sono campate in aria, per cominciare. E che Doriana crede sinceramente di poter curare il malessere della nipote con le vitamine, il che magari è vero. Ora però dobbiamo riuscire a incontrare Gianpiero e approfondire il quadro clinico di Molfino prima del decesso.»

Pardo sorrise sardonico:

«Nient'altro? Per ottenere informazioni, bisogna interrogare la gente, accedere a dati riservati, costringere professionisti a violare vincoli di riservatezza. Chi siamo, la Stasi?».

«In effetti questo è uno dei problemi, dal momento che l'inchiesta è stata chiusa così in fretta e Dalinda è in carcere con una condanna per omicidio.»

Davide scattò:

«Ancora con questa storia! Ma lo capisci che in pratica avevamo una confessione? Se uno dovesse andare a fondo anche quando c'è un colpevole… Ti ricordo che la stessa Dalinda non ha escluso di aver ammazzato il padre. Il punto è: le preoccupazioni per Bea sono fondate? La morte di Andrea Molfino per me non c'entra».

Sara parve riflettere su quello che aveva detto l'ispettore. Quindi replicò:

«È vero. Ma è altrettanto vero che non possiamo scartare l'ipotesi di una connessione tra le due cose. Senti, credo che dovremmo procedere in questo modo: alla famiglia Molfino mi presenterò come assistente sociale e, considerato il processo a carico di Dalinda, sarà indispensabile la presenza della polizia, cioè la tua».

«E con i medici o l'ospedale? Per avere accesso alle cartelle cliniche…»

«Non preoccuparti, ho qualche idea. Agirò dietro le quinte. Ora però andiamo a incontrare Gianpiero. Lungo la strada ti aggiorno su quello che ho scoperto.»

XXIII

Dopo aver appreso la destinazione ed essersi infilato nel flusso del traffico cittadino, Pardo mormorò:

«Primo dirigente? Alla faccia. Roba grossa, per essere una che legge le labbra».

Sara armeggiò con alcuni fogli che aveva estratto dalla borsa sformata, e senza ribattere cominciò a leggere:

«Molfino Andrea, la vittima, era uno di quelli che si definiscono "finanzieri" e che gli altri chiamano "faccendieri". Più volte inquisito, mai una condanna in via definitiva, aveva a libro paga una squadra di avvocati. Business nell'edilizia, nel settore alberghiero e nell'industria. Rilevava per quattro soldi imprese sull'orlo del fallimento, le impupazzava, beccava i finanziamenti pubblici e le cedeva a prezzi altissimi a multinazionali che finivano per dismetterle. Passava per il salvatore delle maestranze, ma di fatto ne era il becchino».

Davide fece una smorfia:

«Minchia, complimenti. Un benefattore dell'umanità, insomma: poi in galera ci va la povera gente. Ma scusa, non usi gli occhiali da presbite? Io non vedo niente da anni».

Sara rispose senza alzare lo sguardo:

«E tu saresti più giovane di me? È palese che mi sono conservata meglio. Ma andiamo avanti. Ricco sfondato, continuava a muovere il denaro a velocità supersonica. Era furbo come una volpe, ed è riuscito a non farsi incastrare. I miei lo tenevano sotto sorveglianza, ma era assente dai social e non usava il cellulare. Un vero troglodita informatico».

Pardo sogghignò:

«Be', questo me lo rende più simpatico. Al giorno d'oggi il massimo sfoggio di ricchezza è potersi permettere di non avere il telefonino. Un mito».

«La segretaria, una certa Astolfi Concetta, era con lui da trent'anni. Fedele come un cane. Attraverso di lei Molfino impartiva ordini a chiunque.»

«Interessante, no?»

«Forse. Adesso è passata alle dipendenze di Gianpiero, che già affiancava il padre pur non ricoprendo cariche di spicco. Andrea lo teneva in panchina. Ora, però, il rampollo ha preso le redini. È presto per affermarlo con certezza, ma pare che sia molto meno aggressivo del genitore. Si tiene nei binari del lecito, insomma.»

Il poliziotto ebbe un moto di stupore:

«Scusa, Morozzi, ma un rapporto così aggiornato da dove arriva? Peraltro su uno che era incensurato, no?».

La donna sospirò infastidita:

«Ascoltami, Pardo: se vogliamo andare d'accordo e collaborare, non devi più rivolgermi domande simili. Mai più. E non solo devi smetterla di chiedere, ma ti consiglio di non pensarci neanche. Nessun dubbio, nessuna curiosità. Altrimenti ferma la macchina, lasciami qui e tornatene al solitario sul computer, ai siti porno o a qualsiasi hobby con cui di solito occupi il tuo tempo».

Aveva parlato in tono calmo, come se fosse ancora concentrata sui documenti, ma a Pardo vennero i brividi.

«Sissignora, capisco e chiedo scusa. È solo che per una persona normale scoprire... Insomma, questa roba non può essere stata compilata apposta stanotte. In qualche modo era già a disposizione. Perciò sono stato indiscreto. Mi dispiace.»

L'altra tornò alle carte:

«Ci sono molte cose che ignori, ispettore. E che neanche io conosco. Non escludo che da qualche parte, in un cassetto o su uno scaffale, ci sia un resoconto preciso su com'è andato in realtà l'omicidio Molfino».

Davide spalancò la bocca:

«E non potremmo metterci le mani sopra? Ci risolverebbe tutto questo scarpinetto avanti e indietro».

«Non funziona così. I livelli sono separati e noi dobbiamo muoverci nel nostro. Tutto qui. Andiamo avanti, piuttosto: mi risulta che all'incirca nel suo ultimo anno di vita, un'infermiera e fisioterapista, tale Rosanna Rimotti, si sia occupata di Molfino. All'inizio un paio di volte alla settimana per curare i dolori causati da una patologia alla schiena, poi, forse per il progredire della malattia al fegato, ogni giorno per iniezioni e cure varie.»

Pardo rifletté:

«Insomma, la segretaria in ufficio e l'infermiera a casa.

Queste due qualche informazione potrebbero pure spifferarla, no?».

«Certo. E io voglio guardarle in faccia, nessuna esclusa. Perché…»

«Se non le guardi in faccia non capisci. Lo so.»

XXIV

Sara e Pardo si qualificarono alla ragazza che li aveva accolti nella sala d'aspetto dello studio di Gianpiero Molfino.

Considerata l'età, l'ispettore escluse che si trattasse della Astolfi, la storica segretaria dell'imprenditore ucciso, e ne apprezzò i fianchi fasciati da una stretta gonna quando la giovane si girò per andare ad annunciarli.

L'uomo che venne loro incontro aveva l'aria seria, quasi preoccupata, e somigliava parecchio a Dalinda: per certi versi, però, uno era quasi l'opposto dell'altra. Stessi occhi grandi e neri, liquidi e intelligenti. Stessi zigomi alti, stesse labbra piene. Ma Gianpiero era privo di elementi trasgressivi, niente tatuaggi o piercing. Aveva una corporatura sottile, mani nervose, e portava un paio di occhiali dalla montatura antiquata.

Li invitò a seguirlo in una stanza in fondo a un corridoio, con al centro un tavolo ovale per conferenze. «Preferisco non usare l'ufficio se non per questioni di lavoro» si giustificò. «Gradite un caffè o altro?»

Pardo declinò l'offerta e disse:

«Dottor Molfino, scusi per l'intrusione. Si ricorderà di me, ci siamo incontrati in occasione della disgrazia».

L'altro precisò:

«Omicidio, ispettore. Non disgrazia. E mi ricordo molto bene di lei. Come potrei dimenticare chi mi ha comunicato la notizia più terribile di tutta la mia vita?».

Nonostante il tono tranquillo, Sara rilevò l'enorme inquietudine che traspariva dalla bocca serrata e dal guizzare di un muscolo sotto lo zigomo. L'ampia radice del naso era indizio di un'ottima memoria, perciò non c'era da stupirsi che Gianpiero si ricordasse di Pardo.

Il poliziotto riprese a parlare:

«Mi rendo conto. D'altra parte è la prassi, niente di più e niente di meno».

All'improvviso Molfino sorrise:

«Certo, ispettore, comprendo. Allora, come posso aiutarla?». Teneva lo sguardo fisso su Pardo, ignorando Sara. Attendeva che si presentasse, attento a non sbilanciarsi prima di sapere chi fosse.

Ben fatto, pensò lei.

Davide sembrò intuire le ragioni di quella prudenza e indicò la donna:

«La signora Saretti è un funzionario dei servizi sociali».

Sara intervenne, tendendo la destra verso Molfino:

«Stiamo monitorando le condizioni psicologiche dei minori la cui vita è stata segnata da un evento delittuoso. Ci risulta che con voi viva Beatrice, la figlia di...».

L'uomo strinse la mano di Sara. Presa sicura, niente sudore sul palmo. I segni contrastavano fra loro.

«Di mia sorella, sì, che è anche l'assassina di mio padre, il cavalier Andrea Molfino. La bambina è con noi. C'è qualche problema?»

«No, dottore. Le ripeto, è un controllo di routine, non individuale ma macroscopico. Cerchiamo di rilevare i cambiamenti nello stato psicologico o di salute dei minori che...»

Molfino ebbe un moto di impazienza:

«Sì, signora, è chiaro. Mi dica pure».

Sara tirò fuori un blocco per appunti e una penna. «Dopo la morte del nonno, Bea come sta? Continua a incontrare la madre?»

Gianpiero emise un impercettibile sospiro, tenendo le dita intrecciate davanti a sé. Sara colse entrambi i particolari.

«Mia nipote era legatissima al nonno. La madre invece la vedeva molto meno di quanto, secondo me, dovrebbe una bambina di sei anni. Non sono un esperto, ma credo che questo abbia contribuito alla formazione di un carattere piuttosto chiuso. Siamo stati sempre attentissimi a Bea. Doriana, mia moglie, ha subìto un intervento, e purtroppo non può avere figli.»

Sara finse di prendere appunti:

«Quindi la piccola abitava con voi già da prima?».

«No, no, ma la vedevamo spesso, e quando mia sorella partiva, la tenevamo con noi per il fine settimana, oppure d'estate la portavamo in vacanza per qualche giorno. Viveva da papà insieme a Dalinda. Rimaneva più con la servitù o con la segretaria del nonno che con mia sorella. La verità è questa.»

Davide chiese, a bassa voce:

«Quindi era in casa al momento del delitto?».

«Sì, ispettore. Ha dimenticato? Risulta anche dai verbali. Però, come sa, casa di mio padre è molto grande e la camera di Bea si trova dalla parte opposta rispetto al luogo in cui Dalinda... in cui è avvenuto l'omicidio.»

Sara cercò di riportare il discorso sulla bambina:

«Le avevo domandato se continua a incontrare la madre da quando è in carcere».

Molfino si strinse le braccia al corpo, guardando con tristezza nel vuoto.

«L'abbiamo accompagnata, anche se non è stato facile perché né io né mia moglie ce la sentiamo di trovarci faccia a faccia con Dalinda. Una signorina in divisa ha tranquillizzato Bea perché non s'impressionasse. Temo che sia stato comunque un trauma per lei, e che abbia reagito come sempre, chiudendosi ancora di più in se stessa.»

Davide tentò di approfondire:

«E come è andato il colloquio, dottore? La bambina le ha detto niente?».

Gianpiero rifletté per qualche istante:

«Mia nipote è deliziosa, ispettore. Dolce, sensibile, intelligente. È anche il futuro della famiglia, l'unica erede dei Molfino. Dobbiamo avere estrema cura di lei. Come può immaginare, abbiamo evitato di tormentarla con delle domande. Io non ero nemmeno d'accordo a portarla in carcere. Se il nostro parere conterà, e sarà così, visto che abbiamo ottenuto la tutela di Bea, non ci tornerà più fino a quando non sarà in grado di decidere da sola».

Sara spezzò il silenzio che seguì:

«E come sta la piccola? Mi riferisco alle sue condizioni di salute».

Gianpiero parve spiazzato dalla domanda. Si concentrò sul ripiano del tavolo sporgendo un po' la bocca in fuori. Poi rispose:

«Bisogna considerare la situazione. Mio padre e Dalinda rappresentavano tutto il suo mondo e li ha persi entrambi nello stesso momento. Noi, Doriana in particolare, stiamo cercando di contenere i danni e limitare il contraccolpo. Non è semplice, però».

«Quindi?» insistette Sara.

Molfino stirò le labbra in un sorriso:

«Mangia poco, meno del solito. Convincerla a ingerire del cibo è complicato. Di conseguenza è un po' debole, e dorme parecchio. Ma si sta riprendendo, sta già meglio della settimana scorsa. Io mi sento tranquillo, anche perché la teniamo sotto stretto controllo medico».

Sara continuò a prendere appunti. Quindi ricambiò il sorriso:

«Ottimo, dottore. Per noi sarebbe importante poter avere un appuntamento con la signora, sua moglie, e Beatrice; e anche il nome del pediatra che la segue. Se lei è d'accordo, e non ho dubbi che lo sia, non sarà un problema rilevare anche una dichiarazione del medico. Serve per la statistica».

Seguì un lungo, teso silenzio. Da dietro le lenti, Molfino fissava Sara che, inespressiva, gli restituiva il medesimo sguardo. Pardo, in imbarazzo, scrutava la libreria, simulando un interesse da incallito bibliofilo.

Alla fine Gianpiero rispose, in tono calmo:

«Non so, signora. In tutta sincerità mi pare inopportuno sottoporre la bambina a un ulteriore stress».

«Deve averci fraintesi, dottore. Non è nostra intenzione turbare la piccola, sia chiaro. Ci basterà incontrarla e ascoltarla raccontare di sé, alla presenza di sua moglie, nell'ambiente dove abita adesso e si sente protetta.»

«Le ripeto, non credo che...»

«L'alternativa purtroppo sarebbe un'ordinanza del magistrato dei minori, con conseguente convocazione presso una struttura dedicata. In questo caso, capisce bene che il trauma sarebbe inevitabile; e siccome è suo interesse risparmiare a Bea ogni ulteriore turbamento, credevo che fosse più adeguata la soluzione che le proponevo. A ogni modo, la decisione rimane sua.»

L'uomo distese il volto, scoprendo una porzione degli incisivi.

È spalle al muro, giudicò Pardo.

«Quand'è così, va bene. Ne parlerò con Doriana e organizzeremo l'incontro il prima possibile. Le fornirò anche il nome del pediatra, mi lasci prima verificarne la disponibilità, solo per correttezza. Uscendo la prego di lasciare un suo recapito alla mia segretaria, la signora Astolfi. Adesso, se volete scusarmi... non si ha idea di quanti e quali impegni mi abbia lasciato in eredità mio padre.» Si alzò, premendo un bottone sul tavolo. Quasi all'istante, così presto da lasciar supporre che fosse in attesa fuori dalla porta, entrò una donna sottile e occhialuta, dai capelli tinti e l'aria efficiente. «Ecco la signora Astolfi. Grazie della visita, allora. E a presto.»

La segretaria scortò Sara e Davide alla porta, annotando i numeri di telefono di entrambi e dando loro il proprio biglietto da visita. Dopo un breve saluto, li fece uscire.

Senza neppure un sorriso.

XXV

Appena si ritrovarono in macchina, a debita distanza dalle finestre del palazzo e fuori dalla portata delle occhiate indiscrete di eventuali osservatori, Davide chiese:

«Allora, che te ne pare? Mi sembra che l'abbia presa abbastanza bene, no?».

Sara sedeva con le mani in grembo, il volto assorto, gli occhi fissi sulla strada che scorreva davanti al parabrezza.

Pardo era inquietato dalla capacità della donna di privarsi di ogni espressione, annullando anche i movimenti del corpo e nascondendosi dietro a una perfetta immobilità. Assomigliava a una bambola dimenticata nell'angolo di una soffitta.

«Ci darà filo da torcere. È sulla difensiva.»

«Cioè, secondo te ha mentito e ha qualcosa da nascondere?»

Lei si voltò verso Pardo:

«Non necessariamente. Ne ho visti tanti. Il sorriso che scopre i denti, gli angoli della bocca diritti, le labbra sporgenti, gli occhi a terra. Il fatto che abbia taciuto un elemento, o che sia all'erta, non significa molto di per sé».

«Non capisco.»

La donna si strinse nelle spalle, tornando a fissare la striscia d'asfalto:

«Magari è davvero preoccupato per la salute della bambina e teme che lo si accusi di negligenza. Non vuole perderla e, credendoci funzionari dei servizi sociali, ha paura che gliela togliamo per affidarla a qualche istituto. Forse si vergogna di quello che è successo alla sua famiglia, hai visto com'è formale? I vestiti, la stanza in cui ci ha ricevuti, l'educazione, il tono di voce».

«Sì, ma tu hai notato qualche dettaglio? Una cosa delle tue, insomma.»

Sara si finse sorpresa accennando un mezzo sorriso:

«Ah, cominci ad aspettarti qualche informazione? Quindi non mi consideri più una specie di astrologa...».

Davide si mosse sul sedile, a disagio:

«Macché, io parlo di esperienza, non di influssi astrali o minchiate del genere. Un semplice scambio di impressioni».

La donna cercò di essere più precisa:

«I segni erano contrastanti. Le mani non erano sudate, per esempio; ma le ha tenute incrociate per tutto il tempo, e a tratti anche le braccia, come per proteggersi. E quelle posizioni delle labbra a cui ho accennato prima riflettono l'importanza che anche lui attribuisce a Bea. Se fossi ancora in servizio, autorizzerei la prosecuzione della sorveglianza».

«Sì, ma non si può, giusto? Altrimenti lo avrebbero già fatto, senza affidarti un'indagine informale.»

La donna sospirò:

«Esatto. Quindi dobbiamo continuare a muoverci per conto nostro. Bisogna insistere per parlare con la moglie in modo da studiare la bambina da vicino, e scoprire di più del cavalier Molfino: come andavano gli affari o se aveva cambiato abitudini prima dell'omicidio».

Davide assentì con un gesto deciso:

«Di questo posso occuparmi io, seguendo i miei canali tradizionali».

«Bene. Io nel frattempo sento i miei, e cerco di capire quali alternative abbiamo nel caso non funzioni la copertura dell'assistente sociale.»

Distogliendo lo sguardo ipnotizzato dal continuo viavai dei camion, Teresa fissò Sara negli occhi:

«Spiegami di nuovo perché hai deciso di farti vedere in faccia dal tizio, Molfino, contravvenendo a ogni regola del...».

«Oh, Bionda, le conosco le procedure. Ma questa storia non rientra nell'ordinario. Primo: io non lavoro più per l'unità, non ufficialmente almeno. Secondo: non dispongo dei nostri soliti strumenti, niente cimici né videocamere, e nessuna sorveglianza a distanza h24. Terzo: il tempo stringe.»

La Pandolfi sbottò:

«Non inventare cazzate, Mora. Lo sai benissimo che noi restiamo in servizio per sempre, o credi che mettere una firma sotto un dannato foglietto di congedo significhi uscire da un mondo per entrare in un altro? Devo ricordartelo proprio io che resti sotto osservazione, perché hai un certo numero di... informazioni riservate nella testa, e non puoi essere formattata come un hard disk?».

«Comunque mi hai cercata tu, quindi non prendertela con me se agisco a modo mio.»

«Ma farsi vedere! Ora quello può riconoscerti, capisci? Non potrai più sorvegliarlo da vicino e nemmeno incontrarlo per caso. Come pensi di controllare lui o la moglie?»

«Questo è un problema mio. Se voglio diventare invisibile, ci riesco.»

No, no e no! Ti sei assunta un rischio inutile! Andare da sola nei pressi di quel covo, restarci per tutta la sera e buona parte della notte e presentarti qui, la mattina dopo, con la lista di quelli che sono entrati e usciti! Non eri autorizzata, maledizione! Hai preso un'iniziativa pericolosissima, ti rendi conto? Potevano catturarti e ammazzarti! Non avresti avuto scampo. E a me non pensi? Dove avrei trovato la forza di... Amore, perché? E poi spiegami come può una donna sola passare inosservata all'imboccatura di un vicolo in fondo al quale si riunisce il nucleo dirigente dell'organizzazione terroristica più pericolosa del Paese. Dimmelo, e giurami che non ricapiterà mai più.

Teresa abbozzò un mezzo sorriso:

«Ah, di questo sono convinta. L'altra sera sotto casa mia per poco non mi facevi prendere un colpo».

«A proposito, com'è andata? Ti sei divertita?»

La bionda fece una smorfia:

«Figurati. Mi si è addormentato in braccio dopo una volta sola. Non ci sono più i ragazzini di un tempo».

«Forse dovresti alzare un po' l'età.»

«No, per quello basta la mia. Davvero, Mora, hai rischiato troppo e puoi finire in guai seri. Io la copertura dei servizi sociali la posso mantenere senza difficoltà, ma poi non potrai operare al di fuori di quell'ambito.»

«Devo avvicinarmi. O almeno visionare le espressioni, verificare come si muovono.»

La Pandolfi non si scompose:

«Be', restando sulla piccola potresti, no? Perché sei convinta che il tempo stringa?».

L'altra tacque, tornando a osservare il traffico. Il caffè, ormai freddo, giaceva melmoso nella tazzina.

«Una sensazione, Bionda. Una gran brutta sensazione. Quella bambina… non credo sia solo depressione, o roba simile. Sembra non stia bene davvero.»

Seguì una pausa di silenzio, col sottofondo del rumore costante degli automezzi in transito. Poi Teresa disse:

«Sì. Ho avuto anch'io la stessa impressione, ed è per questo che ti ho cercata. C'era una collaboratrice di giustizia che doveva essere interrogata e ci hanno chiesto di visionare il video. Nelle immagini compariva questa bambina con la madre, io non avevo idea… Cioè, ero informata dell'omicidio Molfino, lo sorvegliavamo, te l'ho raccontato. Ma la bimba, chi l'aveva mai sentita nominare? È bastato qualche fotogramma… La madre aveva il terrore dipinto sul viso. Il terrore puro».

Sara attese, concentrata.

Teresa mormorava quasi tra sé, gli occhi azzurri persi in un orizzonte lontano.

«Quando arrivò la segnalazione interna, grazie all'ispettore, mi venne subito in mente la piccola ripresa dalla videocamera. Come si muoveva, lenta, triste. Anni fa, ci fecero studiare gli ultimi giorni dei condannati a morte in America. Ricordi? Be', hai presente la loro postura quando non aspettano altro che la fine? Ecco, lei mi sembrava una condannata. E in qualche strana maniera, la mamma se n'era accorta.» Si girò verso Sara, il volto era tornato impenetrabile. «Mora, mi fido di te. Se hai ritenuto opportuno avvicinarti al tizio, eri consapevole dei rischi. Che altro ti serve?»

XXVI

Stavolta si fece trovare al suo posto, di fronte all'ultimo raggio di sole, sull'estremità già in ombra della solita panchina.

Viola la raggiunse allegra, inalberando il pancione come la prua di una nave e portando una borsa a tracolla.

«Ciao! Sei già qui? Hai risolto con gli impegni?»

Sara le sorrise di rimando. Si era chiesta molte volte, negli ultimi tempi, il motivo di quello strano rapporto con la ragazza. Apparteneva a una generazione con la quale la donna invisibile non aveva mai avuto contatti, non comprendendone fino in fondo il modo di intendere e gestire la vita. Non avevano molto in comune, all'infuori del legame con Giorgio, che era stato il suo bambino e adesso era morto, ma che entrambe avevano conosciuto così poco da poterne discutere solo in maniera superficiale. Poi c'era la barriera rappresentata dalla madre di Viola, che Sara aveva incontrato in un'unica, burrascosa occasione e che si era rivelata parecchio sgradevole. Eppure, chissà per quale segreta rotta dell'anima, si era affezionata a quella giovane. Si preoccupava per lei. Quando da sola, di notte, combatteva col sonno, si scopriva a sperare che avesse cura di sé e del figlio che portava in grembo. Cercava anche di comprenderne i desideri e le speranze, come immaginava dovesse fare un genitore. «Gli impegni prendono forme che non ti aspetti, a volte. Come stai?»

Viola si accarezzò il ventre, con dubbiosa tenerezza:

«Be', Alien qui ogni tanto decide di muoversi o scalciare. Mi sa che comincia a sentirsi un po' oppresso anche lui. Ho riflettuto un sacco sul nostro ultimo incontro, sul modo in cui hai capito quello che si dicevano il nonno e il nipotino. È davvero incredibile. Non può essere solo una questione di tecnica. Secondo me è un potere paranormale».

Sara si mosse a disagio:

«No, non c'è niente di paranormale, fidati. È un'abilità che si affina e, se diventa un mestiere, è ancora più facile. Certo, poi capita di indovinare, ma anche di sbagliare. Mica è una scienza».

Viola la fissava con gli occhi spalancati come una bambina. «Dài, non minimizzare. È una dote pazzesca, e ha delle potenzialità incredibili! Ci hai mai riflettuto?»

«Senti, è probabile che abbia sbagliato. Insomma, era solo una dimostrazione, niente di più. Non avrei dovuto, non dovrei nemmeno dirlo a chi non è... a chi non fa il mio stesso lavoro. Ti prego, non torniamo più sull'argomento.»

La ragazza sembrò delusa:

«Ma come? Se è la cosa più straordinaria che mi sia capitata, da un sacco di tempo! Sai che ho portato?». Diede un colpetto alla borsa. «Questa è la mia reflex. Ti faccio vedere.» E cominciò a tirare fuori obiettivi e componenti vari, finché non estrasse un corpo macchina con sopra un grande display. Man mano che allineava gli oggetti sulla panchina, li descriveva con deferenza, pronunciando termini tecnici di cui Sara ignorava il significato. Quando ebbe finito ripeté, sorridendo: «Ti rendi conto delle potenzialità?».

«Sinceramente, no. A che ti riferisci?»

Viola fece un gesto vago a indicare i dintorni:

«Tutte queste persone, Sara! Guardale! Ogni volta che vuoi, tu sei capace di cogliere le loro parole, perfino quello che hanno in testa. Devi solo osservarle».

«Non è proprio così, ti ho spiegato che...»

«Va bene. Però puoi riuscirci. E non immagini cosa desidera, oggi, la gente?»

«Viola, io...»

«Scoprire quello che gli altri pensano davvero! Al di là delle dichiarazioni di facciata o delle frasi di comodo. Corna, maldicenze, invidie, gelosie, succede un sacco di brutta roba qua fuori. Sbaglio?»

Sara si sentiva molto a disagio:

«Io non ho alcun potere. Non vedo attraverso i muri, e nemmeno mi interessa scoprire quello che accade...».

La ragazza la interruppe con decisione:

«Ecco. Per quello lascia fare a me».

La donna dai capelli grigi sbatté le palpebre:

«In che senso?».

Trionfante, Viola indicò l'armamentario esposto sulla panchina:

«Posso riprendere una scena da duecento metri, con una definizione perfetta e senza vibrazioni o sfasature, oppure fotografare qualunque soggetto da grandi distanze. In pratica, insieme siamo l'occhio di Dio».

Suo malgrado, Sara scoppiò a ridere. «Non ti sembra di esagerare? E a che servirebbero, poi, queste scoperte? Ti assicuro, per esperienza personale, che in più del novanta per cento dei casi è molto meglio non sapere niente di nessuno.»

L'altra scosse il capo, cominciando a riporre gli obiettivi nella borsa. «Lo dici perché non sei una giornalista, e non ti rendi conto del dono che hai. Potremmo produrre dei reportage. Tu sei in pensione, no? Quindi saresti libera di mettere a frutto le tue conoscenze. Per me, invece, che mi dovrò spezzare la schiena intascando pochi euro al mese, sarebbe la svolta. E, se non vuoi, il tuo nome non verrebbe mai a galla. Manteniamo il segreto, e vendiamo i risultati.»

A Sara dispiaceva spegnere l'entusiasmo della giovane: non l'aveva mai vista così piena di energia, con le guance arrossate e gli occhi scintillanti. Per lei il lavoro contava, e scorgeva per la prima volta da chissà quanto tempo uno spiraglio. Decise che quella voglia di vivere era un capitale da non sperperare. «Certo, sarebbe una possibilità. Fermo restando che in questo campo non esiste la sicurezza al cento per cento, ma se servisse per darti una mano...»

Il viso di Viola si illuminò:

«Eccome se mi daresti una mano! E sarebbe una mano enorme! Altrimenti, escluso l'ambito giornalistico, potremmo aprire un'agenzia di investigazioni private... Ci pensi? Non avremmo problemi a superare le barriere dei personaggi famosi: le guardie del corpo, la sorveglianza. Ti affidano un incarico e pagano in anticipo; io filmo e fotografo, tu interpreti. Possiamo sgamare chiunque».

Sara rise ancora:

«Sei un genio del male, ragazzina. Ci riflettiamo, promesso. Però adesso mi pare che hai altro di cui occuparti, no? E mi pare pure che la cosa preveda un certo livello di concentrazione. Fai quello che devi, poi pensiamo al resto».

Viola si sfiorò il ventre con le dita. «Sì, è vero. Ma a stare così, con Alien che si muove ventiquattr'ore al giorno, se non mi distraggo con qualche progetto, impazzisco. A te come va con la consulenza di cui non dici niente?»

L'altra rivolse l'attenzione ai bambini che scendevano dallo scivolo. «È difficile. Ormai si opera in una maniera completamente diversa rispetto a prima. E qui non si condividono le responsabilità, è tutto sulle mie spalle.»

La giovane tacque, riflettendo. Poi domandò:

«Tu sei una che mantiene le promesse, vero?».

«Sì, certo. Perché?»

«Mi hai promesso che, se avessi avuto bisogno di aiuto, me l'avresti chiesto. Mi piacerebbe impegnarmi in qualcosa, finché aspetto che Alien si decida a uscire.»

Prima che potesse rispondere, a Sara squillò il cellulare.

XXVII

Boris frenò all'improvviso, assecondando come sempre logiche imperscrutabili, e cominciò ad annusare in giro. Poi si mise in posizione e in men che non si dica scaricò un quantitativo di feci che sarebbe stato sufficiente a concimare da solo mezzo Tavoliere delle Puglie.

L'ispettore Pardo Davide provò il consueto misto di soddisfazione, per aver differito di qualche ora il riproporsi del problema, e di angoscia per dover rimuovere quella massa maleodorante con l'aiuto di una paletta *king size* ma comunque troppo piccola per i bisogni del Bovaro. Avrebbe dovuto compiere due viaggi verso il cassonetto che distava una ventina di metri. Si dedicò alla prima parte della disgustosa operazione, e quando si rialzò notò una vecchietta, identica nei lineamenti a un gufo o a una poiana o a qualche altro uccellaccio notturno, che fissava dal primo piano del palazzo di fronte il punto in cui giaceva la massa maleodorante.

Mentre si avviava verso il cassonetto, il cane al guinzaglio, la donna lo apostrofò:

«Giovino', ma che credete di fare, di lasciarla là?».

Davide esibì il suo affascinante sorriso:

«No, no, signo', mo' vengo a prendere l'altra. Nella bustina, intera non ci sta».

Quella scosse il capo senza chiudere le palpebre, accentuando di parecchio la sua somiglianza con un barbagianni:

«No, no. Ve lo potete scordare. Voi da qua non ve ne andate se non sparisce prima tutta quella schifezza».

Il poliziotto spostò lo sguardo dal sacchetto, che conteneva la fumante reliquia, a Boris che se ne stava seduto soddisfatto a godersi la scena con tre etti di lingua penzoloni. «Signora, con tutto il rispetto, se vi ho assicurato che la raccolgo, la raccolgo. Quindi se mi lasciate andare...»

Senza alcun preavviso, la donna cominciò a gridare. L'evento fu tanto più inquietante perché non le alterò l'espressione del volto né la posizione delle braccia, mollemente appoggiate alla ringhiera del balcone. Il verso di una civetta, insomma. «E se vi muovete senza portarvi tutta quella pupù, urlo ancora» tornò alla carica.

Un uomo in canottiera, dalla corporatura imponente e dal fisico palestrato, comparve sul balcone di fianco:

«Signora Cuomo, che è successo? Eravate voi a strillare?».

«Buonasera, Salvato'. Sì, ero io. Il signore, qua, si stava allontanando lasciando un quintale di cacca di quel mostro proprio sotto al terrazzino nostro.»

Davide protestò:

«Ma non è vero! Io volevo solo buttare questa, la vedete? E tornavo subito a recuperare il resto».

Il nerboruto condomino in canottiera si sporse minaccioso, formando con la Cuomo un'interessante coppia di allocchi:

«Sentite, giovane, non permettetevi di mettere in dubbio quello che ha detto la signora. Vi credete forse che, siccome siamo di sera tardi, potete comportarvi come pare a voi? Ora chiamiamo la polizia e vediamo».

Davide s'impettì:

«Sono io la polizia! Sono un ispettore, e posso garantirvi che...».

Il viso della Cuomo si aprì in un ghigno mefistofelico:

«Ah, lo sapevo, lo sapevo. Un esempio di sopraffazione da parte di un pubblico ufficiale nei confronti della gente comune. Prendete le bustarelle, siete corrotti e non raccattate gli escrementi».

Salvatore voltò i suoi tatuaggi verso la vicina:

«Uh, signo', come parlate giusto. Tenete ragione, ma come si permettono? Io adesso vado a chiamare il commissariato».

Pardo, che si sentiva sospeso tra un romanzo di Kafka e un film comico degli anni Settanta, tentò un'altra tattica:

«E se vi lascio il cane? Lo lego qui, all'albero, mi libero di questa e torno al volo».

«Ah!» gracchiò ancora la donna facendo sobbalzare il vicino in canottiera, Davide e lo stesso Boris. «Abbandonate pure l'animale! Ma siete proprio un malvivente, altro che poliziotto!»

«Ma io mica voglio abbandonarlo! Lo lascio in ostaggio! Cioè, che ostaggio, mi state confondendo. Io...»

In quel momento, una mano uscì dal buio e gli strappò il sacchetto. La voce di Sara disse, sbrigativa:

«La butto io, questa. Raccogli l'altra e andiamocene, ché abbiamo fretta».

La coppia di censori controllò che Davide togliesse ogni traccia di feci dal marciapiede. L'ispettore portò a termine l'incombenza senza abbassare gli occhi, con estremo decoro e qualche difficoltà oggettiva, come capita a chi rimuove escrementi guardando altrove. Alla fine, sdegnosi, i due inquilini rientrarono nelle rispettive abitazioni e Pardo poté raggiungere la collega trascinato dal Bovaro del Bernese felice di incontrare di nuovo la sua amica.

«Sei arrivata giusto in tempo, Moro', prima che combinavo un casino con quelli.»

«Per la verità ero qui già da qualche minuto, mi sono fermata a gustarmi la scena perché era troppo buffa.»

Pardo assunse un'aria offesa:

«Ah, sono contento che ti sia divertita. Ma non ti divertirai ancora per molto, perché io questo mostro, prima o poi, lo porto a un canile e ci leviamo il pensiero. Poco ci è mancato che mi costringeva a commettere un abuso d'ufficio».

Sara si chinò ad accarezzare Boris dietro le orecchie, mandandolo in visibilio:

«Non ne saresti mai capace. E se ti dovessi azzardare, lo prenderei io con me. Poi ti perseguiteremmo come fantasmi. Allora, perché mi hai convocato con tanta urgenza?».

Il poliziotto lanciò un'occhiata in giro. La strada era deserta. «Camminiamo, così non diamo nell'occhio.»

«Io non do mai nell'occhio» replicò Sara.

Come assecondando un richiamo a ultrasuoni, Boris partì scodinzolando a una velocità di circa sessanta chilometri all'ora, trascinando con sé il padrone bestemmiante.

Sara trasse un profondo sospiro, e mormorò:

«Qui, Boris. Vieni, bello».

Il Bovaro si fermò letteralmente a mezz'aria e con una spettacolare piroetta tornò vicino alla donna.

Davide la fissò trasecolato:

«Ma mi spieghi come ci riesci? Questa dannata belva non ha mai obbedito a nessuno fin da quando era un batuffolo di peli, maledetta truffa di animale, ché poi è cresciuto di una tonnellata; ha sempre fatto il comodo suo, e ora arrivi tu, sussurri un ordine che a stento si sente e lui si corica come un micetto?».

Sara scosse il capo, grattando l'orecchio del cane:

«Perché sei negato, ecco perché. Gli animali lo capiscono, quando non gli si vuole bene».

«Ah, guarda, quanto a questo ha tutte le ragioni, perché lo odio. Ascolta, ti chiedo un favore, tienilo tu per il guinzaglio, così riesco a parlare.»

Si avviarono lungo il marciapiede, Boris al passo come un cavallo della regina.

Davide gli rivolse un ultimo sguardo disgustato, poi iniziò a raccontare. «Dunque, come sai, questo mestiere di merda è basato in primo luogo sul culo, che nel caso mio si manifesta una volta ogni giubileo. Ho proceduto nel modo classico, contattando un amico che lavora in un giornale finanziario. Inutile che ti dica del vecchio Molfino, sei più informata di me. Era un maledetto pescecane, ricco sfondato, mai una difficoltà o un periodo negativo, abilissimo a raccattare denaro, anche quando non c'era, a spese della collettività o di qualche imprenditore sprovveduto. È chiaro che ad avere ottimi motivi per volerlo morto erano un migliaio di persone o giù di lì, ma nessuno dell'ambiente lo avrebbe ucciso.»

«Sì, non ho mai creduto che sia stato un rivale in affari ad accopparlo. Non in casa sua, almeno, dove chiunque poteva vedere l'assassino.»

Davide annuì soddisfatto. «Esatto. E, come hai detto tu, non stiamo indagando sull'omicidio del vecchio se non in via secondaria. Ci interessa la questione generale, quella che tocca la bambina. E allora, mollato il mio amico, mi sono rivolto a chi non avevamo sentito all'epoca perché non sembrava servisse: ho cercato il mio informatore di zona.»

«E chi sarebbe?»

Pardo spiegò:

«Noi abbiamo dei referenti, gente che ci dà notizie su quello che succede di strano quartiere per quartiere. Niente di speciale, occhi e orecchie in più. Dalle parti di casa Molfino c'è Ciro, un piccolo camorrista che entra ed esce di prigione, e siccome gli piace scommettere sui cavalli, ogni tanto racimola un pochino di soldi anche da noi. Insomma, l'ho convocato, e per cinquanta euro, che per inciso mi devi, e una birretta mi ha passato una dritta interessante».

Sara era colpita:

«Scusa, ma tu in quasi quattro ore hai sentito il giornalista, hai cercato e trovato il confidente e ci hai perfino preso una birra?».

Davide sorrise trionfante:

«Non solo, cara. Non solo. Perché tu capirai pure il segno zodiacale della gente da come digerisce, ma alla fine il caro vecchio lavoro di gambe del poliziotto rende sempre di più. Ecco perché la fanteria, in conclusione, dà quelle soddisfazioni che...».

«Pardo, sto per ordinare a Boris di staccarti il naso. Continua.»

L'ispettore lanciò un'occhiata preoccupata al cane, che lo fissava inespressivo, e proseguì:

«Be', non ci crederai, ecco il colpo di culo inatteso: il mio informatore, che tu chiami "confidente", ma permettimi di dire che è una definizione assai poco professionale e non al passo coi tempi, mi riferisce che, proprio un paio di giorni prima di essere ammazzato, Molfino ha licenziato il suo autista, uno che stava con lui da circa due anni, e pure in malo modo. Il tizio è amico di Ciro, perché hanno la stessa abilità a scegliere il cavallo sbagliato, e secondo lui ha molto da raccontare. E anche una gran voglia di vuotare il sacco».

Suo malgrado, Sara era davvero impressionata:

«Bingo. Non c'è niente da dire, Pardo, hai appena smentito la tua fama di essere inutile».

L'ispettore s'inalberò:

«Oh, io non ti consento certo di...».

Boris, percependo che il tono della voce virava verso

l'aggressivo, ringhiò sordo. Sul volto di Davide affiorò la delusione di chi è appena stato tradito:

«A me? Ringhi a me, adesso? All'uomo che ti nutre?».

Sara cercò di riportare il discorso sul pratico, a debita distanza dalle questioni etiche:

«L'ex autista è rintracciabile a breve?».

Gli occhi offesi dell'ispettore tornarono su di lei:

«Già fatto. Era impegnato, ma domattina è libero e può parlare con noi. Ci aspetta in un bar che conosco. E ti avverto: siccome è un contatto che ho rimediato io, ci dobbiamo andare insieme. Per forza».

Sara rifletté e disse:

«Si tratta di una pista importante. Quello che succedeva dai Molfino prima dell'omicidio va ricostruito, anche per capire quali erano i rapporti tra fratello e sorella. Va bene, ci vediamo domani alle otto da te». Poi allungò il guinzaglio al poliziotto che, prima di poter pronunciare una qualche meravigliosa, sarcastica frase di congedo, fu trascinato altrove da un Bovaro del Bernese in pieno training per il Gran Premio Lotteria.

XXVIII

Seduta.

Di notte, in cucina, sotto la bianca, impietosa luce di un neon, davanti a un tavolo sul quale c'era un unico oggetto. Con le lancette dell'orologio appeso al muro a scandire un tempo inutile e infinito, e le palpebre pesanti, sul punto di chiudersi, malgrado la posizione scomoda che aveva assunto, il più possibile eretta, le mani sul ripiano, le dita aperte.

Il sonno. Nonostante i pensieri, i dubbi, i ricordi che danzavano senza interruzione nella mente, in superficie e nel subconscio, il maledetto sonno allungava gli artigli per ghermire la coscienza e trascinarla in fondo a un abisso colmo di orribili scene impastate di passato e paure, incubi che le avrebbero spaccato il cuore.

Sara era sicura che sarebbe morta di notte.

Ne era certa dagli ultimi giorni di Massimiliano, quando aveva compreso all'improvviso, sdraiata nella stanza dell'albergo che non riusciva a lasciare, di essere rimasta sola. Davvero sola, completamente sola. Senza il lavoro, senza il figlio, senza la famiglia.

E, soprattutto, senza di lui.

Si riscosse, rendendosi conto che la testa ciondolava sul collo. Riportò l'attenzione sull'oggetto al centro del tavolo, l'oggetto che avrebbe potuto salvarla almeno per quella notte, trasmettendole l'energia per scendere di nuovo in cantina a cercare elementi antichi che forse avrebbero gettato un po' di luce sul destino della bambina; ma anche solo la forza di leggere un libro, o guardare un vecchio film e aspettare un'alba lenta e lontanissima.

La boccetta delle pillole magiche. Ancora sigillata.

Le parole di Franco Peluso le risuonavano cavernose e confuse nella mente. *Non ce ne saranno altre, però. Non ti prescriverò mai più quei farmaci. Perciò ti consiglio di non aprire la boccetta. Le ragioni del sonno o della veglia devi trovarle in altro.*

Certo, è facile per te, dottore. Nel tuo studio lindo e ordinato, a ricevere malati reali o immaginari, a determinare le cause fisiche di un disturbo forse risolvibile con una prescrizione, o forse no. Che ne sai, dottore, dei fantasmi? Li conosci, li hai mai visti arrivare di soppiatto, appena ti addormenti, a rinfacciarti il respiro? O a sollevarsi dalla terra dove giacciono per venire a rimproverarti gli anni felici della tua vita?

Si passò una mano tremante sulla fronte. I capelli grigi le bruciavano sulla nuca sudata, la lunga maglietta che indossava le pareva un peso insopportabile. C'era anche questo. C'era anche questo penitenziario. Il suo corpo.

L'altro fantasma era l'amore. Le mani sul seno, il fiato tra le gambe. La memoria dolorosa ed estrema di una furia che non avrebbe incontrato più, e che il suo corpo si ostinava a non dimenticare, quando invece avrebbe dovuto tacere, quando avrebbe dovuto addormentarsi, lui sì, finalmente e per sempre, senza infliggerle orgasmi improvvisi e devastanti nel sonno, che al risveglio la morsa del rimpianto trasformava in un dolore ancora più intenso.

Che ne sai, dottore, dei fantasmi?

Fissava il flacone, avendo paura. Avendo coraggio.

«Le ragioni del sonno» aveva detto Peluso. Giusto. Perché, se era facile trovare mille motivi per rimanere sveglia, per Sara era molto più difficile trovare quelli per dormire. Per consentire agli occhi di chiudersi e precipitarla nel mondo senza difese che la terrorizzava.

Tu, amore mio, sei sempre stata troppo dura con te stessa. Sembra strano da dire di una che ha seguito il cuore nel momento stesso in cui le ha indicato una strada, abbandonando tutto, sciogliendo legami fortissimi. Ma io ti conosco perché ti sento pensare, e so a quale disciplina ferrea ti sottoponi. Io vorrei che fossi un po' più indulgente. Lo faresti per me? Tratteresti meglio il mio amore?

Sapeva bene che la schiavitù passava per quella boccetta all'apparenza innocente che aveva davanti.

Se avesse svitato il tappo, se avesse ingerito le pillole e atteso l'energia, non sarebbe uscita mai più dalla voragine.

Il medico aveva ragione, ricette o non ricette.

Si chiese chi fosse, mentre l'orologio scandiva, nel silenzio, i secondi della notte, mentre il camion della spazzatura svuotava cassonetti a venti metri da lei, in strada, mentre non c'erano finestre illuminate da guardare interpretando solitudini e litigi, mentre la boccetta di vetro scuro attendeva stolta e ottusa il suo destino.

Chi sei tu, Sara?

Una donna con un corpo che urla e una mente muta.

Una vecchia di cent'anni che tiene prigioniera una ragazza.

Una bambina piccola e spaventata dentro una cella di diffidenza.

Io non aprirò quella boccetta, pensò. O forse sì.

E se scegliessi una via di mezzo? Se l'aprissi e inghiottissi in una volta tutte le maledette pillole, e magari aggiungessi il contenuto delle scatole di antidolorifici di Massimiliano che sono ancora nell'armadietto in bagno, e per sicurezza stendessi questo dannato corpo nudo nella vasca con due bei tagli longitudinali lungo i polsi? Se risolvessi il problema concedendomi al sonno e fregandolo per sempre? Eccomi qui, mi vuoi? E prendimi, allora. Prendimi.

Amore mio, solo io so quanto sei bella, nessuno potrebbe immaginarlo. È una stupenda metafora, no? Passiamo le giornate a cercare la verità sotto la superficie, a interpretare segni per scoprire la bruttezza, la finzione, il male che si nasconde dietro l'esteriorità, e tu invece occulti il tuo splendore. Con quella voglia di apparire insignificante, nascondendoti perfino allo specchio. Sei magnifica. Nel corpo, nella pelle, nello sguardo. Nell'anima. Quanto sei bella, amore mio.

Non era la prima volta che accarezzava quell'idea.

La morte aveva danzato dentro di lei dal momento stesso in cui il monitor le aveva rivelato che per Massimiliano non ci sarebbe stato ritorno. Che non le avrebbe più parlato con quella calda voce gentile, che non le avrebbe più spiegato le sue stesse convinzioni, che non l'avrebbe più presa in giro per come trascurava la propria femminilità. Ci aveva pensato subito.

Ma lui l'aveva obbligata a promettere che avrebbe avuto cura di se stessa, e l'eventualità di mancare a un impegno preso proprio con lui le pesava troppo.

Ora, però, il dubbio che la vera cura di sé sarebbe stata il definitivo abbandonarsi al sonno stava diventando davvero seducente.

Fantasticò, mentre combatteva contro le palpebre che le si chiudevano, su quanto ci avrebbero messo a trovarla. Pardo l'avrebbe attesa l'indomani inutilmente, e forse sarebbe stato sollevato dal non vederla. Non la capiva e ne aveva anche un po' paura, Sara lo sapeva. D'altronde non sarebbe stato in grado di rintracciarla, non avendo nessun indirizzo o recapito, ma solo il numero del cellulare che giaceva spento sul comodino.

L'avrebbe di certo scovata, anzi fatta scovare, Teresa. Alla fine qualche discreto, anonimo fabbro avrebbe forzato la porta e se ne sarebbe andato senza voltarsi; e qualcuno sarebbe entrato, due uomini, quasi di sicuro, una mascherina sulla faccia e la determinazione a ripulire tutto senza lasciare tracce.

Sarebbero scesi in cantina e si sarebbero guardati attorno. Forse avrebbero trovato la porta con la combinazione, giorno, ora e minuto del nostro incontro, amore mio, e sarebbero riusciti ad aprirla.

Tra veglia e sonno, Sara immaginò il volto scioccato di chi per primo avrebbe letto gli incartamenti e i dossier. Misteri piccoli e grandi, soluzioni inattese, minuscoli uomini senza nome e delitti eccellenti, tutti catalogati e documentati con fredda, inesorabile consapevolezza. Ma a quel punto per lei non avrebbero contato più nulla.

Stai attenta alle carte, amore. Io non ho il coraggio di gettarle via, di tagliuzzarle in mille pezzi o bruciarle: sono le cartoline del mio viaggio, il risultato di una vita intera di lavoro. Non riesco a spiegarti perché le ho conservate, e perché le ho aggiornate fino a oggi. Il destino di una ragazzina romana strappata ai genitori e al fratello; la morte di un prete veneto, che avevano eletto Papa mentre lui voleva solo sistemare le cose; un aereo precipitato in mezzo al mare, senza un motivo, per troppi motivi; l'omicidio di un politico che aveva scelto di seguire la strada sbagliata. Tanti incarichi, molte atrocità. Il mio cammino. Se dovessi renderti conto che ti mettono in pericolo, distruggile tu, amore, le mie carte. Io non posso. Non posso più.

La mano destra, fino a quel momento inerte sul ripiano del tavolo al pari di un animale morto, ebbe un fremito.

Massì, pensò Sara con l'ultimo frammento di coscienza che resisteva al sonno, facciamola finita.

Chiudiamola qui.

Sono nata nel momento in cui ti ho visto, amore mio; e sono morta quando sei morto tu.

E fu allora che, senza preavviso e senza un motivo, Viola le si presentò davanti agli occhi.

Nell'ultima luce del giorno, col pancione immenso e seduta sulla panchina mentre riponeva sorridendo i suoi misteriosi obiettivi nella borsa, immaginando programmi improbabili per il futuro.

Viola, che con tanta facilità passava dalla disperazione alla gioia.

Viola, portatrice di un mistero che veniva da se stessa e dalla vita che non aveva vissuto, e allungava le dita verso un avvenire più enigmatico del passato.

Viola, che meritava qualsiasi sacrificio. Che avrebbe atteso la strana nonna del suo bambino, non ancora nato, sulla panchina dei giardinetti, la penultima verso il tramonto, per chissà quanti pomeriggi prima di comprendere che non l'avrebbe più vista né sentita.

Viola inconsapevole e dolcissima. Viola che non avrebbe potuto scegliere di lasciarsi un figlio alle spalle, come aveva fatto lei.

Era Viola che inceppava l'ingranaggio della morte.

Era lei ad avere diritto a una spiegazione che, in quel caso, non avrebbe più potuto darle.

Era Viola il motivo per il quale non avrebbe ingoiato quelle o altre pillole. Non più.

Perché per Viola, e per il mistero che portava dentro, valeva la pena combattere.

Senza allungare le dita, lasciando la boccetta sul tavolo, Sara si alzò. Trattenne il fiato, chiuse gli occhi e cercò il coraggio per andare a dormire.

Poi si avviò verso il letto, come una condannata va al patibolo.

XXIX

L'ispettore Davide Pardo aspettava da quasi dieci minuti quando si accorse, come al solito senza averla sentita arrivare, che Sara era in piedi dietro di lui. «Primo: sei in ritardo, e dieci minuti di sonno il sabato mattina valgono moltissimo. Secondo: il mio contatto mi ha già chiamato, mi aspetta in un bar col tizio, quindi dobbiamo sbrigarci. Terzo: assomigli a un maledetto fantasma. Ma come cacchio riesci a materializzarti sempre all'improvviso? Usi il teletrasporto?»

La donna rispose brusca:

«Per una volta hai ragione, ispettore. Ho tardato, scusami. Credevo che nel frattempo potessi far prendere un po' d'aria a quel povero cucciolone che ha la disgrazia di abitare con te».

Il poliziotto aggrottò la fronte:

«Sono io che abito con lui, invece. Stanotte ha deciso di dormire in diagonale sul mio letto, e mi sono dovuto adattare. Ho un mal di schiena da record. Certo, pure tu non sembri al meglio, oggi».

Era vero. Il colorito di Sara era terreo, gli occhi cerchiati e l'aria assonnata. Il corpo, privato dell'aiuto delle pillole, reagiva così. «Come al solito, grazie del complimento. Adesso muoviamoci.»

Il tragitto fu breve e silenzioso. Davide era piuttosto preoccupato di presentarsi all'incontro con un informatore in compagnia, e per di più di una donna; il sottile gioco di ruoli che costituiva la rete professionale ci metteva assai poco a incrinarsi.

Invece Sara, reduce da una notte di cupi, schiumosi sogni di cui ricordava solo l'angoscia, rifletteva su quanto fosse innaturale per le sue abitudini investigative rimestare nel passato. In trent'anni di servizio aveva esaminato il presente, dai volti alle parole: gli eventi trascorsi competevano ad altri, lei doveva solo tradurre. Non era uguale, anche se il suo compito era sempre cercare la verità sulle facce della gente. Uno poteva confondersi in buona fede e ricordare qualcosa che magari in origine aveva altri significati. Il testimone poteva sbagliare, riferendo la propria interpretazione dell'avvenimento a cui aveva assistito. Per Sara equivaleva a essere bendati e ascoltare la descrizione di quello che c'era attorno. Si rivolse a Pardo:

«Forse è meglio se con questo tizio parli tu. Io mi limiterò a starti accanto».

L'ispettore si voltò verso di lei sorpreso, distogliendo per un momento lo sguardo dalla strada:

«E come mai questa decisione? All'improvviso ti fidi di me?».

Sara allargò le braccia:

«Voglio vedere come te la cavi. O forse sono disposta

ad ammettere che in certe situazioni la tua esperienza è superiore alla mia».

Il bar dell'appuntamento, com'era prevedibile, non si trovava nello stesso quartiere residenziale del palazzo di Molfino. Era ubicato invece a ridosso del dedalo di vicoli e piazzette estemporanee che se ne stava da secoli come un tumore benigno al centro della città. Un posto che di giorno brulicava di una rumorosa, allegra umanità, composta di cassette di frutta e verdura che invadevano la strada e di urla, richiami, pianti di bambini e musica a volume altissimo, e dove di notte navigavano ben altre barche, sguardi inespressivi di sfida e scooter truccati con equipaggi di tre o quattro ragazzi in cerca di glorie nere.

L'attività era una via di mezzo tra il centro scommesse e il bar tabacchi. C'era tutto quello che poteva servire, se si consideravano le quattro slot machine che tintinnavano manovrate da disperati di mezza età sul fondo del locale. L'arredamento era completato da tre tavolini, a uno dei quali sedevano due uomini.

Pardo rivolse un cenno del capo al tipo piccolo ed esile con un paio di baffetti sottili che appena lo vide gli sorrise, salvo irrigidirsi quando si accorse che non era solo. L'ispettore allora fece segno a Sara di attenderlo fuori, e si avvicinò rivolgendosi al tipo coi baffi.

L'altro, un giovane magro dall'aria vagamente ascetica, ostentava indifferenza controllandosi la punta delle dita. L'ometto fissò Pardo impaziente, attese solo qualche istante e poi si alzò, invitando il ragazzo a seguirlo. Manifestando la propria esasperazione, il poliziotto tirò fuori il portafogli ed estrasse una banconota; a quel punto il piccoletto, soddisfatto, si allontanò verso il banco delle scommesse accompagnato dallo sguardo malinconico del giovane.

Davide uscì a chiamare Sara, che aveva osservato con attenzione i movimenti dei tre. «Abbiamo un manager, insomma. Non depone benissimo.»

Pardo era molto irritato:

«Senti, non solo mi sei costata già cento euro, ma devo pure sopportare i tuoi dubbi? Questa gente vive così. E bisognerà ricompensare anche l'altro: però a lui provvedi tu, sia chiaro. Devo anche essere rimborsato delle spese».

La donna lo fissò inespressiva, poi entrò. Si sentì addosso gli occhi dell'uomo coi baffi, che stava controllando una lista di corse e cavalli, ma non ricambiò lo sguardo.

Pardo prese posto al tavolo, e chiese:

«Tu eri l'autista di Molfino, giusto? Come ti chiami?».

Il giovane aveva un tic, che lo costringeva a contrarre i muscoli del collo prima di parlare. «Giuseppe. Il cognome è necessario?»

Davide si sporse in avanti:

«Bello, tutto è necessario. E non perdiamo tempo come se fosse un programma di tv verità, tu sai chi sono io e io devo sapere chi sei tu. Allora?».

L'altro irrigidì il collo, era a disagio. Quindi rivolse un'occhiata inquieta a Sara e chiese:

«E lei chi è?».

L'ispettore si voltò verso la donna, la guardò e tornò, calmo, a fissare il giovane.

«Chi? Io non vedo nessuno. E ancora non ho sentito il cognome.»

«Caputo» rispose in fretta l'altro.

«Va bene, Giuseppe Caputo. Allora tu eri l'autista del vecchio Molfino. Fino a quando?»

Il ragazzo indossava un maglioncino azzurro, che guizzava a ogni contrazione; aveva i capelli rasati quasi a zero sui lati, con un ciuffo folto sulla sommità della testa, ed era sottile e un po' effeminato nei movimenti. «Ciro mi ha detto che non dovevo dare informazioni finché non mi avevate pag...»

Prima che potesse finire, Pardo, con una mossa repentina, gli afferrò l'interno della coscia e senza cambiare espressione strinse con forza.

Giuseppe squittì.

L'ispettore sorrise calmo:

«Apri bene le orecchie, frocetto: non mi interessa nulla di quello che ti ha detto o non ti ha detto Ciro, che è un piccolo, pietoso delinquente e che solo per bontà mia non risiede a Poggioreale. Chiarito questo, ti spiego il funzionamento della faccenda: io domando, tu rispondi. Se le risposte sono soddisfacenti per la mia coscienza, che vedi accanto a me in forma di donna, forse ti lascio libero e ti pago pure una scommessuccia; se invece ho anche il minimo sospetto di una tua reticenza, allora divento triste... e quando divento triste, mi sfogo sul primo che capita. Siamo d'accordo?».

Durante il pacato discorsetto, Caputo aveva tentato di allentare la morsa senza riuscirci. Sotto il mento, i muscoli si erano contratti una ventina di volte senza controllo, e un paio di perdigiorno avevano guadagnato svelti l'uscita, confidando in tempi migliori.

Davide mollò la presa e il ragazzo, massaggiandosi la parte dolorante, protestò:

«E mamma mia, ispetto', come siete impaziente! Permettete che uno prende qualche precauzione, o no? Sì, ero l'autista di Molfino, lo sono stato per quasi due anni».

«E adesso che fai?»

Altri spasmi involontari.

«Il tassista.»

Sara colse una piccola stretta degli occhi e un'impercettibile esitazione della voce, e intuì subito che si trattava di una bugia. Tuttavia quella era una rivelazione positiva, perché eventuali informazioni false sarebbero risultate subito evidenti.

Pardo, pur non avendo una conoscenza specifica del linguaggio del volto, conosceva la procedura e possedeva una buona dose di esperienza:

«Il tassista, eh? Con tanto di licenza, immagino. Che saresti pronto a mostrarmi, immagino. E senza perdere un minuto, immagino».

L'altro arrossì e serrò le labbra. Le usuali contrazioni non si arrestarono:

«Ispetto', non sono in servizio, adesso, il sabato non lavoro. Magari un'altra volta».

Davide annuì, sorridendo:

«Questa è una bella notizia, Caputo. Perché forse te ne esci da 'sto posto coi piedi tuoi, magari un poco zoppicante e felice di ritrovarla a casa, la tua licenza. Sempre se rispondi bene…».

«Chiedete pure.»

«Allora, prima di tutto spiegami per quale motivo Molfino ti ha licenziato.»

Il ragazzo si strinse nelle spalle:

«È semplice: non gli servivo più, ispetto'. Mi ha comunicato che da quel momento in poi, se si doveva muovere, lo accompagnava la signora. Ma siccome non stava bene, ormai non usciva quasi più. Devo ammettere che mi è dispiaciuto, ma teneva ragione».

Pardo chiese:

«"La signora" chi? La figlia?».

Giuseppe ridacchiò:

«No, quale figlia? Quella stava sempre fatta, più di là che di qua, se si metteva al volante della Jaguar ne ammazzava una quindicina! No, no, l'infermiera, dico. La signora Rosanna».

Davide e Sara si scambiarono una rapida occhiata. Quindi Pardo domandò:

«Scusa, Capu', come mai dici "la signora"? E come sarebbe che l'accompagnava lei se c'era bisogno? Non si occupava delle iniezioni e delle medicine?».

Il ragazzo era agitato. Non riusciva a smettere di guardare Sara, che doveva turbarlo con quelle occhiaie, i capelli grigi un po' scarmigliati e la totale assenza di espressioni sul viso levigato. «All'inizio era così, ispetto', quando il cavaliere era in salute e correva avanti e indietro anche se si lamentava del mal di schiena. Poi però ha cominciato a stare peggio, e Rosanna non si è mossa più da casa Molfino. Finché a un certo punto è diventata la *signora* Rosanna.» Il tono era cambiato, assumendo all'improvviso l'inflessione del pettegolezzo.

Pardo non abboccò al tentativo di scivolare nel confidenziale e scattò:

«Che accidenti significa, Caputo? Parla chiaro».

Compreso l'errore, Giuseppe fece una brusca marcia indietro:

«Che… che Molfino ci teneva assai alla compagnia della signora, ecco. E che, forse pure per evitare di stare male quando lei non c'era… insomma, la signora non se ne andava mai. E sembrava un poco…».

Sara mormorò:

«La padrona».

Il giovane sobbalzò, come se avesse sentito urlare. Sembrava convinto che Sara non esistesse davvero e fosse frutto della sua fantasia. «Sì. La padrona. Proprio così.»

Davide guardò Sara, che annuì piano. Allora si rivolse di nuovo al ragazzo:

«Parlami di questa signora Rosanna, Capu'. Quello che sai, e pure quello che ne pensi».

Giuseppe adesso era guardingo. Percepiva il vivo interesse degli interlocutori, e aveva paura di rivelare informazioni che potevano essere usate contro di lui. Ma aveva anche paura della stretta di Pardo. «Una bella femmina, ispetto'. Ma bella davvero. E pure gentile, perbene. Intelligente. È normale che Molfino si era affezionato assai. Proprio *assai*. Ma stava male, sempre peggio, e allora... Io poi autista ero, mica il maggiordomo. Non posso saperlo, com'erano le cose fra i due.»

Il solo accenno alla relazione, pensò Sara, indicava con chiarezza come dovevano essere le famose "cose fra i due".

Il poliziotto a quel punto tirò fuori un foglio e una penna:

«Nomi, cognomi e indirizzi. Il tuo, e quello della signora. Perché non ho dubbi che eri tu ad andare a prenderla quando serviva».

Caputo si passò la lingua sulle labbra:

«Ispetto', non vi dovete arrabbiare, per carità, ma mi avevano assicurato che questo incontro era... informale. Io vi dico tutto e resto a disposizione, ma guai non ne voglio passare, mi spiego?».

Con la penna sospesa sul foglio, Pardo domandò:

«E che guai dovresti passare, Capu'?».

«Non me la dimentico la fine che ha fatto Molfino. Quella è una famiglia curiosa, la figlia ogni tanto aveva certe crisi... Gli strilli arrivavano fino in cortile, dove stavo io con la macchina. Me lo aspettavo che prima o poi succedeva qualcosa, certo non così, ecco. E quando sono stato licenziato, io... mi sono sentito meglio. Non ci voglio più avere a che fare con quelli. Mai più.»

Davide annuì:

«Non posso prometterti che non ci servirai ancora, ma per quanto possibile ti terremo fuori da questa storia. Ora parla, poi prenditi la mancia e vai a giocare. Ti consiglio Gasparotto, terza corsa di Agnano. Una soffiata sicura».

XXX

Quando si ritrovarono in auto, Sara chiese perplessa:

«Gasparotto, terza corsa di Agnano?».

Pardo inarcò un sopracciglio:

«Stando per strada si diventa eclettici. E Gasparotto è un gran cavallo. Al di là di questo, era sincero?».

Sara apprezzò la domanda. Era un riconoscimento delle sue capacità.

«Sì, di sicuro. Non posso stabilire se ha omesso delle informazioni, però. È il nostro grande problema: anche se decodifichi quello che vedi, ci può essere sempre una parte della verità che resta nascosta sotto la superficie.»

L'ispettore si morse il labbro inferiore, pensoso:

«Be', certo: ma ci possiamo sempre tornare, adesso sappiamo dove trovarlo. Ci sono due elementi interessanti. La *signora* infermiera, e la relazione tra lei e il vecchio. L'affare si va allargando, e siccome sostieni che questa indagine funziona al contrario del solito, e di solito va meglio quando il campo si restringe, allora stiamo procedendo bene. O no?».

Suo malgrado, Sara sorrise. «Il discorso è diverso, mio caro filosofo. Dobbiamo capire se la bambina corre dei rischi, e se sì quali, non trovare il vero assassino di Molfino, o scoprire chi voleva mettere le mani sul malloppo».

Davide la guardò di traverso:

«"Malloppo"? Colle', non siamo mica a Miami. Qua si chiama "roba". E comunque, questo strano esercizio dei muscoli facciali che hai appena fatto, che cos'è? Noi umani lo chiamiamo "sorriso". E posso dirti la verità? Ti viene benissimo».

«Non ti ci abituare, collega. È molto, molto raro.»

In quel momento, il telefono di Pardo suonò, e l'attacco della *Quinta* di Beethoven echeggiò nell'abitacolo. L'ispettore rispose, sollevò le sopracciglia all'indirizzo di Sara e scambiò qualche battuta. Poi chiuse e disse:

«Era la Astolfi. Ci chiede se possiamo incontrarla in ufficio, perché desidera farci una comunicazione».

«Andiamo, allora. Vediamo che vuole.»

L'arcigna segretaria li accolse all'ingresso e li condusse in un salottino. Era vestita allo stesso modo del giorno prima: un tailleur grigio che pareva una divisa militare.

Davide rifletté sull'aspetto delle due donne: Sara senza trucco e senza tintura, con le scarpe basse e una giacchetta anonima; Concetta Astolfi con una messa in piega che pareva metallica, una tinta mogano compatta e un sobrio ma accuratissimo trucco, nonché tacchi di dieci centimetri almeno. Eppure la femminilità della poliziotta, che si intuiva scorrere sotto traccia, la rendeva assai più intrigante, benché le due fossero come minimo coetanee. Il pensiero definitivo di Davide fu che a lui piaceva la carne fresca.

La Astolfi non li invitò ad accomodarsi. Una volta chiusa la porta, disse:

«Intanto, grazie di essere venuti. Devo riferirvi da parte del dottor Molfino che lui e la moglie acconsentono a incontrarvi a casa, insieme alla piccola Beatrice. Io però devo anche darvi, sempre da parte del dottore, alcune raccomandazioni».

Come da tacito accordo, era Pardo a intrattenere la conversazione mentre Sara se ne stava un passo indietro. «Noi ringraziamo, signora, ma i nostri accertamenti devono essere svolti secondo le modalità prescritte. Non possiamo adattarci a limitazioni. Le assicuro però che saremo molto discreti, e non causeremo alcun problema alla bambina.»

Sara apprezzò molto le parole di Davide. Stava proprio entrando nel ruolo, ed era più in gamba di quanto sembrasse.

Concetta rispose a Pardo con cortesia:

«Certo, ispettore, ne sono convinta. Tuttavia ho il compito di avvertirvi che Bea è molto... malinconica, come potete immaginare. La situazione la rende triste, le manca il nonno...».

Sara disse, piano:

«E la madre».

La Astolfi le rivolse uno sguardo fermo. Aveva un'espressione un po' inquietante, da rettile, gli occhi semichiusi dietro le lenti, le labbra sottili e strette. «Certo. Anche la madre. Ma mi creda, dottoressa, Bea stava molto di più col nonno, che era un essere superiore, meraviglioso in ogni senso. Amava la nipote e trascorreva con lei tutto il tempo libero che riusciva a ritagliarsi dal lavoro. Alla bambina manca davvero molto.»

Davide cercò di sfruttare la momentanea inclinazione della donna alla confidenza:

«Lei in pratica è una di famiglia. Quindi magari ci sa dire, da un punto di vista diverso, se il comportamento della signora Dalinda nei confronti della figlia…».

La Astolfi sfoggiò un'aria addolorata, ma non le riuscì troppo bene:

«La povera Dalinda… Era una ragazzina quando ha perso la madre. Sono cose che ti cambiano. Era così tenera. Poi le amicizie, l'adolescenza…».

Davide commentò:

«Però per arrivare a tanto, il rapporto col padre doveva essere terribile. Avrà avuto anche lui le sue colpe, no?».

Sara non poté evitare di pensare che Pardo sapeva davvero condurre un dialogo dove voleva. Per non essere uno specialista, e ne aveva conosciuti tanti nella vita, era bravo.

Concetta reagì con veemenza, ma senza alzare la voce di mezzo decibel:

«Ispettore, il cavaliere era eccezionale. Di persone così ne nasce una ogni secolo. Partendo dal nulla ha creato un impero, e mi creda perché io c'ero. Se sei di una tempra simile, allora hai l'illusione di poter gestire i figli e la famiglia come gli affari. Ci può cadere chiunque. Con Gianpiero ci è riuscito, è un uomo retto e capace che condurrà alla perfezione le aziende. Con Dalinda purtroppo no. È una ribelle, e ha sempre voluto farsi del male».

«Farsi del male in che modo?»

«La bambina, per esempio. Dalinda era andata via di casa, il padre ha speso una fortuna per rintracciarla e proteggerla da lontano, a sua insaputa. È stata in India, in America. Non può immaginare la preoccupazione di quell'uomo. Poi è tornata, ed era incinta: non si è mai saputo di chi. Speravamo tutti che la maternità la rasserenasse, ma non è andata così.»

Davide rifletté, poi domandò:

«E davvero il dottore, secondo lei, sarà all'altezza del padre nella conduzione delle aziende? Mi pare che sia una mole d'affari enorme».

La donna stirò le labbra sottili nell'imitazione malriuscita di un sorriso:

«Oh, nessuno lo eguaglierà mai, perché i geni sono ineguagliabili. Lui riusciva ad adattare le regole alla sua volontà. Ma un conto è creare, un altro è gestire. Gianpiero comunque sarà in grado di portare avanti tutto senza problemi».

Sara intervenne:

«Lei, signora, sostiene che la bambina è malinconica. Crede che stia bene con gli zii? Insomma, è un bel cambiamento». Il tono era rassicurante. Un tentativo di stanare la donna, gratificandola di una sua conoscenza della dinamica familiare di cui doveva essere la sacerdotessa.

La segretaria cadde nel tranello:

«Oh, certo. Ma ripeto, Bea è dolcissima e avverte l'affetto che la circonda. La signora Doriana non ha avuto figli. Ha provato qualunque cosa, è andata all'estero perfino, si sono dannati l'anima, ma niente. Quante volte ho sentito la buonanima lamentarsi: "A quella scombinata di Dalinda è arrivata una figlia tra capo e collo, mentre la povera Doriana si fa iniettare di tutto e non resta incinta". Un vero peccato».

Davide cercò di approfondire:

«E perché non hanno adottato?».

«No, no, Gianpiero non avrebbe mai voluto il figlio di altri in casa sua. Con Bea è diverso, è sempre sangue suo.»

L'ispettore annuì, comprensivo:

«Ah, certo. Quindi adesso finalmente hanno la bambina che non hanno avuto, è così?».

La Astolfi piegò di nuovo le labbra in modo innaturale:

«In un certo senso, anche se è difficile abituarsi. La piccola è introversa, non si capisce mai bene quello che pensa, ma se c'è un posto dove può essere felice, è dagli zii. Il trauma è stato forte per tutti, solo stringendoci fra di noi possiamo superarlo».

Sara chiese:

«Mi scusi, ma ci serve per il fascicolo: il dottor Molfino ha dato la sua disponibilità affinché contattassimo il medico che ha in cura Bea, così da poter richiedere una certificazione del suo stato di salute. Ha qualche notizia per noi?».

Concetta tornò l'efficiente e abile segretaria che era, estraendo un foglietto da una tasca del tailleur:

«Ma certo, dottoressa, ecco i dati. Si tratta del dottor Armando Rao. È un abilissimo professionista che da sempre ha in cura i Molfino. Qui troverà indirizzo e numero di telefono, lui è stato avvertito. Prima però il signor Gianpiero vi prega di andare a trovarlo a casa, così vedrete Bea in famiglia. Siete attesi nel pomeriggio, per un caffè».

Davide ringraziò, prendendo il foglio. Poi, quasi per caso domandò:

«Questo dottore seguiva anche la malattia del nonno?».

Il cambiamento di espressione della Astolfi fu spettacolare, tenuto conto della paralisi facciale che la affliggeva. Gli occhi e le labbra si strinsero e la mascella si serrò.

«A cosa si riferisce, ispettore? Quale malattia?».

Pardo la fissò, stupito:

«Quella... al fegato, è ovvio. Saprà senz'altro che soffriva di una patologia in stato avanzato, e che era seguito a tempo pieno da un'infermiera...».

Concetta si sporse in avanti, accentuando la somiglianza con un serpente:

«Un'infermiera? No, ispettore. Forse all'inizio, per i dolori alla schiena, ma dopo il cavaliere aveva stretto un'amicizia con quella donna. Lei frequentava la casa. E forse, data la sua professione, gli dava qualche consiglio. Ma certo non aveva bisogno di badanti. Era molto giovanile per la sua età».

Pardo insistette:

«Eppure dall'autopsia è risultato che il fegato era in condizioni davvero gravi. Mi meraviglio che lei...».

La Astolfi sbuffò:

«Ispettore, io non ero solo la segretaria di Andrea Molfino. Dopo trent'anni di collaborazione ero, mi onoro di affermarlo, molto più un'amica che una dipendente. E le dico che se lui fosse stato malato, l'avrei saputo».

Cadde un silenzio sgomento. Pardo e Sara si guardarono, poi la donna chiese:

«Quindi il defunto non si era sottoposto di recente ad accertamenti medici?».

L'altra la fissò:

«Dubito che questo riguardi la vostra attività, dottoressa. A meno che io non abbia capito male, voi vi occupate di Beatrice, no? In ogni caso, Molfino eseguiva un checkup completo una volta l'anno, di cui conservo i risultati con precisione e cura. Le assicuro che era in salute. E per quanto riguarda quella donna, davvero non ho niente da aggiungere. Adesso, se permettete, avrei degli impegni. Vi accompagno alla porta».

XXXI

«Mente, vero? È certo che mente. Una come lei non poteva non essere a conoscenza della malattia del vecchio. Ed è pure gelosa, gelosissima anzi, della famosa infermiera. Quindi, secondo me, ha scelto di rimuovere il fatto che non era stata informata, che lui l'aveva estromessa.» Mentre guidava completando la sua analisi psicologica della Astolfi, Pardo lanciava occhiate a Sara che invece, seduta di fianco a lui, assomigliava a una statua di sale. «Poi, scusa, tutto quel ribadire che la bambina era legata al nonno, che solo il nonno passava del tempo con lei, che il destino infame aveva regalato una figlia a Dalinda e non alla povera Doriana: questo non denota un certo risentimento nei confronti della ragazza? Facile prendersela con una che sta in galera ed è così rincoglionita da non ricordarsi nemmeno se ha ucciso il padre.»

Niente. Sara continuava a guardare la strada, le mani in grembo a palmi in su, immobile.

«Senza contare che i Molfino non sembrano proprio tipi da entrare in confidenza con una dipendente, no? Per me l'hanno tenuta all'oscuro. Quindi, siccome la mortifica non essere riuscita a ritagliarsi un ruolo qualsiasi in una famiglia presso cui ha lavorato per più di trent'anni, finge di sapere e straparla. È così, vero?»

Lei rispose sussurrando:

«No, sbagliato. Era sincera, dalla prima all'ultima parola».

Per poco Pardo non mise sotto una giovane in sella a uno scooter del peso stimabile in una tonnellata. Quella gli rivolse una colorita espressione di saluto che coinvolgeva madre ed eventuali sorelle del poliziotto. «E sentiamo, come avresti capito che non mentiva? La luna in Acquario?»

Sara scosse appena la testa.

«Il tono di voce era basso, uniforme, privo di modulazioni. La pelle non la controlli: nessun rossore, colorito inalterato, è impallidita solo quando ha nominato "quella donna". L'evidente diffidenza nei suoi confronti è l'unico dato rilevante dal punto di vista personale. Non ha mai avuto esitazioni, e non c'erano incongruenze verbali tra la prima e la seconda parte di una frase, come succede quando si dissimula o si altera anche di poco la realtà. Non si è presa pause troppo lunghe, atteggiamento tipico di chi sta riflettendo su quello che conviene dire. Non ha indugiato in dettagli irrilevanti né si è espressa in modo impersonale, ed entrambe le cose avrebbero indicato una manipolazione della realtà. Potrei continuare per ore, credimi: era sincera.»

L'ispettore tacque, colpito. Dopo un paio di minuti, riprese:

«Poniamo per ipotesi, e ripeto, solo per ipotesi, che tu abbia ragione. Come si spiega che uno consente alla segretaria di leggere e conservare i risultati dei checkup, poi si ammala gravemente di fegato e glielo tiene nascosto? Per inciso, se si è ridotto così in pochissimo tempo, deve aver esagerato con chissà quale stravizio».

«Questo lo ignoro. Ma l'informazione ai nostri fini è irrilevante, perché ci stiamo occupando della bambina, no? Mi interessa molto di più la dinamica familiare tra zii e nipote, quanto conti Bea per i coniugi Molfino e come la trattino. Perciò andiamo a mangiare qualcosa, poi voglio vederli nel loro ambiente.»

Pardo fece un vigoroso cenno d'assenso:

«Infatti, sto morendo di fame. Che ti va, carne o pesce? Da queste parti c'è un ristorantino che...».

«Non mi pare di aver detto: "Andiamo *insieme*". Ognuno prende quello che vuole e ci vediamo davanti a casa dei Molfino tra due ore.»

Davide si accostò al marciapiede:

«Allora la maleducazione tra colleghi è proprio una regola della tua unità? Te lo chiedo per adeguarmi...».

Ma Sara era già scesa dall'auto, senza degnarlo di una parola.

Si ritrovarono davanti al cancello chiuso di casa Molfino, il custode doveva essere in pausa.

Pardo, ancora irritato per il rifiuto di condividere il pranzo, salutò la collega con freddezza e si mise ad armeggiare al citofono.

Il portone si aprì con un ronzio, mentre una voce dall'accento straniero rispondeva:

«Primo piano, palazzina a destra».

All'interno c'erano due basse palazzine, divise da una specie di cortile alberato. Qualche macchina in sosta, un paio di grossi scooter. Da una finestra aperta nell'edificio a sinistra proveniva la colonna sonora di un videogioco, completa di spari e urla d'agonia. Il posto era pulito e ordinato, e trasudava ricchezza da ogni angolo.

Entrarono nello stabile indicato dalla voce, e salirono una rampa di scale accedendo a un pianerottolo con un doppio ingresso. Alla porta li aspettava un cameriere indiano in livrea. L'uomo s'inchinò, invitandoli a seguirlo con un gesto della mano guantata. Si trovarono in un salone molto ampio. Lungo una delle pareti correva un'immensa vetrata con vista sul mare.

Lo spettacolo era mozzafiato. La disposizione dell'affaccio era pensata in maniera tale da escludere, se non avvicinandosi, la visione della strada sottostante. Il gioco della prospettiva trasmetteva l'impressione di essere in volo, sospesi sulla distesa azzurra. In lontananza, nella foschia calda del primo pomeriggio assolato, si distingueva a malapena il profilo della penisola e dell'isola che le stava di fronte.

Pardo zufolò piano, e commentò:

«Mamma mia, vengono le vertigini! Poveretti, dovremmo organizzare una colletta».

Il cameriere chiese se gradivano caffè, tè o altro.

Entrambi optarono per il caffè e si sedettero su due poltrone che insieme a un enorme divano occupavano uno degli angoli dell'ambiente.

Si guardarono attorno.

Sara notò una libreria ben fornita, un tavolo da pranzo in cristallo, una chaise-longue e una lampada a stelo. Constatò l'assenza di un televisore.

Davide invece pensò che, se avesse potuto godere di un simile panorama, non se ne sarebbe staccato mai e poi mai; considerò anche che un appartamento così non avrebbe mai tollerato la presenza di un Bovaro, ancorché del Bernese.

Dopo che l'indiano ebbe portato il caffè, li raggiunse sorridendo Doriana Molfino.

Sara l'aveva già osservata da lontano, mentre accompagnava Beatrice a scuola. Ora cercò di studiarla meglio.

Era una bella donna, almeno a un primo impatto. Aveva occhi azzurri, profondi e vivaci, capelli castani, folti, acconciati con studiato disordine. Il corpo era tonico e le gambe tornite. I dettagli, però, tradivano alcune imperfezioni. Il naso era un po' spiovente, il mento troppo pronunciato, mentre alcune rughe sul collo e agli angoli degli occhi denunciavano qualche anno in più di quanti ne dimostrasse guardandola di sfuggita.

«Buon pomeriggio» li salutò allungando la mano, «sono Doriana, la moglie di Gianpiero. Mio marito mi ha già spiegato il motivo della vostra visita. Vi ringrazio dell'attenzione, è bello constatare che c'è chi si occupa dei bambini in queste condizioni.»

Davide le strinse la mano e presentò la collega, aggiungendo: «Allora ci scuserà per l'intrusione, signora. Ma è il nostro lavoro. A volte ci troviamo di fronte a situazioni di ben diversa portata».

Doriana assunse un'aria addolorata:

«Per sua fortuna, Bea è circondata da tanto amore, ma immagino come dev'essere in altri contesti. Ogni volta che si legge dei terribili omicidi della criminalità organizzata, mi chiedo: e quei poveri piccoli, figli degli assassinati, che ne sarà di loro adesso?».

Sara, come al solito, mormorò:

«Non solo i figli di chi è stato ucciso, ma anche quelli degli accusati di omicidio restano privi dei genitori».

Per qualche motivo, la donna si sentì colpita e strinse gli occhi in modo impercettibile:

«Certo. Ma in quel caso forse i genitori avrebbero dovuto riflettere prima di compiere un gesto così atroce. Non trova?».

Cadde un silenzio gelido, che Pardo cercò di stemperare:

«Comunque tutto si potrà dire del disagio della piccola Beatrice, ma niente sulla bellezza di questa casa. Complimenti, signora. È davvero magnifica».

Doriana si guardò attorno con noncuranza:

«La ringrazio. Be', sì, presumo che a vederla per la prima volta si rimanga abbastanza impressionati. Dopo un po', però, glielo assicuro, non ci si presta più attenzione. E i bambini di oggi non sono certo come eravamo noi. Ora stanno attaccati tutto il tempo allo schermo della tv, ai giochi, ai cartoni, alle serie… non conta nient'altro».

Sara chiese:

«E Bea dov'è, ora?».

La donna le rivolse uno sguardo ostile e fissò Pardo: non aveva dimenticato lo sgarbato riferimento all'omicidio del suocero.

«In camera sua, con mio marito. Prima volevo essere io a incontrarvi, per capire se avevate eventuali dubbi o richieste che potevo soddisfare. Sapete, Bea trascorre la maggior parte del tempo con me.»

Davide si girò verso Sara con aria interrogativa:

«Sono solo di supporto, signora, è la collega la vera esperta del settore».

La finta assistente sociale tornò alla carica:

«Suo marito ci ha spiegato che la bambina è introversa. Può dirci altro del suo carattere?».

Doriana negò con un sorriso:

«Ma no, non è affatto introversa. Di sicuro non è una di quelle bimbe chiassose o irrequiete, ma...».

«Ha qualche amica del cuore? Frequenta le compagne di scuola nel tempo libero?»

La donna si passò una mano tra i capelli. Sara notò che aveva dita magre e nervose. «Be', per le maestre è brava, e questo purtroppo non la rende la più popolare della classe. Però ha diverse amichette, proprio la settimana scorsa è stata invitata a una bella festa di compleanno e ci è andata volentieri. A Carnevale le ho comprato un meraviglioso vestito da principessa Elsa. Conoscete la protagonista del film di animazione?»

Davide assunse un'aria mortificata:

«In realtà no».

«Comunque era bellissima. Volete vedere le foto? Insomma, sta bene, è felice.»

Sara domandò:

«Felice? Davvero? Non crede che avverta la mancanza dei familiari coinvolti in quello che è successo? Il nonno, la madre… non ne parla mai?».

Le guance di Doriana si colorarono all'istante di rosso:

«Immagino che le manchino. Ma ha solo sei anni. Noi cerchiamo di farle dimenticare la tragedia. Prima ci riesce, meglio è».

Sara non aveva cambiato espressione né tono. E non sembrava interessata a stabilire un rapporto di confidenza con la moglie di Molfino.

«Signora, non ho dubbi che sia lei sia suo marito vi stiate comportando al meglio. A noi però interessa sapere se la bambina nomini mai il nonno o la mamma.»

Doriana aprì la bocca e la richiuse, come per cercare le parole giuste. Sgranò gli occhi, che si erano arrossati come le guance.

Pardo cercò di concentrarsi sui segni che la collega aveva menzionato a proposito della sincerità della Astolfi, e comprese che erano opposti a quelli che si alternavano sul viso di Doriana.

«È ovvio che qualche volta chieda di loro. Passava molto tempo con mio suocero, e Dalinda, come saprete, non era un genitore modello… Insomma, di rado, ma davvero di rado, domanda dov'è la madre. Ma noi non abbiamo intenzione di spiegarle che ha ammazzato suo nonno come un cane. O ritiene che dovremmo?» Si era sforzata di non alzare la voce, quasi temesse di essere sentita; ma l'ultima domanda era suonata stridula, in falsetto.

Sara intuì che era sulla difensiva, e che non avrebbe ammesso eventuali disturbi psicologici della bambina. Allora cambiò argomento:

«E fisicamente come sta Beatrice? Un brusco trasferimento e la perdita di figure fondamentali, sostituite da nuovi punti di riferimento, possono disorientare i bambini e provocare malesseri di varia natura».

Doriana restò colpita dalla positiva allusione al fatto che fosse lei il nuovo punto di riferimento e si illuminò:

«Bea è felice di stare con me, con noi. Già in passato la portavamo in viaggio, siamo stati a Disneyland a Parigi e sul lago di Garda... Certo, erano vacanze, adesso invece è la quotidianità. Vorrei che sul cibo si sforzasse un po' di più, consuma un pasto completo con difficoltà. Mio marito è più preoccupato di me, le prepara lui stesso il latte, la mattina e la sera, e glielo fa bere mentre le racconta una favola. Lui è... sarebbe stato un padre fantastico».

«E lei non è in ansia per Bea?»

A Doriana tremarono le labbra. Gli occhi andarono da Sara a Davide, che distolse lo sguardo concentrandosi sul mare, per poi tornare alla donna dai capelli grigi.

«Sono in pensiero, certo. In qualche modo mi sento la madre. Non l'ho partorita io, ma se il destino mi ha messo in condizione di dovermene occupare, credo che sia necessario immedesimarmi nel ruolo per ricoprirlo al meglio. Ripeto, non mangia molto e parla poco, ma sono sicura di aver stabilito una buona intesa con lei. E penso che si stia abituando. Ha solo bisogno di un po' di tempo. Solo questo.»

Sara annuì:

«Va bene. Possiamo vederla, adesso?».

Doriana si alzò. Sembrava sul punto di piangere, ma si contenne. Prima di lasciare la stanza, disse:

«Un'ultima cosa: questa famiglia ha subìto una terribile disgrazia. Voi non avete idea di quello che significa in un ambiente ristretto come il nostro. Per mesi siamo stati sulla bocca di tutti e ancora adesso siamo uno degli argomenti preferiti nei più esclusivi salotti della città. Per mio marito non è stato e non è facile. Lui deve confrontarsi ogni giorno con il dolore per la perdita del padre e della sorella, alla quale è legatissimo, e con la tempesta là fuori. È complicato prendere sulle spalle l'intera gestione degli affari di mio suocero. E se non fosse dotato di un grande equilibrio, non ci sarebbe riuscito».

Davide domandò, perplesso:

«Perché ci racconta questo, signora?».

La donna lo fissò negli occhi:

«Perché è facile giudicare dall'esterno, ma trovarsi in un inferno simile è molto diverso. Se si ha un cuore, non si dovrebbe aggiungere a queste nostre difficoltà anche la paura che qualcuno possa toglierci la bambina. Bea starà sempre meglio man mano che si abitua alla sua nuova vita, più felice della precedente. Adesso li vado a chiamare. Con permesso». E uscì dal salone senza voltarsi.

XXXII

Viola riponeva con cura gli obiettivi nel mobiletto, canticchiando a fior di labbra. Non era stata secondaria nella scelta della professione la passione per la manualità; e poi la forma, i metalli, i filtri e le manopole, insieme ai dati che apparivano sul display, le sequenze e i colori, i grafici.

Anche la fase successiva, la postproduzione, stare davanti allo schermo del computer per intervenire dopo sugli scatti con le regolazioni, i livelli, i *frame* da alternare e ricomporre, rappresentava per lei una bellezza intima e straordinaria.

Possedeva perfino due vecchie macchine manuali, che utilizzava ancora caricando rullini quasi introvabili. La sorpresa che le procuravano le immagini nel momento in cui, nella camera oscura, emergevano dalla nebbia sulla carta, le pinze e il liquido amniotico dal quale nascevano, le mollette e i fili su cui stenderle come minuscole lenzuola l'avevano sempre ammaliata. Un amore ereditato dal padre, fotografo dilettante che condivideva con lei quel silenzioso spazio, intrigante e incantato.

Da bambina si perdeva a osservare quella danza di gesti

e movimenti, dopo aver passeggiato per ore alla ricerca di inquadrature.

Viola era figlia unica, e riteneva già un mezzo miracolo l'essere venuta al mondo da una relazione durata assai più di quanto fosse lecito aspettarsi, visto che una delle due persone coinvolte era la madre. Suo papà, di cui conservava una memoria dolcissima, era un uomo schivo e silenzioso, sorridente e arrendevole, un medico bravo e abbastanza noto. La chirurgia per lui era un'estensione di quella manualità che Viola aveva ereditato; ne ricordava la morte, improvvisa e devastante, la corsa verso la clinica dove si era accasciato all'improvviso dopo aver mormorato al suo assistente: «Continui lei, la prego. Non mi sento molto bene».

Allora dodicenne, la ragazza era convinta che prima o poi se ne sarebbe andato comunque, e che nessuno avrebbe avuto il coraggio di criticarne la scelta: la madre, Rosaria, era sempre stata insopportabile.

I soldi erano suoi, e a quanto pareva le conferivano il diritto assoluto di disporre dell'esistenza di chi la circondava. Era incline agli scoppi d'ira ed esprimeva giudizi taglienti, di cui magari non era convinta, ma che producevano negli altri sanguinose ferite difficili da rimarginare. Andava su tutte le furie quando intuiva che il mondo attorno a lei sfuggiva al suo stretto controllo, esteso dall'ambito economico a quello privato. Chi utilizzava le risorse di Rosaria, ed era difficile da evitare perché trovava sempre il modo di imporsi, diventava una sua proprietà; niente restava escluso, né i sentimenti, né le scelte personali.

Solo Viola, e solo in parte, riusciva a tenerle testa.

Simili nel fisico, non avrebbero potuto essere più lontane nelle emozioni, visto che la giovane aveva ereditato dal padre una dolcezza e una sensibilità aliene all'indole pragmatica e concreta di Rosaria. Collerica e reattiva, diffidente ed egocentrica fino al parossismo la madre; riflessiva e pacata, altruista e incline ai rapporti umani la figlia: erano opposte nel carattere e destinate a scontrarsi di continuo.

Quando Viola aveva cominciato a convivere con Giorgio, la situazione economica di entrambi non aveva permesso una soluzione abitativa autonoma. Così la ragazza aveva preteso di andare a vivere nell'appartamento al piano inferiore a quello di Rosaria – sempre di sua proprietà – ma senza altra via di comunicazione che non fosse la porta blindata sul pianerottolo. E capitava che, al suono imperioso del campanello, Viola non rispondesse limitandosi ad alzare il volume dello stereo.

Meglio essere chiari. Non concederle spazio. Tracciare limiti netti. Chiudersi in un ostinato, assoluto silenzio e lasciarsi scorrere addosso le mille domande. Era davvero l'unico modo per contrastare l'invadenza della madre.

Canticchiarle in faccia era un'alternativa.

Eppure non era quello l'atteggiamento che irritava Rosaria fino a farla esplodere. Restava concentrata sull'interminabile sequela di rimproveri nei confronti di Viola, e continuava a parlare, nonostante l'altra con tutta evidenza non la ascoltasse se non come un fastidioso rumore di fondo che l'accompagnava in qualsiasi faccenda fosse intenta.

La canzone di quel giorno era ispirata a Sara, quello strano, postumo, involontario regalo di Giorgio.

Una donna indecifrabile ma, per chissà quale motivo, vicina al cuore di Viola. Le piaceva stare con lei, malgrado le sue decisioni. Forse proprio per quelle.

Una donna che non cambiava per gli altri, che non deviava di un millimetro dalla propria strada. Una donna che era come desiderava essere, e che non si poneva il problema di apparire, rinunciando perfino a tingersi i capelli.

Avrebbe voluto assomigliarle, e magari era un po' così.

«*Don't go changing to try and please me*» mormorò.

In quel momento Rosaria sedeva su una poltrona a due metri di distanza, le lunghe gambe accavallate, le mani curatissime intrecciate in grembo, il volto regolare incorniciato dalla chioma fresca di parrucchiere. E di tintura. «Stai rimettendo a posto quei pezzi di ferro, vedo. Quindi li hai tirati fuori. Io non capisco proprio questa passione, non la capivo nemmeno in quel deficiente di tuo padre. Una totale perdita di tempo, come se ormai in Rete non ci fossero già tutte le immagini che servono.»

«*You never let me down before*» sussurrò Viola posando un teleobiettivo.

Tu invece, mamma, sei sempre curata e pronta come se dovessi andare a una festa. Bella e ricchissima, ma senza un uomo che si avvicini a te da anni. Chissà perché.

«D'altra parte un'occupazione dovrai averla, immagino. Specialmente se si mette al mondo un figlio con un mezzo sconosciuto, povero e orfano, che si è fatto pure ammazzare. Proprio una scelta acuta, matura e intelligente.»

«*Don't imagine you're too familiar, and I don't see you anymore*» modulò Viola con un filo di voce, quindi arretrò di un passo e corresse la distanza degli oggetti sulla mensola.

Sempre uguale, mammina: impossibile spiegarti il significato dell'amore, credere di poter scegliere e scoprire, al contrario, che la scelta non esiste. Forse Sara potrebbe aiutarti: anche lei ha capito che era impossibile agire altrimenti.

«Nemmeno adesso che hai quasi finito il tempo ti rassegni. Ti avevo pregato di abortire già al terzo mese, ricordi?, quando quello sfaccendato era ancora vivo. Certo, aveva una bella faccia: ma sono proprio le belle facce che ti fregano. Uno poi che veniva da quella famiglia, un padre infimo funzionario di banca, uno che niente aveva e niente ti ha lasciato tranne quel sacco di pulci» e indicò il cane accucciato sul suo cuscino «e un bambino che ti rovinerà senz'altro l'esistenza. Chi vuoi che ti si prenda più con un marmocchio piagnucolante e una bestiaccia. Guarda me, che ho dovuto rinunciare a qualsiasi compagnia avendo te come zavorra.»

«*I wouldn't leave you in times of trouble, we never could have come this far*» intonò Viola, rivolgendo uno sguardo di comprensione a Rita, che se ne stava buona ad ascoltare le due donne. La bastardina sospirò, rimettendosi a dormire. Era più brava della sua padrona a ignorare le malignità di Rosaria. Le veniva naturale, e non aveva bisogno della musica.

«Per non parlare della madre, poi. Una puttana, che non si capisce nemmeno come e dove abbia vissuto in tutti questi anni. Mi sono informata, te l'ho detto? Sì, te l'ho detto... E non è venuto fuori niente di niente, come se si fosse nascosta in un bunker. Era in polizia, ma da un certo punto in poi, il nulla. Il che è già di per sé un'ammissione di colpa, non credi?»

«*I took the good times, I'll take the bad times, I'll take you just the way you are*» continuò Viola rivolta a Rita, cementando l'intesa tutta al femminile stretta tra la cagnetta e la ragazza dopo la morte di Giorgio, che dell'animale era stato l'esclusivo proprietario prima di decidere di andare a vivere con lei.

Non preoccuparti, bimba: io non ti mollo. Neppure quando Alien uscirà dal mio corpo ti trascurerò. Siamo amiche, no?

«E l'hai vista? Agghiacciante. Assomiglia a una barbona. Quei capelli, che orrore! Sembra un mezzo maschio, senza trucco e con le scarpe sformate. Non mi sorprenderebbe se fosse addirittura lesbica. Spero che non la frequenti. Sono certa che non ne faresti parola con me, perché sei un piccolo serpente traditore come tuo padre, ma mi auguro davvero che non la incontri di nascosto: magari ha delle mire su di te. Una donna che non si tinge i capelli è certo che ha qualcosa di sbagliato.»

«*Don't go trying some new fashion, don't change the color of your hair*» rispose molto a proposito Billy Joel per bocca di Viola.

Come se bastasse il colore, truccarsi e vestirsi con pezze da cinquemila euro a drappeggio per trasformarti in una persona migliore, no, mammina? Come se bastasse a cancellare gli abbandoni e a rendere più teneri i ricordi.

Io sono convinta che la sera, quando appoggi la tua bella testolina tinta di fresco sul cuscino, ti assalgono mostri terribili, mentre Sara ha solo amore e dolcezza da ricordare. Povera, terribile mammina.

«Ma tu come al solito ti impunti, e io mi danno l'anima. Eppure hai la fortuna di avere accanto una come me, che ti sosterrà sempre e ti lascia libera, perfino di sbagliare, senza mai aprire bocca, perché io, io sono la persona più discreta e meno invadente del mondo!»

«*I don't want clever conversation, I never want to work that hard.*» Stavolta Viola non si trattenne e rivolse un bel sorriso a Rita, che pur dormicchiando aveva alzato l'orecchio destro come inorridita. Sarò una meticcia, avrebbe spiegato se avesse potuto parlare, ma questa è davvero troppo grossa anche per me.

«Sono consapevole che dovrò farmi carico pure di questo bambino, perché tu che sei una povera pazza incosciente hai deciso di portare lo stesso a termine la gravidanza. Per fortuna ci sono i soldi di mio padre, l'unico con un briciolo di senno in una famiglia che ha la maledizione di circondarsi di instabili e squilibrati. Mi auguro che questa infausta nascita vada bene, mi manca solo un handicappato, e tu che non hai mai concluso niente riusciresti pure nell'impresa di procurarmi un guaio simile. Spero che un figlio, oltre che a rovinarti, ti aiuti almeno a rinsavire e ti persuada ad abbandonare questa assurdità di diventare fotoreporter o che accidenti è. Ti metti buona buona e cerchi di crescerlo al meglio, magari curandoti un po' e provando a rimediare un uomo che ti mantenga in maniera decente.»

«*What will it take till you believe in me, the way that I believe in you?*» chiese Joel a Rosaria, di nuovo per bocca di Viola, che ne apprezzò la magnifica ironia. In qualche modo, negli anni era riuscita a trasformare le parole della madre in una specie di tonalità, una chiave sulla quale cantare. Un diapason umano. Obiettivamente, doveva ammetterlo, era agevolata dall'assoluta monotonia dell'invettiva di Rosaria.

«Non che mi aspetti particolari prove di maturità da parte tua. Sei pur sempre quella che in seconda liceo si inventò che andava in gita con la scuola per fuggire a Barcellona tre giorni con due amiche matte. Dove sono finite, a proposito? Di sicuro fanno le squillo da qualche parte. Inclinazione naturale. E lo stesso sarebbe capitato a te, se non ci fossi stata io a sorvegliarti.»

«*I could not love you any better, I love you just the way you are*» concluse Viola in un sussurro.

In fondo era vero. Ti voglio bene, mammina cara: anche se sei la peggiore donna che io abbia mai conosciuto.

Alzò gli occhi verso la finestra e notò l'inclinazione del sole. Il tramonto si avvicinava. Prese lo spolverino e uscì di casa.

Ciao, mammina, pensò.

Ma non lo disse.

XXXIII

Gianpiero Molfino fece il suo ingresso nel salone mano nella mano con la piccola Bea. La moglie li seguiva a distanza di un paio di passi. Quell'atteggiamento, per Sara, era significativo. Mentre la bambina camminava verso di loro, con lo sguardo basso, svuotato di ogni curiosità, lui stava esclamando senza parlare: io sono suo zio, il sangue del suo sangue, l'unico che le è rimasto, e nessuno può permettersi di separarci.

La stessa Doriana, appassionata nel fugare ogni dubbio sull'intesa tra lei e la bimba, insistente e un po' ottusa nell'affermare l'armonia di quella situazione domestica, esprimeva la piena condivisione della volontà del marito.

Ma c'era ancora da sciogliere il nodo fondamentale: come stava Beatrice?

Il padrone di casa li fissò, calmo. Indossava un maglione azzurro e sembrava molto più giovane rispetto al precedente incontro.

«Buon pomeriggio. Bea, questi nostri amici sono venuti a trovarti. Salutali con un bel sorriso.»

Lei alzò gli occhi, e all'istante sia Sara sia Davide si resero conto che dietro il tenero volto di quella bimba si annidava l'ombra di un grave dolore.

«Ciao» disse incerta la piccola, «siete amici anche della mia mamma?»

Sembrava soprattutto molto stanca. Sugli occhi infossati, un velo di tristezza. La voce era impastata e il colorito pallido. L'effetto complessivo non era l'immagine della salute. La sofferenza però poteva essere di natura psicologica, come confermato da quella domanda, che mise in evidente imbarazzo i coniugi Molfino.

Fu Gianpiero a rispondere:

«Certo, amore. I nostri amici sono per forza anche suoi». Quindi si rivolse a Davide e Sara: «Scusateci, noi stavamo riposando. Vero, tesoro?».

Bea annuì, poi, lasciata la mano dello zio, si avvicinò a Sara. «E tu l'hai vista, la mia mamma? Se la vedi, puoi dirle che le voglio bene? A Carnevale mi sono vestita da principessa...»

Sara la precedette incoraggiante:

«... Elsa, sì. Come stai, Bea? La tua mamma vorrà saperlo».

La bambina sorrise e andò a sedersi tra Doriana e Gianpiero, che si erano accomodati sul divano:

«Sto bene. Forse, se la imparo benissimissimo, la maestra mi farà dire la poesia lunga nel saggio di fine anno coi genitori. Io il papà non ce l'ho, e siccome la mamma è impegnata in quella specie di ospedale, dove la aiutano a guarire, alla recita ci vengono gli zii».

Fingendo meraviglia, Davide domandò:

«Ma davvero? La poesia lunga? Accidenti, sei bravissima! Però per recitare una poesia così difficile dovrai essere in forma, no?».

La piccola annuì, seria:

«Sì, è per questo che devo mangiare molto, anche se non mi va. Ma lo zio mi prepara cose buonissime».

Sara chiese:

«E dormi bene?».

La bimba sorrise ancora, stiracchiandosi con gesti teatrali:

«Sì! Mi corico con gli zii, nel loro letto. Così sto caldissima».

Doriana le accarezzò il capo. Gianpiero allungò la mano, senza arrivare a toccarla. Si grattò invece un sopracciglio, come trattenendo la commozione con uno sforzo virile.

«Ora posso andare a giocare alla Play?»

Molfino interrogò con lo sguardo Davide, che fece un cenno d'assenso.

Quando rimasero in quattro, Sara approfittò dell'occasione:

«Ma riposa sempre il pomeriggio?».

Doriana minimizzò, un po' aggressiva:

«Tutti i bambini hanno bisogno del pisolino, è un'abitudine anche all'asilo, dopo pranzo. E Bea è stata molto provata dagli eventi. In tutta franchezza, non capisco cosa ci sia di male...».

Gianpiero, basito dal discorso della moglie, la interruppe con decisione:

«Doriana, ma che ti prende? Guarda che i signori sono qui proprio per verificare la sua salute. Bea sta benissimo, non c'è bisogno di reagire così».

La donna si alzò, brusca. Le tremava il labbro inferiore. Parlando al marito disse:

«Vado a vedere se ha voglia della merenda. Il latte gliel'hai dato tu?».

Molfino confermò, senza distogliere lo sguardo.

Doriana allora prese congedo dagli ospiti, senza degnarli di un'occhiata:

«Permesso». E uscì a passo svelto.

Gianpiero si morse l'interno della guancia, nel tentativo di cercare le parole. Quindi si rivolse ai due:

«Chiedo scusa, è molto sensibile sull'argomento. Tiene tantissimo a Bea, e vorrebbe proteggerla sempre, dopo quello che ha passato. Credo che sia comprensibile».

Pardo rispose:

«Certo che lo è, non si preoccupi. D'altra parte capisca anche noi, abbiamo ricevuto delle disposizioni e dobbiamo completare gli accertamenti».

Sara aggiunse, secca:

«La bambina mi pare davvero pallida, comunque. E molto, molto affaticata».

Molfino si passò la lingua sul labbro inferiore:

«È vero, ma è passato pochissimo. Lei… non soffre solo per la separazione dalla madre, le manca tanto anche il nonno».

Davide lo incalzò:

«Si spieghi meglio».

Gianpiero abbassò la voce, per evitare di essere udito:

«C'era un forte legame tra Bea e papà. Lui non aveva un carattere facile. Era scontroso e duro con chiunque, ma per la nipotina stravedeva. La viziava, la coccolava, ci passava ore. Mentre della madre domanda, del nonno no, anche se ha capito che è morto».

Intervenne Sara:

«E lei crede che sia questa la causa?».

Gianpiero accavallò le gambe:

«Preferisco non insistere, una volta è scoppiata a piangere e io ignoro se è per quel motivo che a volte è triste. Ma immagino di sì. Vedete, noi siamo disposti a qualsiasi sacrificio per rimanere uniti e rendere felice la piccola. Non abbiamo avuto figli, ed è probabile che non ne avremo mai. Bea conta moltissimo sia per me sia per Doriana: per lei forse ancora di più».

Sara si alzò, imitata da Davide. «Dottore, grazie per la disponibilità. Credo e spero che non dovremo più disturbare né voi né Bea. State percorrendo un cammino difficile insieme, e ci auguriamo che siate capaci di riportare tutto alla normalità.»

Molfino si passò una mano tra i capelli:

«Grazie. Mi rasserena che teniate conto di quanto sia complicato. Ma ci impegneremo al massimo: le siamo rimasti solo noi».

Prima di uscire dalla stanza, Sara si voltò:

«Il dottore, il medico di cui la signora Astolfi ci ha fornito l'indirizzo, è informato della salute di Beatrice? L'ha visitata di recente?».

«Ma certo. La accompagno io di persona.»

«E, mi dica, ci risulta che suo padre nell'ultimo periodo fosse assistito da un'infermiera. Secondo lei, questa signora di cui non conosciamo il nome può avere avuto contatti con Bea? Magari passavano del tempo insieme.»

La reazione dell'uomo fu netta:

«No. Quella donna non si è mai nemmeno avvicinata a mia nipote. Ne sono certo. E ora, se volete scusarmi, dovrei rientrare in ufficio».

Al di là della vetrata, l'immensità del mare.

XXXIV

Usciti dal cancello, Davide restò in silenzio.

La recente collaborazione con Sara gli aveva insegnato che era meglio attendere: la collega aveva bisogno di riordinare da sola le informazioni, fissare nella memoria i segni che aveva colto e sistemarli in una precisa sequenza prima di cominciare a interpretarli.

Da parte sua, Pardo non aveva notato niente di diverso da quello che si aspettava: una coppia senza figli con l'opportunità di diventare genitori, anche se l'occasione derivava da un sanguinoso, terribile omicidio che aveva privato una bambina degli affetti più cari. Aveva trovato Beatrice smagrita e un po' sciupata, ma di certo non in condizioni preoccupanti. Se fosse stato un assistente sociale, e si congratulava con se stesso per non esserlo, avrebbe espresso un parere positivo sull'affidamento della piccola agli zii.

I due si diressero muti verso l'auto, parcheggiata più in là lungo il vialetto. Davide camminava dal lato del mare, illuminato dal tiepido sole di un pomeriggio inoltrato.

Raggiunta la vettura, Sara si fermò.

Per la prima volta la vedeva con il volto inondato dalla calda luce di primavera. Si rese conto all'improvviso di quanto quella donna fosse abile a celare se stessa. Lavoravano insieme da diversi giorni, si erano scambiati impressioni e pareri, avevano discusso anche in maniera animata; e Pardo si riteneva un buon indagatore, fisionomista a sufficienza, se non altro per esigenze professionali. Eppure solo in quel momento, con i lineamenti messi in risalto dai raggi del sole, gli sembrò di averne scoperto il segreto. I capelli grigi, l'assenza di rossetto, rimmel, ombretti, e di qualsiasi altra diavoleria usassero le donne, la rinuncia a sfoggiare gioielli anche semplici, il vestito sformato, le scarpe senza tacco erano in realtà una mascherata, non un'assenza. Sara si nascondeva, magistrale nel realizzare il suo intento. Perché i tratti del viso erano dolcissimi, la pelle senza rughe, i denti bianchi e regolari. E soprattutto gli occhi, che teneva sempre bassi o rivolti altrove per non proporli direttamente all'interlocutore, erano di un azzurro profondo e scuro: una sfumatura peculiare e unica, impossibile da dimenticare. Se vuoi passare inosservata, pensò Davide in un lampo di consapevolezza, quegli occhi non mostrarli. Mai.

Come se gli avesse letto nella mente, Sara distolse lo sguardo e incassò le spalle guadagnando almeno dieci anni di età.

Pardo prima dubitò delle sue percezioni, poi intuì la volontà di lei e con discrezione decise di assecondarla. In fondo non gli importava.

In quel momento la donna ruppe il silenzio:

«Allora, collega, non si possono separare i due piani: la salute della bambina e il delitto del nonno. Le questioni sono connesse, e con buone probabilità l'una è la conseguenza dell'altra. Dobbiamo scoprire quello che è successo, per capire quello che potrebbe succedere».

Pardo si grattò il mento:

«Scusa, ma che accidenti significa? Che c'entra adesso la morte di Molfino con la chiacchierata a casa del figlio e della nuora? Sì, d'accordo, la bambina è un po' provata, ma non mi pare proprio che corra dei rischi. O ritieni che la signora Doriana sia un po' troppo morbosa?».

Sara fece cenno di no:

«Non si tratta di lei. È Gianpiero che si muove in maniera incoerente».

Davide aprì l'auto e si sedette alla guida, mentre Sara occupò il sedile di fianco.

«Per favore, parti» gli disse, «sono in ritardo. Devi accompagnarmi in un posto.»

Pardo avviò il motore e iniziò a guidare seguendo le indicazioni della donna.

«In che senso ti è sembrato incoerente? Perché secondo me ha espresso proprio quello che doveva: il dolore per la morte del padre insieme all'ansia per la bambina e la moglie. Non ho notato alcun comportamento contraddittorio.»

Sara al solito teneva gli occhi fissi sulla strada. «Non è per quello che ha detto, ma per i modi che ha usato. Tutti, e dico tutti i suoi gesti denotavano apprensione, ansia, paura. E timore di essere in qualche modo smascherato.»

Davide ebbe un moto di sorpresa:

«Cioè, sospetti che...».

Lei lo interruppe con decisione:

«No, e non ho motivi per accusare Molfino di niente. Magari era solo allarmato per la salute di Bea, e voleva nasconderlo; oppure è a conoscenza di particolari che non sono emersi durante le indagini o nel corso del processo. Ripeto, in sé e per sé quegli atteggiamenti, mordersi la guancia, accavallare le gambe, passarsi la lingua sul labbro inferiore, grattarsi il sopracciglio, non indicano che abbia nascosto chissà quali segreti. Però non ci sono dubbi che avesse paura di noi, e del colloquio».

Davide scoppiò in una risata:

«Ma è ovvio! Ti ricordo che abbiamo finto di essere dei servizi sociali. Anzi, per l'esattezza sei tu che hai finto: e anche se non te ne accorgi, mia cara, riesci a risultare inquietante. Parecchio. La paura mi pare il minimo. Temeva che gli avresti tolto la bambina, e che la famiglia sarebbe stata travolta da un altro terremoto».

«No. Questo vale per lei: la moglie aveva la preoccupazione che hai appena descritto. Ha provato a dissimulare, sminuendo Dalinda, ma la finzione ha retto poco ed è emersa l'aggressività di chi è sulla difensiva. Lui no. È evidente. E, se vogliamo che Bea sia al sicuro, dobbiamo venire a capo dei timori di Gianpiero e capire se nasconde davvero qualcosa. Il che cambia tutto, e ci riporta al tuo ambito di competenza.»

«Oh, senti un po', vacci piano! Ti ricordo che il caso è chiuso. Inoltre il processo si è addirittura concluso con una sentenza che in questo momento, in mancanza di un ricorso in appello, potrebbe pure diventare definitiva: perciò non esiste più alcun ambito di competenza. Io peraltro non sono il titolare di un'indagine, quindi...»

La donna sbuffò:

«Non hai capito, oppure fingi di non capire. Non stiamo discutendo di inchieste ufficiali, istruttorie o dibattimenti, qui giochiamo contro il tempo. Perché, casomai non te ne fossi accorto, Beatrice sta morendo».

La frase, pronunciata al solito a mezza bocca, esplose nell'abitacolo come una bomba nucleare.

Davide si irrigidì e tacque di colpo. Purtroppo dovette ammettere suo malgrado di aver avuto la stessa terribile impressione.

«Perché parli così? Possiedi pure facoltà diagnostiche?»

«Lo sai anche tu. Hai visto il pallore, gli occhi infossati, i segni bluastri attorno alle orbite. E hai notato come si è seduta e come si è alzata? Pareva una vecchietta, non una bimba di sei anni. Non ci vuole una particolare abilità per dedurre che sta male, e probabilmente peggio di quando ha incontrato la madre l'ultima volta. Altrimenti Dalinda avrebbe usato parole diverse.»

Pardo guidò in silenzio per un po', continuando a seguire le indicazioni della mano di Sara. «Se solo per ipotesi, e attenzione, sottolineo "per ipotesi", avessi ragione, secondo te come dovremmo procedere? Perché è lampante che ficcare il naso negli affari della famiglia Molfino risulta piuttosto complesso. Sono protetti dalla barriera più solida e impenetrabile che esista: i soldi. In una città dove il denaro in genere se ne sta nascosto, in questo caso è in bella mostra. Quindi come dovremmo muoverci?»

Sara rimuginò prima di proseguire:

«Ribadisco, questo non è il mio campo. Sei tu che devi trovare una pista. Sostieni sempre di essere un bravo poliziotto. Bravissimo, anzi. Allora, tu che faresti?».

Pardo la scrutò aggressivo, ma non trovò alcuna frase tagliente e indimenticabile. Rifletté qualche istante sulla situazione e alla fine rispose:

«Bisogna procedere con estrema prudenza. Possiamo agire solo sfruttando la copertura che abbiamo utilizzato finora, e non resta molto spazio di manovra. Devo ragionare un attimo».

Sara indicò un punto dove accostare:

«Be', allora il primo che ha un'idea contatta l'altro. D'accordo?».

Davide si guardò attorno: c'erano solo dei giardinetti. Aveva colto l'occhiata di Sara rivolta verso una panchina dov'era seduta, di spalle, una ragazza dai capelli biondi.

«Sei così gentile, quando mi dai gli ordini. Va bene. Io intanto vado a recuperare Boris, che sicuro mi avrà già allagato la casa.»

XXXV

L'abitazione di Pardo, con tanto di inquieto Bovaro del Bernese, distava dai giardinetti pochi minuti in auto se, come a quell'ora, non c'era traffico.

Nel breve tragitto, Davide pensò a Sara, a chi fosse in realtà e a cosa facesse. Per certi versi lo turbava, per altri la trovava rassicurante.

Lo rassicurava l'abilità della donna di cogliere quello che lui non riusciva a vedere. Il sistema di decodifica dei segni, che all'inizio gli era parso quasi esoterico, o addirittura irreale, rispondeva invece a un diverso ordine di percezioni, a un modo di leggere le persone altrettanto concreto e puntuale rispetto a quelli di chi, come i poliziotti, ascoltava le parole frugando nel significato in cerca della verità.

Lo turbava perché la sua fisionomia non corrispondeva a come si presentava bensì a come *non* si presentava affatto allo sguardo. Aveva qualcosa di indefinito, i contorni di una figura sfocata sullo sfondo di una fotografia scattata in fretta. Invisibile o quasi alla vista, indistinta o quasi alla mente. Per quel motivo la curiosità dell'ispettore era stimolata dal mistero che circondava la donna. Aveva fatto qualche telefonata e incontrato un po' di gente: ma non aveva scoperto nulla, nessuno la conosceva. Pardo aveva colto anche un certo disagio nelle mezze frasi di un paio di colleghi più anziani, che si erano stretti nelle spalle dopo un attimo di esitazione, quasi ne avessero un ricordo di cui era meglio tacere. Sara non risultava in nessun elenco, non c'era nelle pagine bianche, non era iscritta ad alcuna associazione di sbirri o ex sbirri, e neppure a un sindacato o a un dopolavoro. Non figurava nemmeno tra i pensionati, e invece avrebbe dovuto.

Più scavava, meno trovava, meno trovava, più si intestardiva. Nei giorni precedenti si era dedicato alla ricerca e alla fine era spuntato un unico particolare: Sara era proprietaria di una casa, nemmeno troppo lontana dalla sua, nel quartiere residenziale e commerciale ubicato sul fianco di una delle due grandi colline che costeggiavano il mare, verso Ponente. D'altra parte, in quella zona abitavano centinaia di migliaia di persone: era facile essere invisibili, se lo sceglievi.

L'immobile era pervenuto a Morozzi Sara in eredità da tale Tamburi Massimiliano, defunto il 17 dicembre del 2016, a settantasei anni. Parecchio più grande di lei, aveva considerato Davide; e per qualche motivo si era sentito sporco, come se stesse spiando da una serratura. A quel punto si era fermato.

Mentre saliva la rampa di scale che portava al suo appartamento, si chiese se e quanto, dietro quell'assoluta freddezza, quell'apparente mancanza di coinvolgimento, ci fosse un'estrema, insolita professionalità o la durezza che derivava dalla solitudine. Oppure entrambe.

Boris, al solito, lo abbracciò affettuoso. Era un vero e proprio abbraccio, perché l'animale, quando si alzava sulle zampe posteriori, riusciva a mettergli quelle anteriori sulle spalle, esplorandogli la faccia col metro quadrato di lingua che si ritrovava. In virtù della provenienza svizzera, si poteva supporre che i Bovari appartenessero a una razza riservata e rispettosa dell'altrui privacy, ma senza dubbio questo non valeva per i cani o almeno per quell'esemplare.

Davide cercò di divincolarsi, riuscendoci solo in parte, quindi prese il robusto guinzaglio che gli serviva per lo sci nautico urbano, agganciò il collare e come sempre ebbe a stento il tempo di chiudere la porta dietro di sé prima di lanciarsi a folle velocità giù per le scale.

Senza un motivo, però, una volta in strada, Boris decise di mettersi al passo, quasi fosse un cane addestrato e non un cavallo da corsa imbizzarrito. Pareva incline ad accettare suggerimenti in merito alla direzione da prendere. Perché no?, si chiese Davide, stupito ma compiaciuto, e ne approfittò.

Sara si lasciò cadere al fianco di Viola, sulla solita panchina, con un sospiro.

La ragazza, incuriosita, le domandò se fosse stanca.

«No» rispose la donna invisibile, «piuttosto, un po' preoccupata.»

«Come mai?»

Per un attimo Sara pensò di portare la conversazione

sul vago, confidando nell'egocentrismo di Viola. Poi, quasi senza accorgersene, disse:

«La faccenda di cui mi sto occupando… non sono sicura di capirla bene. Se sbaglio, potrei allontanarmi dalla soluzione, e sarebbe un guaio… O potrei anche avvicinarmi».

Viola corrugò la fronte:

«Mamma mia, quanti condizionali… Sei sempre così sicura di te e adesso hai addirittura paura! Non vuoi spiegarmi meglio?».

L'aria del tardo pomeriggio era dolce. I bambini cinguettavano e svolazzavano attorno a loro come uno stormo di passerotti, sulle panchine mamme e nonne sferruzzavano, chiacchieravano o giocavano coi cellulari: non c'erano brutture da interpretare, e la primavera danzava il suo ballo indisturbata. Perfino i piani alti dei palazzi alle loro spalle sembravano belli, riflettendo la luce del sole morente.

Giusto allora Sara ritenne di trovarsi nell'unico magico momento delle ventiquattr'ore in cui forse avrebbe potuto aprirsi. Con una ragazza lontana ma vicina, con cui condivideva un codice genetico altrimenti perduto, che la obbligava a un futuro a cui altrimenti avrebbe rinunciato.

Sara al tramonto era diversa.

Sara al tramonto aveva nel cuore una porta aperta in cima a una scala a chiocciola, e quella porta era la sua debolezza.

Allora cominciò a parlare col tono sommesso di chi inizia a raccontare una favola, consapevole di tradire le regole che aveva osservato per tutta la vita, certa che non ci fosse nulla di utile in quello sfogo.

E descrisse una madre, come non era stata lei se non per pochi anni e come presto sarebbe stata Viola, chiusa in carcere con una terribile accusa che non aveva negato e dalla quale non si era difesa. Parlò del padre di lei, morto ammazzato, prima che a ucciderlo fosse il fegato. Di figli, di segretarie e di infermiere, di autisti e di un'immensa vetrata che si affacciava sul mare. Soprattutto di una bambina pallida e dagli occhi cerchiati di nero, sull'orlo di un abisso indecifrabile. Sara avrebbe voluto e dovuto salvarla, ma non trovava il modo.

Mentre narrava, come in una pellicola che si riavvolge veloce, i bambini furono richiamati uno a uno dalle madri, dalle nonne e dalle babysitter, asciugati dal sudore, riordinati negli abiti e portati via; i vecchi che giocavano a bocce si contesero l'ultimo punto, litigarono un po' e si accordarono per una rivincita l'indomani; il traffico si andò diradando, e gli uccelli cominciarono a volteggiare tra gli alberi salutando la sera ormai prossima.

Viola infilò lo spolverino che teneva steso sulle gambe, sotto il pancione, e lo abbottonò fino alla gola, senza smettere mai di ascoltare, senza interromperla con un commento. Il suo viso non tradì mai nulla che non fosse un'assoluta, asettica attenzione.

Alla fine Sara tacque, esausta. Liberarsi non le era servito, come in fondo aveva sperato, a dare ordine alle idee; ma almeno le aveva consentito di conferire nuova concretezza a quei fatti, di ridare consistenza a quella storia che una favola non era.

Dopo lunghissimi attimi di silenzio, Viola parlò:

«Capisco. Se sei sicura che la piccola stia davvero male e che Molfino abbia paura, ci sono due possibilità: o Beatrice ha una malattia che per qualche motivo non vogliono curare, e allora bisognerebbe capire perché, oppure lo zio è sotto ricatto. La finanza è un ambiente strano. E non si può nemmeno escludere che le ipotesi siano in relazione tra loro».

La donna dai capelli grigi fece una smorfia:

«No, non credo che sia coinvolto il mondo degli affari. Non abbiamo evidenze in questo senso».

La ragazza rifletté. L'espressione pensosa la rendeva incantevole. Sara, quasi suo malgrado, s'intenerì.

«E la segretaria, quella Astolfi? Secondo me la salute del vecchio è la questione fondamentale. Poi c'è l'infermiera, che magari potrebbe fornirvi qualche elemento. Non c'è verso di interrogarla?»

«Non possiamo. Esula dalla copertura che abbiamo scelto. E pare che non abbia mai avuto contatti con Bea.»

«Eppure» insistette Viola, «è lei che può informarvi sugli ultimi giorni di quell'uomo. Magari hanno incastrato per qualche motivo la madre della bambina; anche la moglie di Molfino, con quell'ansia che le tolgano la custodia, ha una personalità particolare. Io credo che...»

Mentre stava finendo la frase, fu interrotta dall'irruzione di una massa di peli neri, bianchi e marroni della dimensione di un pony, smaniosa di affermare il proprio affetto nei confronti di Sara. Attaccato a quel locomotore ambulante c'era un tizio spettinato, con un cardigan di cotone e l'aria indispettita.

Sara rimase sorpresa e anche vagamente irritata. Fissò il tizio e domandò brusca:

«Tu che accidenti ci fai qui? Perché mi segui?».

L'uomo pareva sull'orlo di un enfisema polmonare:

«Oh, non è... colpa mia se questo dannato animale mi ha trascinato... Io sto qui vicino, come sai. Forse avrà riconosciuto il tuo odore, non ne ho idea. E comunque, che male c'è a incontrarsi per caso? Lo vuoi capire che qui non ci sono agenti seg...». Lanciò un'occhiata alla ragazza, mordendosi il labbro.

Quella sorrideva divertita:

«Lui è l'ispettore, Sara? Il poliziotto col Bovaro? Be', sembra un bel tipo. Salve, io sono Viola».

Riprendendo fiato e cercando di aggiustarsi la chioma ribelle, Davide fissò diffidente prima il volto della giovane poi la prominente pancia sotto lo spolverino.

«Questa chi è? E perché mi conosce? Conosce pure il tuo vero nome, mentre a me l'hai comunicato dopo giorni e giorni in cui hai finto di...»

Sara, che come al solito aveva fatto sdraiare Boris ai suoi piedi con una sola carezza, lo interruppe secca:

«Si è appena presentata. Ti ha anche salutato, e potresti risponderle. È cortesia. Comunque non deve interessarti con chi parlo e di cosa».

Viola continuava a sorridere soave:

«Che bello vedere le persone in armonia. Caro ispettore, io collaboro con Sara. Sono una fotografa professionista. Possiamo affermare che, in un certo senso, sono la sua ombra».

Sara rimase sconcertata. Davide sogghignò:

«Le ombre, signora Viola, non hanno ombra. Comunque noi abbiamo un rapporto di lavoro, e...».

La ragazza lo anticipò:

«Stavo appunto per suggerire che dovreste sentire il dottore, quello dell'indirizzo che vi ha dato la segretaria, e trovare il modo di incontrare l'infermiera. Mi pare ovvio».

Davide e Sara rimasero a bocca aperta, non sapendo come ribattere.

Il poliziotto fu il primo a riscuotersi:

«Io ero venuto proprio per... cioè, intendevo proporre questo quando ci saremmo rivisti. Le indagini convenzionali prevedono che... scusi, ma lei chi è di preciso?».

La donna dai capelli grigi mormorò:

«Te l'ha appena spiegato: collabora con me. E ha le idee chiare, a quanto sembra».

Viola si alzò con difficoltà tenendo una mano dietro la schiena:

«Sì. E credo sia il momento di partecipare alla faccenda in modo più attivo. Tu sai come, Sara. Mi serve il recapito dell'infermiera, così comincio con un sopralluogo. Me lo mandi sul cellulare, per favore? Ora torno a casa, è un po' troppo fresco». Si girò salutando con un cenno aggraziato della mano. Prima di avviarsi, si rivolse a Pardo:

«Comunque, il cane ha bisogno di sentire la forza del padrone per rispettarlo. Mi creda, io ne ho uno. Il suo non la rispetta affatto. Ci pensi».

E canticchiando in inglese si avviò nella sera.

XXXVI

«Scusa, mi spieghi per quale motivo e da quando siamo diventati una squadra? Quanta altra gente verrà coinvolta a mia insaputa? Magari porto anch'io un amico, così siamo pari.» Pardo guidava per le strade quasi deserte di una domenica di maggio, senza contenere le manifestazioni del proprio malumore.

Sul foglietto che la Astolfi gli aveva consegnato, insieme all'indirizzo dello studio del dottor Armando Rao, che si trovava nella via più elegante del centro, era riportata anche la data dell'appuntamento: proprio quella mattina.

Sara replicò sbuffando:

«Anzitutto non credo che tu sia nella posizione di poter eccepire su chi decide di aiutarci. Ho scelto Viola sulla base di una mia personale iniziativa, come è successo con te, peraltro. E se ricordi, all'inizio non eri affatto incline a collaborare».

Davide si passò una mano tra i capelli, spettinandosi ancora di più:

«Ma che c'entra? Credevo che fossimo coinvolti in un'operazione riservatissima. Segreta, anzi. Tutte quelle reticenze, la vaghezza sul tuo passato e sui veri compiti dell'unità di cui sei o sei stata un membro... e alla fine imbarchiamo una civile con tanto di pancione! Gigantesco! E dovrebbe occuparsi della parte più difficile dell'indagine, quella sull'unico, nuovo elemento che è emerso, cioè Rimotti Rosanna, l'infermiera che magari aveva pure una relazione col vecchio. Ma ti rendi conto dei rischi?».

La donna rispose con aria indifferente:

«Non deve incontrarla, deve solo sorvegliarla e tenerci informati mentre noi cerchiamo il modo di parlarci. Una dei servizi sociali non avrebbe motivo per contattare chi assisteva Molfino».

Pardo non sembrava propenso a venire a patti. «Avrei potuto trovarla io una soluzione! Non sono pur sempre un poliziotto? Un interrogatorio informale, un controllo di routine...»

«Sì, e così, nell'eventualità di un suo coinvolgimento, la mettiamo in allerta. No, è meglio Viola, a cui ti ricordo che abbiamo chiesto di spiarla, mica di avvicinarla. Stai tranquillo. Concentriamoci piuttosto sul dottore, che potrebbe darci delle informazioni sia sulla malattia del vecchio sia sulla salute della bambina. Proviamo a scoprire di più.»

Davide, che nel frattempo aveva parcheggiato, le puntò il dito contro:

«Come vuoi. Ma sia chiaro che te ne assumi la responsabilità. Se questa ragazzina incinta fa una puttanata, e manda tutto per aria, la colpa non è mia».

Sara lo ignorò e scese dall'auto.

Lo studio era un lussuosissimo ma elegante appartamento al secondo piano di un palazzo antico che trasudava storia e ricchezza da ogni pietra. Sara e Davide notarono perfino dei *gouaches* originali lungo le scale.

Pardo sfiorò il campanello e, senza che dall'interno provenisse alcun rumore, la porta si aprì con uno scatto.

Li attendeva il professionale, incolore sorriso di un'infermiera, che li introdusse in una stanza ampia e illuminata. L'arredo dell'ambiente comprendeva alcune librerie in radica, un mobile bar e una scrivania di fronte alla quale era disposto un divano con due poltrone. Dietro un *séparé* pieghevole, si intravedeva un lettino per le visite.

Il dottore si alzò e andò loro incontro con un'espressione amichevole. Era alto e di corporatura atletica, con un bianchissimo, artificiale sorriso e la pelle abbronzata. I capelli erano folti e ritoccati, a parte sulle tempie, lasciate grigie per aggiungere un pizzico di autorità all'insieme. Sara non ebbe difficoltà a distinguere nei lineamenti regolari e uniformi il risultato evidente di abili interventi di microchirurgia estetica.

«Salve!» esclamò l'uomo, come fosse al cospetto dei suoi più cari amici. «Che piacere! Sonia, puoi andare, grazie. A domani mattina. Anzi no, pomeriggio. Prima ho il saggio di danza di Erica. I figli sono davvero croce e delizia. Prego, accomodatevi. Gradite qualcosa?»

Sonia salutò con un discreto cenno del capo, reso un po' clericale dall'esagerata divisa che comprendeva tanto di cappellino, e uscì.

Il dottore si avvicinò al mobile bar e lo aprì mostrando bottiglie e bicchieri di vario genere.

«Forse è un po' presto per voi? Io prendo un goccio di rosso, se non vi dispiace. Non vedo l'ora che arrivi il fine settimana per permettermi questo piccolo vizio.»

Sara catturò altri particolari: l'eccessiva cordialità, la valanga di parole con cui li aveva accolti, i movimenti rapidi delle mani e soprattutto delle pupille. Pensò che quelli non erano i segni di chi si concede un goccio ogni tanto. Il vizietto al quale il medico era solito cedere la domenica doveva avere ben altra portata.

Davide si schiarì la voce e rifiutò:

«Molto gentile, ma in effetti per noi è presto, e comunque siamo in servizio. È lei il dottor Armando Rao?».

L'altro si fermò con la bottiglia a mezz'aria, rivolgendo un'occhiata perplessa al poliziotto:

«Oh, ma certo! Sono imperdonabile, non mi sono nemmeno presentato. Armando Rao, sì. Ma per gli amici solo Armando, è ovvio».

Andò a sedersi vicino a loro, lasciando che il camice, dimenticato aperto con voluta negligenza, gli sbattesse lungo le gambe. Sembrava più un attore che un medico.

Davide riprese:

«Ci scusiamo per averla disturbata nel suo giorno libero, ma…».

Rao alzò una mano e lo interruppe:

«No, no, l'ho chiesto io alla Astolfi. Uno studio come il mio… ha una clientela piuttosto riservata. Gente di altissimo livello, un po' snob; pagano bene, per fortuna, ma non amano incontrare estranei in sala d'aspetto. Poi, nei giorni feriali ho una tale ridda di pazienti che avrei potuto concedervi meno tempo di quanto meritiate. Meglio la domenica, quindi, così mi prendo un po' di respiro dalla vita famigliare. Moglie e figli tendono a essere soffocanti quando a casa ci stai poco».

Fece una risatina cercando la complicità maschile di Davide, che ricambiò con uno sguardo vacuo:

«Dunque, dottore, ci risulta che lei si occupi della famiglia Molfino».

«Sì, certo! In pratica li conosco da sempre, mio padre era amico del povero Andrea e appena mi sono laureato sono diventato il loro medico. Premetto che sono qui a chiacchierare con voi su autorizzazione, e richiesta specifica, di Gianpiero. Altrimenti sarebbe stato impossibile, se non con un provvedimento del magistrato, cavarmi anche solo una parola di bocca. La discrezione e il rispetto della privacy sono fondamentali in questo mestiere.»

Sara e Davide si scambiarono un'occhiata. Quell'uomo si era preparato al loro arrivo.

La donna provò a scoprire fino a che punto:

«Le confesso che siamo molto in pensiero per la salute di Beatrice, dottore. Non so se lei ha nozioni specifiche di pediatria, ma...».

Armando sogghignò neanche avesse ascoltato una barzelletta:

«Signora, io ho quattro specializzazioni: pediatria, ginecologia, geriatria e scienze dell'alimentazione».

Davide emise un fischio sommesso:

«Mamma mia! Uno che studia tanto deve aver inventato la polvere magica per non dormire...».

Il sorriso del medico si appannò per tornare a scintillare dopo un attimo:

«No, no, ispettore. Bisogna solo essere un po' sgobboni, e molto determinati. Non potrei permettermi di esercitare in questo quartiere e con questa clientela senza la dovuta preparazione. E, anche se sembro giovane, vado per i sessanta».

«Ma davvero? Complimenti! Deve coricarsi in frigorifero, la sera, per mantenersi così bene!»

Nonostante il tono derisorio di Pardo fosse palese, l'altro non sembrò coglierlo:

«Dice? Ma', io certe volte mi sento vecchissimo. L'altro giorno, giocando a tennis...».

Sara tagliò corto:

«Dottore, noi non vorremmo rubare troppo tempo alla sua famiglia. Allora, come sta la bambina?».

«Ah, sì, la piccola Bea. Non credo ci sia nulla di cui preoccuparsi. Gianpiero mi ha riferito del vostro scrupolo, ma io la visito con regolarità. Certo è un po' sottopeso, ma con quello che ha passato è normale. Peraltro è serena, non incline al pianto, non ho riscontrato ritardi cognitivi, a scuola ha ottimi risultati e ha un buon rapporto con i compagni. È un quadro clinico soddisfacente.»

La donna annuì, seria:

«E ha effettuato degli accertamenti? Tipo le analisi del sangue o delle urine...».

Il dottore ridacchiò:

«Ma no, signora. Di prassi le analisi si prescrivono se si ha qualche sospetto diagnostico, se ci sono dei dubbi, ma la bimba non ha alcun problema. La seguo da quand'è nata, e ricordo sua madre da piccola. Anche Dalinda era così, sottopeso e introversa, addirittura dispettosa, caratteristica che per fortuna Bea non ha ereditato. Mi creda, non ha niente di serio, sono solo gli effetti minimi dei cambiamenti ai quali è stata sottoposta. Tra un mese o due sarà la bimba più felice del mondo, circondata da amore e attenzioni com'è».

Sara rifletté sulla perfetta omogeneità di vedute tra Rao e i coniugi Molfino. Quello sembrava un comunicato condiviso.

«Mi scusi, dottore, ma credo che gli esami rientrino nella routine, o sbaglio?»

La voce di Armando s'indurì:

«Una bambina così piccola reagisce diversamente da un adulto: punture, prelievi, ore in ambulatorio... Bea ha subìto pesanti traumi familiari. Senza una ragione più che valida, io non prescrivo accertamenti. Punto».

Seguì un silenzio ostile, durante il quale Rao e Sara si fissarono e Davide in imbarazzo si guardò attorno. Alla fine il medico sorrise di nuovo, ritrovando l'espressione che gli era più congeniale:

«È chiaro che se i genitori, in questo caso gli zii, pretendessero indagini più approfondite sulla salute di Bea, io sarei a disposizione. D'altra parte nell'ultima visita, tre mesi fa...».

Pardo reagì subito:

«Tre mesi? Lei non la visita da tre mesi?».

Armando protestò:

«Guardi che di norma una bambina sana non va dal medico ogni quindici giorni. Non comprendo proprio la sua meraviglia».

A quel punto Sara formulò una domanda all'apparenza fuori tema:

«Che può dirci di Dalinda, dottore?».

Il medico accavallò le gambe e si posò una mano sulla caviglia. Lo sguardo concentrato puntò la finestra. «Dalinda era una ragazza difficile, cara signora. Molto difficile, troppo indipendente, perfino ribelle. È sempre stata il cruccio della famiglia. Fin dall'adolescenza scappava di casa ogni due per tre e il povero Andrea doveva ogni volta attivare una costosa rete di investigatori per rintracciarla e convincerla a tornare. Un giorno, lo ricordo benissimo, sparì e non la si vide per un mese. La ritrovarono in Norvegia. La madre era morta da poco, lei era giovanissima e aveva attraversato tutta l'Europa. Un'altra volta, solo perché il padre l'aveva rimproverata...»

Sara intervenne:

«Ci interessa di più la sua dipendenza da stupefacenti».

Rao sembrò offeso dall'interruzione:

«Di ogni genere, signora. Di ogni genere. Alcol, droghe anche pesanti. Ora, io non sono certo uno di quei puritani sempre pronti a condannare certi comportamenti, ma mi sento di affermare che anche sotto questo aspetto Dalinda ha dato al padre e al fratello, nonché alla cognata, grandissime preoccupazioni. Del resto risulta anche dagli atti processuali, credo; quando è successa la tragedia del povero Andrea, nel sangue di Dalinda sono state riscontrate tracce di...».

Davide s'intromise:

«Sì, conosciamo gli atti, dottore. E senta un po', giacché siamo in argomento: com'erano le condizioni di Andrea Molfino?».

Il medico aggrottò la fronte a disagio. Era rimasto spiazzato, e si irrigidì sulla poltrona:

«Non capisco. A che si riferisce?».

«Ci risulta che un'infermiera si occupava del cavaliere a tempo pieno.»

Armando si strinse nelle spalle:

«Sì, è vero: ma per gli acciacchi dell'età, un po' di mal di schiena, doloretti. All'ultimo checkup annuale era risultato sano come un pesce, Andrea era uno attento alla salute nonostante gli stravizi».

Sara puntualizzò:

«Non solo la schiena, dottore. I rilievi autoptici hanno evidenziato un fegato in uno stato disastroso. Lei ne era al corrente?».

L'altro guardò Sara con una curiosa espressione: le labbra erano stirate nel consueto sorriso, gli occhi invece erano stretti come nello sforzo di ricordare. Dopo una lunga pausa, si alzò in piedi:

«Mi rincresce, signori. Sono autorizzato a informarvi soltanto riguardo a Beatrice, per il resto ho l'obbligo di riservatezza. Ora mi spiace ma devo lasciarvi. Moglie e figli mi aspettano per un pranzo fuori».

XXXVII

Viola era uscita presto, cercando di evitare la madre, che l'aveva comunque sorpresa sulle scale. La ragazza aveva spiegato che andava da una vecchia amica, ex compagna del liceo, incontrata ai giardinetti il giorno prima: l'aveva invitata per farle conoscere i suoi due gemelli di un anno e mostrarle il nuovo appartamento in periferia che aveva appena finito di arredare. A Viola erano fin troppo noti i pregiudizi di Rosaria, che tra le tante idiosincrasie annoverava nell'ordine: i bambini, le amiche della figlia e la periferia – il pericolo che si offrisse di accompagnarla sarebbe svanito come neve al sole.

Così fu e, salvo una lista di raccomandazioni che si lasciò dietro le spalle mentre scendeva i gradini, la presenza della madre nella giornata sarebbe stata limitata a una serie di telefonate e a un'infinità di messaggi isterici in segreteria che la ragazza poteva ignorare senza problemi, attribuendo le mancate risposte alla modalità silenziosa del telefono dimenticato nella borsa.

Viola controllò per l'ennesima volta l'indirizzo che aveva trascritto su un biglietto, dopo aver eliminato subito il messaggio di Sara. Aveva deciso di comportarsi come se fosse impegnata a realizzare un servizio riservato su commissione di una testata scandalistica. Immaginava che rispetto alla sua esperienza fosse la situazione più simile all'indagine che stavano svolgendo Sara e l'impacciato poliziotto.

Prese un autobus, che l'avrebbe portata alla metropolitana. Rosanna Rimotti abitava in un quartiere dietro la collina, verso ovest: una pianura umida sotto il livello del mare, che aveva ospitato in origine gli operai di un'immensa acciaieria in via di smantellamento e che ora era diventata un quartiere residenziale medioborghese. Avrebbe potuto chiamare un taxi, ma correva il rischio che l'autista si ricordasse di aver portato da qualche parte una ragazza con un pancione come una mongolfiera. Meglio evitare.

Aveva scelto di non prendere la macchina fotografica, che in un luogo privo di turisti avrebbe di sicuro attirato l'attenzione più di una bandiera multicolore. In caso di necessità poteva usare lo smartphone, che ormai era in grado di catturare immagini e girare video più che rispettabili. D'altra parte voleva solo familiarizzare col posto e niente di più.

Mentre ricambiava con un sorriso la cortesia di un signore che le aveva ceduto il posto, pensò a quanto si sentisse viva in quel momento; e da quanto non le succedesse.

La morte di Giorgio l'aveva lasciata con molti dubbi su se stessa. Certo, era stata devastante; e il bambino era diventato una preoccupazione angosciosa, che alcune notti le serrava la gola e le rendeva difficile respirare. Ma era convinta che avrebbe dovuto provare un dolore molto più intenso. Per giorni aveva atteso di essere travolta dalla sofferenza, annullata e distrutta. Aveva creduto che si sarebbe disperata, che le lacrime l'avrebbero sciolta, resa liquida e portata via attraverso le tubature fino al mare, dove accolta dalle onde si sarebbe sottratta al mondo. E invece le settimane erano passate, e i pochi amici avevano diradato le visite quando avevano compreso che la sua relativa calma era una condizione di composta, duratura stabilità, e che non era una quiete posticcia dietro cui covava l'immensità di una folle, pericolosa disperazione.

Per la prima volta era rimasta sola, e aveva potuto guardarsi dentro. E aveva scoperto, come in qualche modo si era sforzata di spiegare a Sara, che in realtà Giorgio era pressoché uno sconosciuto per lei. Sì, lo amava: o aveva immaginato di amarlo. Ma forse aveva rappresentato una fuga da sua madre, o da una vita precedente. Aveva chiuso una lunga relazione con un uomo sposato, un collega fotografo, bravo nel mestiere ma pessimo nei comportamenti, che l'aveva prosciugata. Quella con Giorgio era stata una trincea aperta sul terreno sentimentale tra lei e il passato. L'improvvisa e inattesa gravidanza l'aveva spinta in maniera definitiva verso di lui.

Scese dall'autobus e si infilò nella metropolitana. La nuova, maestosa stazione, ricca di opere d'arte e brulicante di gente, l'accolse come un museo. Era a suo agio. Ed era merito di Sara, che le trasmetteva sicurezza. Provava una sensazione strana e per certi versi illogica, perché non c'era nessuno più misterioso e inquietante di quella donna che sembrava voler invecchiare e scomparire, l'esatto contrario dei desideri di tutti. Parlava pochissimo, si vestiva come una assidua frequentatrice della Caritas, ma ascoltava sempre con attenzione.

Soprattutto riusciva dove Rosaria, la madre dal carattere impossibile, aveva fallito; e dove aveva mancato anche Giorgio, col suo aperto, irresistibile sorriso e con quella infinitesimale pausa prima di risponderle quando chiedeva: «A che pensi?».

Senza alcun motivo, Viola era convinta che Sara *tenesse* a lei. Che fuor d'ogni logica le si fosse affezionata, e anche ad Alien. Che entrambi contassero parecchio nella sua vita. La ragazza lo avvertiva forte e chiaro come se glielo avessero urlato nell'orecchio.

Certo, rifletté mentre prendeva posto nel vagone affollatissimo, era comprensibile. Aveva rifiutato di essere madre in maniera talmente traumatica, e magari adesso il senso di colpa la spingeva verso il nipote. Viola però intuiva che una così, una che aveva scelto contro il mondo intero di inseguire un sentimento, era tutto tranne che ipocrita, e che per Sara, finché non fosse emerso dal suo corpo, Alien era solo una pancia enorme sotto i vestiti di una sconosciuta.

Però se lo sentiva, Sara le voleva bene. Percepì un vago senso di colpa, perché aveva approfittato di quella debolezza per estorcerle la promessa di lavorare insieme.

Riemersa dal sottosuolo, percorse una larga strada per poi infilarsi in una traversa. Cominciò a contare i numeri civici, attenta a guardarli con disinvoltura, quasi fosse abituata a percorrere quella via che invece le era estranea. Si era preparata a lungo, controllando con meticolosità i dintorni sulle mappe on line della città. Per evidenti ragioni anagrafiche, sia Sara sia l'ispettore col grosso cane avevano l'aria di non servirsene con regolarità.

Lei invece prima di arrivare là aveva ben chiaro il tragitto, e il contesto: un casermone di sette piani dall'aria un po' cadente, e di fronte un locale con tanto di piano superiore adibito a sala da tè. Come se in quella città qualcuno bevesse del tè...

Viola si fermò fingendo di riposare, le mani dietro la schiena e un po' di *stretching* da gravidanza giunta quasi al termine. Una vecchietta che trascinava un carrellino per la spesa le rivolse un'occhiata intenerita che lei ricambiò. Quindi individuò la targhetta sul citofono: ROSANNA RIMOTTI, INFERMIERA PROFESSIONALE.

La sera prima il motore di ricerca l'aveva informata che la signora svolgeva assistenza a domicilio. Il curriculum vantava attività ospedaliera e diploma di fisioterapista, e a corredo dell'offerta c'erano perfino due immagini che la ritraevano in castigata uniforme sanitaria. Il profilo social, scandagliato con estrema accuratezza dalla ragazza, proponeva invece una procace bruna sulla quarantina, con la passione per il ballo e le spiagge esclusive, dotata di un seno che sfiorava la quinta e di lunghe gambe tornite. Viola aveva subito sospettato che l'assistenza a domicilio fosse ad ampio raggio, così come la tipologia dei massaggi proposti. Ma non voleva essere prevenuta. Nella sua professione i pregiudizi portavano spesso molto lontano dalla verità, inducendo a errori marchiani che potevano pure costare la carriera. Magari la Rimotti era solo un'infermiera che per caso era anche di bell'aspetto.

Si chiese quale fosse il suo appartamento. Non c'era modo di scoprirlo senza domandare a qualcuno, e il rischio era alto. Perciò entrò nel bar e chiese un tavolino al piano di sopra. Ordinò un tè, registrando la felice sorpresa della cameriera che, da fruitrice appassionata di pellicole romantiche, aveva sempre sognato che un cliente ordinasse quell'aromatica bevanda invece del solito, prosaico caffè.

Viola si sistemò vicino alla vetrata, dalla quale poteva osservare il portone e una discreta porzione del palazzo di fronte. Si dispose a una lunga attesa, proponendosi di diventare amica della ragazza che adorava i film d'amore per cavarle qualche informazione. Tirò fuori un libro e sospirò, cercando il segno. Così per poco non si perse Rosanna Rimotti che chiudeva le tende della finestra proprio dirimpetto al punto in cui si era piazzata.

La giovane sorrise e mormorò al pancione: «Hai visto, Alien? Un colpo di fortuna».

Una volta tanto.

XXXVIII

Sara e Davide si ritrovarono al tramonto, all'ingresso dei giardinetti.

Quando erano usciti dallo studio esclusivo nell'antico palazzo, avevano rimandato lo scambio di commenti sull'incontro col dottor Rao: per strada c'erano troppe telecamere di sorveglianza e comunque ormai Pardo aveva imparato come lavorava la collega.

D'altronde anche lui era perplesso. Il medico non gli piaceva neanche un po'. Era la quintessenza di ciò che lo disgustava della città: professionisti collegati da rapporti tanto solidi quanto ambigui, lobby sovrapposte, circoli, club e appartenenze che escludevano i meriti concentrando soldi e potere in poche, astute mani. Catene difficili da spezzare, e barriere difficilissime da penetrare. Negli anni si era spesso scontrato contro quel muro, che l'aveva costretto a fermarsi e a orientare altrove le indagini.

Era stato per colpa di qualcuno molto simile al dottore che la sua carriera, intesa come avanzamento di grado, si era conclusa. Appena promosso ispettore, si era ritrovato a seguire la pista di una grossa partita di droga fin dentro un celebre circolo nautico. Ricordava con precisione quegli occhi inespressivi, quei volti rugosi senza sorrisi, quelle frasi all'apparenza collaborative che cozzavano con l'ostilità di fondo. Aveva alzato la voce, di fronte all'evidenza che la roba era sparita nella rimessa delle barche, protetta dalle guardie all'ingresso, per poi evaporare nel nulla. Il presidente del circolo lo aveva deriso, trattandolo da pazzo visionario, e lui aveva risposto con uno schiaffone.

Non riusciva a dimenticare, a distanza di anni, l'enorme, animalesca soddisfazione nel vedere in quello sguardo vacuo l'immediata, riconoscibilissima esplosione della paura: era probabile che la sua guancia non conoscesse percosse dall'infanzia dorata trascorsa in qualche prestigiosa scuola in Svizzera.

Non c'erano testimoni, era la parola di uno contro quella dell'altro; di conseguenza nessun procedimento disciplinare, tantomeno un processo penale, troppo fango sulla polizia e il timore che lui, difendendosi, rivelasse il motivo per cui si era arrivati a tanto. Ma al tempo stesso addio a ogni ulteriore promozione, insieme all'inevitabile esclusione da inchieste importanti. Tanto, in quella città, il lavoro non mancava anche senza dover entrare nei quartieri alti.

Ecco, pensava Pardo trascinato da Boris verso i giardinetti: Armando Rao gli aveva ricordato molto da vicino il presidente del circolo. Lo stesso sorriso finto, la stessa abbronzatura precoce da primo weekend in barca a vela, la stessa irridente reticenza. Davide ignorava dove fosse la crepa dentro la quale far leva per arrivare alla verità.

La stessa Sara gli era sembrata meno decisa e tagliente

del solito. Davide aveva il costante timore che lei si spingesse troppo oltre, data la scarsa abitudine agli interrogatori. Stavolta era rimasta sulle sue, rivolgendo al medico solo poche, puntuali domande. Strano. Forse stava imparando, oppure aveva avuto un'intuizione.

Quando erano usciti dallo studio invece di salire in macchina aveva comunicato, brusca, che sarebbe andata a piedi per riflettere. «Ci vediamo al tramonto ai giardinetti» aveva tagliato corto. E se n'era andata, lasciandolo ai suoi sgradevoli ricordi e a sensazioni ancora più sgradevoli.

Pardo la scorse sulla panchina al tramonto, in tutto e per tutto uguale a qualsiasi frequentatore di quel luogo. Come i vecchi che giocavano a bocce, come le nonne coi nipotini, vero e proprio ammortizzatore sociale per figli. Davide sorrise constatando di nuovo come Sara riuscisse sempre a mimetizzarsi. In un lampo ricordò quegli occhi di un azzurro profondissimo illuminati dal sole che calava dietro la collina.

Boris si dimostrò come al solito felice di incontrare l'amica, che lo ricambiò con una ruvida, graditissima carezza dietro le orecchie. Poi si allontanò sfruttando la lunghezza del guinzaglio e puntando verso gli alberi.

Pardo si guardò attorno, la giovane incinta non c'era. Senza salutare si sedette sulla panchina. «Mentre aspettiamo mi spieghi chi è davvero la ragazza? Non credo che in quelle condizioni sia un membro della tua unità, quindi dev'essere una conoscenza privata. Se devo lavorare con qualcuno, credo di avere il diritto di saperne di più. Io al buio non mi fido nemmeno di mio fratello, e sono figlio unico.»

Sara al solito se ne stava immobile, il capo appena proteso in avanti e lo sguardo basso. L'unica differenza rispetto alla posizione abituale erano le mani, che ora teneva sulle ginocchia anziché lungo i fianchi. Notando quel cambiamento, Pardo si convinse che a furia di frequentarla stava diventando paranoico.

Si aspettava una risposta sgarbata e tagliente, ma lei lo sorprese:

«Hai ragione. E in effetti sono preoccupata anch'io, perché è la prima volta che si trova coinvolta in un affare del genere. Dovremo stare attenti».

Pardo trasecolò:

«Come "la prima volta"? E tu affidi a una sprovveduta, senza alcun appoggio logistico, un incarico tanto delicato? Ma ti rendi conto che se la sgamano…?».

La donna alzò la mano, interrompendolo:

«So tutto. Ma abbiamo bisogno di una sorveglianza specifica, perché la Rimotti è una figura chiave che non possiamo contattare direttamente. E Viola, l'avrai notato, è solo una ragazza incinta e quindi può passare inosservata mentre noi ci dedichiamo ad altro».

«Sì, ma chi accidenti è? Che esperienza ha? Come possiamo fidarci delle sue impressioni? In questo lavoro contano i dettagli, l'intuito. Si matura col tempo.»

«È così. Ma noi tempo non ne abbiamo. Perché ora ho la certezza che Bea è davvero in pericolo. E se non sbrogliamo la matassa in fretta, la perderemo.»

Prima che Pardo potesse chiedere chiarimenti su quella convinzione, Viola arrivò trafelata, ondeggiando sotto il peso della pancia. Aveva le guance arrossate e gli occhi illuminati da un entusiasmo infantile. «Ciao» li salutò col respiro affannato, «scusate, ho aspettato la metro per diciotto minuti. Vi rendete conto? Ma che trasporto pubblico è? Quando stavo a Londra, i treni non tardavano mai. Che schifo.»

Sara la fissava preoccupata:

«Come stai? Sei riuscita a mangiare qualcosa?».

«Benissimo. Ho avuto voglia, chissà come mai, di biscotti al burro, quelli scozzesi. Non capisco perché stamattina mi sono svegliata col desiderio del loro sapore in bocca. Per fortuna il bar ce li aveva, quindi ne ho presi un paio di piattini insieme a due tazze di tè.»

«Due? Non è pur sempre un eccitante?»

La ragazza scacciò quell'apprensione con un gesto:

«Sì, ma figurati, tra la prima e la seconda tazza è passata un'ora e mezza. Avevo digerito. Il problema, più che altro, è stata la pipì».

«La pipì?»

Viola ridacchiò:

«Nel senso che ho dovuto trattenerla, e in questa fase della mia vita trattenere le cose è un po' complicato. Sarà la pressione sulla vescica, ma mi pare di essere un lavandino con la guarnizione rotta».

Sara rispose, agitata:

«E infatti è sbagliato, più ne fai, meglio è».

Durante quello scambio Pardo, che era seduto tra le due, aveva continuato a muovere il capo come lo spettatore di un match tennistico, sul viso un'espressione di crescente incredulità e montante impazienza. Alla fine esplose:

«Potreste rimandare le questioni sanitarie sulla gravidanza e telefonarvi dopo da casa? È sconveniente se vi ricordo che stiamo svolgendo un'indagine? O volete che esprima il mio parere sul valore nutritivo dei biscotti al burro?».

Sara lo gelò con un'occhiata, mentre Viola scoppiò a ridere:

«Ha ragione l'ispettore. Allora, veniamo al punto. Raccontatemi com'è andata col dottore».

Davide l'avrebbe volentieri rintuzzata domandandole cosa avesse concluso lei, ma Sara lo anticipò:

«Impressioni contrastanti. Per quanto mi riguarda, posso solo affermare che non mentiva».

Pardo era incredulo:

«Guarda che quella è gente pessima, fidati che la conosco bene. Si proteggono fra di loro, alzano barriere, ti depistano come vogliono. È una specie di confraternita...».

Sara riassunse a Viola, in maniera asettica, le parole di Rao. Poi aggiunse, rivolgendosi a Davide:

«Concordo con te sul giudizio, per carità. Però mi attengo alla singola conversazione, come mi hanno insegnato. Lui aveva ricevuto un mandato: informarci sulle condizioni di Beatrice, in base alla visita superficiale di tre mesi fa e alle disposizioni di Gianpiero Molfino, che di sicuro lo paga profumatamente, come il resto della sua selezionata clientela. Sulla bambina è stato sincero, confermando che non sono state eseguite analisi e che nemmeno ce n'è bisogno».

Viola interloquì:

«E non è possibile obbligare i Molfino a farle, queste analisi? Si potrebbe chiedere un provvedimento del magistrato dei minori o un atto del genere?».

Pardo negò con un deciso gesto del capo:

«No. Hanno la tutela, non c'è nessuno che possa procedere con un'istanza perché la madre, l'unica che avrebbe titolo, è in galera. E noi non apparteniamo in realtà ai servizi sociali».

Sara riprese:

«Fin qui è tutto regolare, non mi aspettavo altro. Poi però abbiamo smesso di parlare di Bea e, sugli altri componenti della famiglia, Rao ha avuto un atteggiamento molto incoerente».

Davide confermò:

«Sì. Quando abbiamo chiesto di Dalinda, ha sgranato la corona di un rosario, poco ci mancava che specificasse anche i quantitativi di eroina o cocaina e le marche di whisky che era solita scolarsi. Sempre con quell'aria di finto dispiacere».

«Proprio così. Diceva la verità, ma era felicissimo di poterla spifferare. Non credo che volesse spostare l'attenzione dalla piccola, ma sono certa che avesse l'autorizzazione di Molfino a esprimersi in quei termini su Dalinda» continuò Sara.

Davide intervenne ancora:

«Il che apre degli scenari, no?».

Sara si strinse nelle spalle:

«Forse, ma bisogna capire quali. Sul vecchio si è chiuso a riccio. I casi sono tre. Primo: non era stato autorizzato a divulgare informazioni in tal senso. E allora la domanda è: per quale motivo? Secondo: è a conoscenza di qualcosa e ha voluto tacere, senza che io potessi appurare se mentiva. Terzo: ignorava la malattia al fegato, e ammetterlo avrebbe smentito l'intimità con la famiglia che aveva millantato fino a quel momento».

Davide allargò le braccia:

«Cioè tutto e il contrario di tutto. E ora come ci muoviamo?».

«Si riparte dai dati che abbiamo, cioè dal muro che i Molfino stanno costruendo intorno alla salute di Bea. Si alza una barriera intorno a qualcosa per un solo motivo: perché la si vuole nascondere.»

Ci fu un attimo di silenzio, dopodiché Sara riprese:

«Viola, ti sei fatta un'idea sulla Rimotti?».

La ragazza sorrise:

«Certo che sì. Ci ho anche chiacchierato».

Davide restò quasi ucciso da un accesso di tosse.

XXXIX

Quando si fu ripreso, con il viso ancora alterato da una delicata sfumatura di rosso, Pardo la rimproverò:

«Ma ti rendi conto del rischio? Chi ti ha autorizzata a entrare in contatto diretto con quella? Come ti sei permessa, senza consultarci?».

Sara gli mise una mano sul braccio:

«Aspetta. Lasciala parlare».

Viola non pareva per nulla intimidita dalla reazione di Davide. «Ispettore, le ricordo che sono una fotoreporter professionista e sono in grado di condurre un'inchiesta. Mi sono limitata a procedere come sempre, con il massimo della prudenza e della discrezione. Se poi si creano le opportunità...»

Davide sbottò, facendo alzare in volo tre piccioni e causando il brusco risveglio di un pensionato che si era assopito sulla panchina di fianco:

«Un'inchiesta non è un'indagine, cacchiarola! Ma siamo impazziti?». Si voltò verso Sara: «E la colpa è tua! Era chiaro che non bisognava affidare un compito così delicato a una ragazzina, che non è nemmeno una dei nostri!

Adesso che la pista è compromessa, voglio proprio vedere come...».

«Ti ripeto: lasciala parlare. Altrimenti grazie, ma credo che possiamo salutarci qui.»

La frase, pronunciata a voce bassissima, quasi come un sussurro, ebbe l'effetto di raggelare Pardo che restò a fissare la donna anche quando Viola riprese:

«Dunque, ho cominciato a lavorarci ieri sera al computer. Prima ho consultato le varie mappe in tre dimensioni per studiare il posto e il palazzo. Poi mi sono dedicata alla Rimotti, che offre servizi infermieristici e fisioterapici a domicilio con tanto di sito Internet di riferimento, una pagina un po' scarna ed essenziale ma molto chiara. Non è attivissima sui social, però la storia personale si desume lo stesso. È bruna, molto bella, ha forme abbondanti e un seno che mette in mostra con generosità quando va al mare. Confesso di aver sospettato, studiando le foto in costume da bagno, che l'offerta non si limitasse solo ai massaggi, anche perché non risultano relazioni affettive in corso. Per carità, non tutti le indicano ma di solito le donne dopo i quaranta, se hanno un partner, tendono a sottolinearlo. Ammesso che lui sia libero, naturalmente».

Sara era meravigliata. «E tu queste informazioni le avevi già ieri sera?»

Viola sorrise:

«Certo che sì, non volevo mica procedere col sopralluogo senza gli strumenti adeguati, questo è proprio l'abbiccì. Ho scoperto anche altro in Rete, perché quando sono arrivata lì e mi sono piazzata...».

Davide si era riscosso dallo schiaffone ricevuto, e aveva assunto un'aria offesissima. Teneva le braccia conserte e lo sguardo torvo. Perfino Boris si era distratto un attimo dall'attività olfattiva che stava svolgendo nei paraggi e lo osservava perplesso, la lingua penzoloni. «Piazzata dove? E secondo quale criterio?» Pedinare e appostarsi rientravano nelle sue specifiche mansioni ed era prontissimo a censurare eventuali errori.

«Ho trovato l'abitazione e, guarda caso, proprio di fronte c'è un bar con una sala da tè al piano superiore. Era perfetto anche perché, come vi ho spiegato, avevo un incredibile desiderio di biscotti al burro e...»

Sara la riportò al dunque:

«E dal locale si vede bene il portone?».

Viola sembrava un gatto che ha appena messo il topo spalle al muro:

«Non solo il portone, tesoro. Anche l'appartamento della Rimotti che, per combinazione, si trova esattamente dirimpetto alla vetrata della sala da tè. Due finestre, un balcone che dà sul salotto e la camera da letto. Primo piano lei e primo piano il bar. Proprio in linea».

Sara non riuscì a nascondere l'entusiasmo:

«Quindi è possibile fotografare senza problemi?».

Viola rispose ammiccando:

«Di più. Si potrebbe piazzare una webcam sotto il davanzale, una di quelle piccole per esterni, con la batteria autonoma, collegata al mio pc. E da lì attivare una sorveglianza stabile, che funzioni anche quando l'esercizio è chiuso. Non ci vuole niente». Eccolo qui il suo personale contributo all'indagine: rispetto a quei due la ragazza era abile con le nuove tecnologie.

Davide sbuffò:

«Solo un colpo di fortuna. E che avresti visto dalla tua postazione al burro? Soprattutto, come hai preso contatto col soggetto indagato?».

Viola replicò, soave:

«Al tempo, ispettore. Una brava reporter non agisce così. Forse voi poliziotti potete essere approssimativi, esibendo il distintivo. Noi purtroppo non abbiamo questi vantaggi, e dobbiamo procedere con mille accortezze. Ho intervistato, in maniera soft, le persone che lavorano e vivono là attorno».

Davide alzò gli occhi al cielo:

«Mettendo l'intera strada sull'avviso, immagino».

Viola negò:

«Niente affatto: ho tenuto la conversazione sul vago, e non citando mai la Rimotti. La cameriera del bar, per esempio, una ragazza intelligente e carina, che viene dalla provincia e si paga gli studi con quell'impiego, è iscritta a Psicologia. Le ho chiesto come si trovasse, come fosse la gente da quelle parti, se conoscesse qualcuno. Le ho spiegato anche che sono in cerca di una sistemazione, perché il mio ginecologo sta nell'ospedale lì vicino e preferisco trasferirmi nei dintorni. Anzi, le ho domandato se nel quartiere c'era qualcuno che, in caso di urgenza, avrebbe potuto aiutarmi. Magari un'ostetrica, un'infermiera...».

Sara era ammirata:

«Davvero hai usato la gravidanza?».

«Certo. Ho raccontato che il mio compagno mi ha lasciata, il che come sai bene è vero, anche se non nel senso in cui ha creduto lei.»

Le due donne si fissarono con un'intesa esclusiva che mandò ancora più in bestia l'ispettore.

«Be'? E cos'hai ottenuto?»

«Che la ragazza, mollata dal fidanzato pochi giorni fa, ha capito il motivo per cui ero là, e per cui sarei tornata anche nei prossimi giorni: cioè, ingannare il tempo prima delle visite dal ginecologo. Quindi la mia presenza non attirerà l'attenzione. Poi si è presa in carico la mia situazione, compresa la necessità di un'assistenza eventuale di notte. E, anche se sembra incredibile, mi ha detto: "Sei fortunata! Rosanna, l'infermiera che abita di fronte, sta uscendo proprio adesso. Aspetta che te la chiamo".»

Pardo non credeva alle proprie orecchie:

«Insomma, un improvvisato circolo di cuori solitari in una scalcinata sala da tè. Non ci hai nemmeno consultati sull'opportunità di incontrare questa signora, prima di sapere che tipa è...».

Viola si spazientì:

«Oh, senta, non avevo scelta. Non potevo dire: "No, aspetta, dammi un momento per una telefonata". A quel punto dovevo seguirla, no? Da giornalista mi sarei comportata così, e così mi sono mossa».

Sara era protesa in avanti per fissare Viola, scansando con lo sguardo Davide, seduto in mezzo a loro:

«Ignoralo, sei stata bravissima. E allora?».

«Me la sono trovata davanti. È proprio appariscente,

sai. Mediterranea, una di quelle che piacciono più agli uomini che alle donne...»

Pardo sogghignò:

«Bona, si dice. Bona».

Viola lo fissò disgustata:

«Anche sessista, adesso. Dovevo immaginarlo. Per questo il cane non la riconosce come padrone».

L'uomo restò di nuovo disorientato:

«Che c'entra Boris?».

«C'entra, c'entra. Gli animali avvertono tutto. Comunque, andiamo avanti. È alta, capelli e occhi neri, seno prosperoso, gambe lunghe, voce bassa. Sembra fatta apposta, diciamo... La cameriera ci ha presentate, e io ho finto di chiamarmi Samantha. L'ho sempre sognato quel nome.»

Pardo commentò:

«Dio, che orrore».

La ragazza non lo degnò neppure di un'occhiata e continuò rivolgendosi a Sara:

«Si è informata sul mese di gravidanza e sulle ultime ecografie. Mi ha chiesto com'era il battito e la posizione di Alien. Molto professionale, ma anche partecipe, attenta. Insomma, ho avuto davvero un'ottima impressione».

«Allora la assumiamo» intervenne Pardo, senza riscuotere la minima attenzione da nessuna delle due donne.

Sara commentò:

«E tu hai portato il discorso sul personale».

«Sì, ovvio. Con la scusa di accertarmi degli orari in cui era a casa, per poter rispondere a una mia eventuale chiamata. Lei la sera è quasi sempre là, salvo urgenze, che purtroppo scarseggiano. Ha anche specificato che fino a circa un anno fa era impegnata a tempo pieno, ma poi si è liberata in via definitiva.»

Suo malgrado, Pardo domandò:

«Ha usato proprio queste parole?».

«Sì, e se posso aggiungere la mia opinione, nella voce c'era una punta di malinconia. Di dispiacere, quasi di nostalgia. Almeno, così mi è sembrato.»

Sara era concentrata. Avrebbero potuto trovarsi in un deserto, il rumore dei bambini e del traffico pareva dissolto. «E tu?»

«Ah, più di me a parlare è stata la cameriera. Ha cominciato a ricostruire il profilo psicologico dell'ex fidanzato, concludendo in modo scientifico che è uno psicopatico pieno di pericolosissime manie, il che sarebbe bastato già di per sé se poi non fosse anche scoppiata in lacrime, disperata, alla fine dell'arringa. Vai a capire...»

Davide allargò le braccia. Boris, tornato dal suo giro per accucciarsi ai piedi di Sara, sospirò dimostrando in fondo di essere maschio anche lui.

Viola continuò:

«A quel punto io e la Rimotti siamo scoppiate a ridere, eravamo ormai in sintonia. Le ho spiegato che ero sola, che il mio compagno se n'era andato quando ero al quarto mese. Rosanna mi ha confidato che un uomo l'aveva illusa, ma poi si era dimostrato un falso bugiardo».

«Un "falso bugiardo"?»

La giovane annuì con forza:

«Senti, Sara, io non ho superpoteri come te. Ma non

sono una bambina e credo nemmeno una stupida, mi ritengo abbastanza intuitiva da cogliere il senso di certe frasi: soprattutto quando non ci sono motivi per mentire. Per quella donna io ero, e sono, una ragazza incinta, un po' spaesata, che si accinge con incoscienza a diventare madre senza avere idea di come finirà». All'improvviso, cominciarono a scorrerle grosse lacrime lungo le guance.

Sara tirò fuori dalla borsa un pacchetto di fazzolettini e glielo allungò, passando davanti a Davide.

L'ispettore si dimenò in un'imitazione dell'arbitro di un match di tennis. Alla fine chiese alla più anziana:

«Ma mica è vero? Mica davvero lei non ha... Ce l'ha un compagno, no?».

La donna dai capelli grigi sospirò, avvilita.

XL

La terza notte davanti alla boccetta, poggiata al centro del tavolo della cucina.

La terza notte priva di un aiuto per restare sveglia, la terza notte con le palpebre che si abbassavano, senza che la scossa trasmessa dalla chimica a ogni singola cellula le mantenesse aperte, senza quella smania un po' isterica che liberava lampi di luce e tuoni di cuore.

Sara aveva preso l'abitudine di una camminata notturna a passo svelto, per stancarsi ancora di più. Se doveva dormire, allora era meglio cercare in tutti i modi di crollare priva di sensi. Se proprio doveva dormire, allora era meglio precipitare nell'abisso, sperando che la lucidità restasse di sopra, sull'orlo, pronta ad accoglierla solo al risveglio.

Le boccette, non questa che era rimasta chiusa, ma le altre che si erano avvicendate svuotandosi con maggiore o minore rapidità, le avevano regalato quello stato di febbrile veglia, alternato a profondi e rapidi momenti di incoscienza, nel quale si era trascinata dopo la perdita di Massimiliano. Non aveva mai pensato di privarsene, né si era posta il problema di una più che probabile dipendenza, della follia o della fine. Le era stato subito chiaro che non aveva voglia di vivere, pur non avendo voglia di morire; e d'altra parte aveva promesso, e lei le promesse le manteneva.

Promettimelo, amore mio. Voglio andarmene in pace, non darmi questo dolore, ti prego. Noi ci siamo scelti per la vita, non per la morte, che è solo un impedimento, un inciampo. Se una volta giunto dall'altra parte riuscissi a spiare il mondo, non sopporterei di scoprire che tu non ci sei. Tra poco non sarò in grado di parlare, potrei abbandonarti questa notte, la linea tra il dolore e il sonno si assottiglia sempre di più. Promettimi che passeggerai, e guarderai il tramonto che ti piace tanto. L'unico modo che ho per continuare a esistere è attraverso i tuoi occhi. Prometti, amore.

Ma, pur avendo promesso, nessuno poteva dirle come passare il tempo che li separava. Nessuno poteva dirle se cedere al torpore o prolungare la veglia, per fuggire dagli incubi.

Intanto, tenendosi rasente i muri, invisibile agli altri, percorreva le strade ormai vuote del quartiere. Respirava l'aria marcia, in cui il tanfo di rifiuti e i residui dei gas di scarico si mischiavano al tenue sentore di mare. Attraversava i rari suoni provenienti da qualche finestra aperta, i tenaci bagliori azzurri dei televisori, il chiarore di una lampada da lettura, forse un malato terminale che non voleva perdersi un secondo di quelli che gli restavano. Camminava a testa china, con le scarpe a tacco basso un po' scalcagnate, le braccia lungo i fianchi, senza una borsa e senza un bracciale. Aveva i movimenti elastici e determinati di una donna ancora giovane e, nonostante i capelli grigi tagliati male, la forza di un corpo rimasto tonico in un vestito dalla forma e dal colore indistinti. Avanzava decisa, senza paura di nessuno, perché la paura abitava dentro di lei.

Stai attenta, amore mio. Quando non ci sarò più, stai attenta. Ricorda che gli altri non conoscono i nostri respiri, le risate controvento sulla costa dell'Atlantico, il significato della statuina col braccio rotto in soggiorno; non sanno di quella giornata in cui mi hai costretto a mangiare il baccalà che non avevo mai assaggiato. Stai attenta, amore, perché ignorano il momento in cui ti abbatti sul letto soddisfatta e felice come una tigre sazia, e anche come sei quando esci dalla doccia e stringi le labbra perché non ricordi dove hai messo le ciabatte. Stai molto attenta, amore, quando sarai senza di me, a non dimenticare quanto sei bella.

Ma tanto, per la gente, rifletté Sara, una che non ha nulla non corre il rischio di essere derubata. Una che possiede solo ricordi, che vuole soltanto affaticare il fisico, perché la carne smetta di urlare, non può temere niente. Perché la carne, ne era consapevole, non teneva conto della memoria. Se ne fregava del lutto e se ne infischiava del silenzio. Funzionava lo stesso, la carne, in barba ai ragionamenti e ai princìpi. E questo era un altro motivo per cui aveva cominciato a odiare il sonno, sforzandosi di mantenere il dominio della mente sulle sensazioni. Quella contrazione del ventre, quell'imperioso, stupido comando dei muscoli la nauseava. Svegliarsi di soprassalto alla fine di un sogno confuso, la mano tra le gambe, sussultando ancora al termine di un orgasmo irrefrenabile, privo di sentimento, la faceva sentire in balìa delle onde, senza controllo. E le lasciava il gusto amaro di un'altra sconfitta, di una nuova condanna. Meglio camminare, allora. Se non doveva aprire la boccetta, se doveva sperare in un baratro privo di ricordi, doveva spossare il corpo confidando che si rassegnasse presto alla fine dei giorni delle carezze e della passione.

Da un anfratto buio tra un palazzo e l'altro, che puzzava di urina e sporcizia, emerse una figura. Era un uomo alto, con una coperta lercia sulle spalle, un berretto di lana e denti d'oro che scintillarono alla luce del lampione. Avanzò deciso verso di lei, allungando una mano. Non parlò ma emise un suono rauco, quasi un sordo ruggito. Le si parò davanti, Sara si spostò e allora si spostò anche lui. Era agile, saldo sulle gambe. Sobrio. Teneva un braccio alzato, l'altro sul fianco sinistro, le dita vicino all'orlo di una tasca da cui spuntava la forma di un manico. Aveva la testa lievemente protesa in avanti, la barba rossiccia a chiazze sul volto, il labbro superiore contratto, gli occhi stretti.

La mente di Sara decodificò la postura, e l'interpretazione dei segni la avvertì del pericolo imminente.

L'altro l'aveva già studiata, ed era sicuro che non c'era niente da prendere. Quindi, voleva altro.

La donna era consapevole che nessuno l'avrebbe aiutata. La via era deserta. Forse, se avesse urlato, qualcuno si sarebbe affacciato dalle finestre, ma le probabilità erano contro di lei. E neanche una telefonata, ammesso di poterla fare, le avrebbe fornito un soccorso tempestivo.

Bene, pensò. Benissimo.

L'uomo si avvicinò ancora e cercò di afferrarle la spalla.

Sara sollevò piano la gonna, sul lato destro, appena sopra il ginocchio. L'altro se ne accorse, e sorrise lascivo. Prima che la sfiorasse, la donna si abbassò e gli sferrò un calcio tra le gambe. Forte e preciso, secco, di collo pieno.

L'aggressore si accasciò piagnucolante sul marciapiede, e si rattrappì in posizione fetale tenendosi la parte colpita.

Sara si allontanò, quasi delusa, senza voltarsi.

Sai, amore, a volte mi dispiace per quelli che si mettono sulla tua strada. In questi anni che siamo stati insieme... quanti sono? Dodici? Un po' più di dodici, sì, sarà capitato almeno sei, sette volte: sia per motivi di lavoro sia per questioni personali; una discussione con un collega, una divergenza di vedute, opinioni opposte sull'interpretazione dei segni, un'inezia. Niente di insormontabile. E io sarei intervenuto, non perché ti amo ma perché in quelle occasioni avevi ragione tu. Ma ho finto di non accorgermene, preferivo godermi lo spettacolo dell'annientamento dell'avversario. Perché tu, amore, sei la determinazione in persona, mai un dubbio. Non conosci pause né ostacoli. Ci metti un po' a scegliere la direzione, a comprendere quello che vuoi, ma poi parti alla carica e non rallenti mai, travolgendo chi osa intralciarti. Poveretti. Mi dispiace per loro.

Mai un dubbio, considerò Sara nei pressi del suo appartamento, il respiro appena alterato dall'adrenalina dello scontro. Invece dubbi ne ho, e pure tanti.

Era abbastanza obiettiva da ammettere che il caso di Bea e l'ombra che aleggiava sulla morte di Andrea Molfino erano il vero motivo per cui aveva deciso di abbandonarsi al sonno e rinunciare alla frenesia delle pillole. Ci aveva impiegato un po', ma adesso era convinta che fosse necessario andare avanti nell'indagine, e in fretta anche. Le perplessità però rimanevano.

La partecipazione di Viola, per esempio. Coinvolgendola non aveva previsto che si sarebbe rivelata molto in gamba. Magari Pardo aveva ragione, si era trattato di fortuna e di circostanze, comunque doveva ammettere che forse aveva concluso più lei in una mattinata che loro in tutti quei giorni. Le informazioni che aveva ottenuto e il contatto stabilito con l'infermiera erano gli elementi più rilevanti di un contesto ignorato, per negligenza, da chi aveva sbattuto in galera Dalinda. Ci si era fermati alle semplici apparenze. L'arrendevolezza della giovane e del suo avvocato avevano fatto il resto. Ma ora che aveva guardato negli occhi il dottor Rao, Sara si era resa conto di quanto fosse vasto e sotterraneo il potere della famiglia Molfino. In pratica, manipolando con abilità le opinioni altrui, avevano orientato loro il corso degli eventi dopo la morte del finanziere.

Rosanna Rimotti era la figura chiave. L'unica che avrebbe potuto raccontare della malattia del vecchio di cui nessuno sembrava informato. Qual era la relazione tra l'infermiera e Molfino? Chi sapeva di loro, escludendo l'autista?

Rientrata in casa cominciò a spogliarsi, in camera sua. Era una donna matura che aveva appena subìto un'aggressione notturna, e già stava pensando ad altro.

La boccetta era chiusa in cucina, al buio, con le fosche previsioni di Franco Peluso che le aleggiavano attorno e le sottili, ammalianti tentazioni che custodiva sotto vetro.

Viola. Che ragazza strana, rifletté infilandosi a letto. Fragile, esile, con un'esistenza e un pancione così pesanti. Eppure aveva tenuto testa a Pardo, mettendolo spalle al muro. Si era anche dimostrata capace di interpretare e condurre la conversazione con la Rimotti con intelligenza e presenza di spirito. Sarebbe stata un'ottima recluta per l'unità, ma la aspettava un futuro diverso. Nel frattempo, secondo le indicazioni di Sara, l'indomani sarebbe tornata nella sala da tè per piazzare la webcam sotto il davanzale della vetrata. Questo forse l'avrebbe tenuta fuori dai giochi, almeno in maniera diretta, senza infrangere la promessa di ammetterla nella squadra.

Una ragazza incinta e un poliziotto scalcinato con un cane enorme. E lei, ex agente, ex poliziotta, ex amante innamorata. Ex e basta. Che quartetto!

Chiuse gli occhi, cercando di scacciare le preoccupazioni e di riposare. Eccomi, fantasmi. Sono vostra. Che mi regalerete, stanotte? Paura, dolore, rimorsi? Fantasie disperate e passioni lontane?

Con l'ultimo barlume di consapevolezza, si convinse che avrebbe dovuto incontrare di nuovo Dalinda. Era necessario. Doveva parlarne con Teresa.

Le palpebre si abbassarono, e Sara si accinse a viaggiare attraverso le tenebre.

Dormi, amore mio. Dormi. Io sono qui, vicino a te.

XLI

Nel chiudere lo sportello dell'auto, posteggiata come sempre nel vicolo di fianco all'edificio sul quale campeggiava la vecchia insegna della ditta di import-export, la bella bionda sorrise.

A chiunque altro sarebbe sfuggito, ma al suo occhio attento la lieve variazione nell'ombra del portone di fronte aveva raccontato tanto.

Anzitutto le era tornata alla mente la serie infinita di giornate grigie, o luminose, di serate fredde e piovose passate in giro per il Paese ad aspettare che qualcuno entrasse in una porta o a riconoscere qualcun altro a una finestra. Ore e ore trascorse in piedi, ferma, senza poter respirare, mangiare, fumare, trattenendo la pungente voglia di liberare la vescica e reprimendo il travolgente desiderio di grattarsi una guancia o la schiena. Tempo immobile e colpevole, lo sguardo incollato sull'apertura che la proiettava in un mondo diverso, quello dei segni da interpretare e decifrare.

Un'altra epoca, pensò Teresa mentre senza voltarsi armeggiava con la chiave della macchina. Quando non esistevano i software che decodificavano le aggregazioni di termini, quando la gente per comunicare si parlava, invece di chattare in un linguaggio criptico fatto di icone comprensibili solo al destinatario. Quando le facce, i movimenti e le posture valevano più delle cose dette.

Bei tempi, tutto sommato.

Con un sospiro, sentendosi molto più vecchia degli anni che aveva, che erano tanti di più di quelli che dimostrava, l'elegante signora si avvicinò all'androne e sempre senza voltarsi disse:

«Ciao, Mora. Devo riabituarmi un po' alla volta ad averti di nuovo tra i piedi, dannato fantasma».

Una voce risuonò dal buio:

«Solo qualche minuto, se ti dimostri disponibile e non ti comporti da stronza, biondaccia infame».

Impassibile, Teresa non rispose e si avviò lungo la strada, lasciando a sinistra il portone della palazzina in cui sarebbe dovuta entrare e girando l'angolo.

Sara si mosse dopo quasi tre minuti, e cominciò a camminare nella direzione opposta.

Poco dopo erano al tavolino di un caffè piuttosto malandato, a qualche vicolo di distanza dalla sede dell'unità. In una zona appartata del locale, tre giovani fissavano ipnotizzati gli schermi delle slot.

Sollevando la tazzina, Teresa esclamò:

«Certo che questa storia ti ha proprio preso la mano, se mi aspetti addirittura sotto la sede. Ma non avevi giurato che non ci avresti messo più piede?».

Sara confermò, decisa:

«Infatti ho mantenuto il giuramento. Ero di fronte, no? Per inciso, mi riempie il cuore di gioia vedere che adesso il palazzo è in condizioni pure peggiori di allora. Spero che almeno all'interno sia un po' meglio».

Sul viso della Pandolfi affiorò una smorfia, mentre deponeva la tazzina sul piattino:

«Mamma mia, che schifo questo caffè! E no, dentro va come per tutto il resto, cioè peggio. Te l'ho detto, hanno eliminato negli anni la parte divertente del lavoro. Ormai analizziamo testi, come una dannata casa editrice. Se non mi avessero messo a capo dell'unità, ti garantisco che avrei mollato. Anzi, sarei venuta a tenerti compagnia su quella panchina dei giardinetti. Pensa che carino, due pensionate che ripetono senza sosta: "Ai miei tempi..."».

Il riferimento in apparenza casuale al luogo preciso dove, ogni giorno al tramonto, incontrava Viola non sorprese Sara, che però avvertì una lieve inquietudine.

«Ma gli avvistamenti con relativa sorveglianza funzionano sempre, e anche in modo egregio. Sarebbe interessante capire perché le risorse dei contribuenti vengano usate per il controllo di chi non è sottoposto a indagini, e peraltro dovrebbe giocare, o aver giocato, nella stessa squadra.»

Teresa si sporse in avanti, quasi sfidandola:

«Mora, risparmiati la parte della dura e pura con me. Sappiamo che tu e soprattutto il povero, compianto Massimiliano avete visto e sentito cose che farebbero saltare in aria questo Paese. Finché è stato a capo dell'unità, che ha fondato, ha avuto in mano documenti riservatissimi a cui oggi non può accedere nemmeno il capo dello Stato».

Sara tacque, sostenendo lo sguardo dell'ex collega.

Teresa si appoggiò di nuovo allo schienale:

«Mettiamola così, hai un servizio di scorta. Una specie, almeno. Per evitare che ti capiti qualche guaio.»

La donna dai capelli grigi fece una smorfia:

«Davvero? Pensa che proprio ieri notte, mentre mi godevo il fresco della sera, un clochard mi ha aggredita per strada. Devo confessarti che non mi sono sentita molto protetta».

La bionda non si scompose:

«Non preoccuparti, se avessi avuto un problema serio, qualcuno sarebbe intervenuto. Forse. Un conto è tenere d'occhio, un altro è esporsi. Comunque, mi pare che te la sia cavata egregiamente. Ma quando rientro in ufficio cercherò di capire meglio quello che è successo. Adesso avanti, perché sei qui?».

Sara mise a parte l'amica dell'evoluzione delle indagini sul caso Molfino. Si espresse con frasi secche e circostanziate, convinta che la bionda sapesse già molte delle informazioni che riferiva, ma senza dare nulla per scontato. Peraltro era consapevole che Teresa non si sarebbe tradita, mostrandosi a conoscenza di particolari che avrebbe dovuto ignorare.

Alla fine la Pandolfi domandò, curiosa:

«Insomma, il tuo ispettore è un bel tipo, no? In gamba, per essere uno sbirro».

All'interno dell'ufficio c'era sempre stata una bonaria competizione, a base di battute e prese in giro, tra quelli come Sara che venivano dalla polizia e gli altri, come Teresa, che erano stati arruolati nei Servizi.

Sara lasciò cadere l'ironia:

«È in gamba, sì. Non molto svelto, ma attento. Un altro che forse è stato messo in naftalina troppo presto».

Teresa tornò seria. «Invece il coinvolgimento di tua nuora non mi piace, Mora. È un rischio inutile, sotto ogni punto di vista. E poi non mi pare in condizioni di...»

Sara sentì una rabbia sorda montarle dentro:

«Io coinvolgo chi cazzo voglio, e come voglio. Se non ti sta bene, chiudiamola qui e sparisci. Chiaro?».

Teresa alzò entrambe le mani:

«Chiaro, chiaro, figurati. È solo che mi sembra un tantino malandata come agenzia investigativa. Ma contenta tu, contenti tutti. Quindi, che ti serve?».

«Devo incontrare di nuovo la Molfino e parlarle a carte scoperte. Bisogna che la spaventi, perché tiri fuori quello che ha taciuto.»

Lo sguardo di Teresa divenne gelido. «No, è escluso. La Molfino, che è in galera, non può nemmeno immaginare che stiate indagando sulla morte del padre. Se solo intuisse la possibilità di essere innocente, comincerebbe a montare un casino... Il tuo compito è solo verificare che la bambina non sia in pericolo. Nient'altro.»

«Senti, Bionda, i due aspetti sono collegati. Non possiamo capire se la bambina è in pericolo senza capire a chi è convenuta, e perché, la dipartita del nonno...»

L'amica scosse il capo, decisa. «No, non puoi toccare questo tasto con la Molfino. Ma comprendo che ti serva guardarla in faccia, è il nostro modo di lavorare. Perciò ti farò avere un nuovo colloquio, anche se sarà difficile, e ci andrai con l'ispettore. Però mi devi promettere che non le rivelerai la tua identità e nulla delle vostre ricerche. Il contatto con il dottore dev'essere l'ultimo nella veste di assistente sociale.»

Sara capì il ragionamento, anche se non le tornava comodo. «Devo avere in mano qualcosa, se no come la convinco a ricordare, a tornare sul passato?»

La bionda si asciugò le labbra con un fazzoletto e si alzò:

«Non sono problemi miei, Mora. Tu rispetta la consegna, altrimenti darò l'ordine di chiudere tutto e non riuscirai nemmeno ad avvicinarti a cento metri dalla bambina o dalla famiglia. Mi basta un secondo. Ti concedo questo incontro, ma se non riesci a tirarle fuori quello che ti serve, allora tenta altre strade. Magari c'è un particolare che avete trascurato. Rifletti. Sei una ragazza sveglia, quando ti applichi». E uscì ancheggiando dal locale, senza che gli sguardi dei tre ragazzi si staccassero dal display delle slot.

XLII

Davide sedeva in soggiorno e fissava sconsolato Boris assopito sul divano, coltivando il proposito di incendiare, prima o poi, l'edificio in cui risiedeva.

L'acquisto dell'abitazione rientrava in un'operazione di restyling della sua vita messa in piedi una decina d'anni prima, quando si era reso conto che il progetto di formare una famiglia procedeva, volendo esprimersi con un eufemismo, piuttosto a rilento.

Una sera era andato a cena da una coppia di amici che erano alle prese col secondo figlio, nato proprio quando il maggiore aveva appena finito di studiare in solitaria da terrorista e si era convertito al programma collettivo di distruzione dell'asilo, obiettivo più abbordabile per la sua smania devastatrice. In compenso, il nuovo arrivato pareva deciso a non dormire mai.

Mentre la moglie, un vero angelo, svolazzava da una stanza all'altra cercando di ricostituire una parvenza di agibilità tra i mobili invasi da giocattoli rotti, l'uomo aveva preso Davide sottobraccio e, dopo averlo condotto in terrazzo con la scusa di raddrizzare l'antenna tv, lo aveva scongiurato di non sposarsi mai se ci teneva a conservare un minimo di salute mentale. Gliel'aveva sussurrato strabuzzando gli occhi e sbavando un poco.

Era stato allora che Pardo aveva capito: quella era proprio l'esistenza che avrebbe voluto per sé.

Si sentiva davvero tagliato per il ruolo di padre e marito. Sognava una casa con tanti bambini e nemmeno l'ombra di un cane; e invece adesso si trovava a gestire la situazione opposta.

In quella prospettiva aveva deciso di investire i risparmi per l'anticipo di un appartamento, e di sottoscrivere un onerosissimo mutuo a copertura della restante parte del prezzo. Così aveva comprato un trilocale al quarto piano di un palazzo pretenzioso ma scadente, al centro di una via pretenziosa ma scadente in un quartiere pretenzioso ma scadente, dove si era ritrovato a condurre una vita non pretenziosa ma molto scadente.

Il mutuo infatti, che poteva essere pubblicizzato con lo slogan "Fate un passo più lungo della gamba", lo aveva privato di qualsiasi risorsa renda appetibile un single: a cominciare dalla disponibilità di denaro e dall'assoluta spensieratezza. Nella fallace idea che una donna avrebbe apprezzato un tipo tutto casa e lavoro, capace di gettare solide basi per un futuro comune, era rimasto solo a quarant'anni, che presto erano diventati cinquanta, spinto nel gregge sempre più folto dei mangiatori di pizzette e bevitori di aperitivi tra le vie dei bar trendy della città.

L'amico, che era incanutito anzitempo ed era riuscito con molte difficoltà a tenere entrambi i bambini fuori dalla galera, gli ripeteva a ogni incontro che lo odiava per la sua libertà, dichiarandosi certo che Davide inanellasse una serie ininterrotta di mirabolanti avventure sessuali, di cui chiedeva particolareggiati resoconti. Pardo invece si sentiva sempre più afflitto, e già si vedeva ricoverato dalla pietà dei vicini (con in quali nella realtà intratteneva pessimi rapporti a causa di Boris) in un ospizio malmesso dove sarebbe morto in triste e doloroso abbandono, dimenticato dal mondo.

Era vero: non si sarebbe potuto definire l'ispettore Davide Pardo un ottimista. Ma adesso, a guardarlo seduto su una scomoda sedia, giacché il divano era ormai stato usurpato dal Bovaro del Bernese, camorrista e prevaricatore, era legittimo domandarsi cosa gli avrebbe riservato l'avvenire.

I pensieri tristi, sempre presenti in un angolo buio della sua mente, erano venuti alla luce dopo l'incontro con Viola, l'antipaticissima collaboratrice dell'odiosissima Sara. Quella ragazza aveva deciso con leggerezza di mettere al mondo un figlio: così, anche senza un marito. Un bambino, o una bambina, che sarebbe stato cresciuto, o cresciuta, da una mezza scombinata, una pazza con velleità da investigatrice dilettante, sulle orme di quella specie d'invisibile paragnosta che era la collega coi capelli grigi.

E lui, invece? Be', lui era ostaggio di una carriera abortita, di un'abitazione per una famiglia che non esisteva, di un mutuo capestro e di un Bovaro del Bernese che in un solo pasto mangiava il quantitativo di carne consumato in media dall'intero Stato del Benin in un giorno.

Di qui il baloccarsi del poliziotto con l'ipotesi di un incendio che avrebbe reso la sua casa un rudere: muoia Sansone con tutti i Filistei. Così sarebbero cessate anche quelle ottime imitazioni dell'inferno dantesco che erano le riunioni di condominio.

Proprio mentre passava in rassegna i possibili inneschi, il telefonino lo avvertì dell'arrivo di un messaggio.

Boris sollevò il capo uscendo da un meritato e profondo riposo. Attivò la bocca impastata e volse lo sguardo acquoso in giro per la stanza.

Davide prese il cellulare e lesse sul display che Sara aveva ottenuto un altro colloquio con Dalinda Molfino, e che avrebbero dovuto recarsi con urgenza all'istituto penitenziario. "Tra un'ora davanti al carcere" concludeva perentoria la donna.

Pardo sentì pervenire al cervello, mittente il fegato, un accesso di furia cieca. Ma come osava comandarlo a bacchetta? Aveva forse appreso, grazie ai canali oscuri e poco ortodossi che usavano quelli come lei, del lungo momento di stasi della sua carriera, concludendo che era un incapace? Non si rendeva conto, la fattucchiera, che l'ispettore Pardo Davide non era affatto un investigatore da quattro soldi ma un raffinatissimo interprete di quel ruolo, pienamente capace di condurre le operazioni in proprio?

E invece lo aveva ridotto al rango di tassista.

Diede una manata sul tavolo, facendo sobbalzare le stoviglie del defunto, frugale pranzo che si era concesso.

Boris interpretò il gesto come un festoso richiamo al

gioco e alla danza. Si catapultò dal divano e abbracciò il coinquilino, alieno anche al minimo moto d'affetto.

Colto di sorpresa da quell'entusiasmo, Pardo cadde a terra con tutta la sedia, con l'unica, significativa variante di oltre mezzo quintale di Bovaro addosso che cercava senza pudore di violare le sue ginocchia. D'altronde la primavera era nel pieno e lui, Boris, nel fiore degli anni fertili.

Mentre Davide, schiena al suolo e al colmo della disperazione, cercava di ricordare un momento peggiore della sua vita, anche uno solo, il telefonino squillò.

XLIII

Sara aspettava davanti al carcere da almeno un quarto d'ora. Era stupita perché Davide, pur con tutte le sue approssimazioni e gli evidenti difetti, era coscienzioso e puntuale. Quando la preoccupazione eguagliò l'arrabbiatura, prese il cellulare per chiamarlo ma lo trovò spento. Ricordò di averlo disattivato dopo che gli aveva scritto per informarlo del nuovo colloquio con Dalinda: anche se si sentiva un dinosauro, sapeva che un telefonino era come un faro nella nebbia per chi voleva rintracciare o seguire qualcuno nei suoi spostamenti. Lo riaccese e ricevette l'immediata notifica delle chiamate di Davide e, soprattutto, di Viola.

Ebbe un tuffo al cuore.

Provò a contattarli, ma risultavano irraggiungibili.

Tirò un respiro profondo e chiuse le palpebre, tentando di alleggerire la morsa dell'ansia con le vecchie tecniche di rilassamento.

Amore, ricorda sempre: rabbia, agitazione, preoccupazione, ansia non sono mai forze positive nel nostro mestiere.

Devi tenerle a distanza e collocarti quasi al confine del sonno, quando la tranquillità è tanto profonda da sembrare una coltre fittissima. Solo allora puoi metterti a pensare, a riflettere. E a quel punto agisci come puoi rispetto a ciò che devi.

Riaprì gli occhi, dopo aver recuperato il controllo.

Viola aveva il numero di Davide, gliel'aveva mandato lei insieme alle informazioni riguardanti la Rimotti. E quella mattina la ragazza avrebbe dovuto piazzare la microtelecamera sotto la vetrata del bar di fronte a casa dell'infermiera per attivare la sorveglianza. Poteva darsi benissimo che avesse avuto bisogno di aiuto e che, non avendola trovata, fosse stata costretta a contattare Pardo; il quale aveva provato ad avvertirla a sua volta, senza riuscirci. Il quadro la tranquillizzò, anche se percepiva l'eco ineludibile di un'inquietudine inattesa. Quella giovane incontrata in circostanze così strane, tanto lontana e diversa da lei, stava diventando importante. Anche troppo.

Il colloquio con Dalinda non si poteva rinviare, però. Il messaggio di Teresa era chiaro: se Sara voleva incontrare la donna, doveva essere quel giorno, a quell'ora, e per l'ultima volta. Comprendeva la perentorietà: era già difficile giustificare una visita di qualcuno che non era un parente né un legale, figuriamoci due.

Decise di reprimere la voglia di mollare tutto per sincerarsi di come stesse Viola, e si recò in fretta all'ingresso della casa circondariale.

Dopo una ventina di minuti, espletate le varie formalità, si ritrovò di nuovo di fronte alla Molfino.

La salute della ragazza sembrava peggiorata rispetto al precedente incontro: aveva il viso più scavato, e l'occhio abile di Sara la informò che da tempo non dormiva più di qualche ora a notte.

Appena fu nella stanzetta dei colloqui riservati, Dalinda si guardò attorno e chiese, con voce roca:

«Dov'è l'ispettore?».

«Non c'è. Devi accontentarti.»

La Molfino restò in piedi, accanto all'agente della penitenziaria che l'aveva accompagnata, e la fissò ostile:

«Io non mi accontento mai, bella. Non ho ancora capito chi cazzo sei, quindi figurati se mi accontento di te».

Restarono in silenzio.

La guardia, una donna massiccia che non c'era al precedente incontro, si lasciò sfuggire un ghigno.

Sara la ammonì minacciosa:

«Mettiamoci d'accordo una buona volta: se sono qui, è perché l'hai voluto tu. Quindi io posso anche andarmene e disinteressarmi di quest'affare. Ma siccome hai ragione e Bea è in pericolo, mi sembrerebbe un gran peccato».

Il gelo scese di colpo. La guardia assunse un'aria perplessa; la detenuta, che pareva pietrificata, incrociò lo sguardo con quello inespressivo di Sara che se ne stava seduta composta, le mani sul piano del tavolo pieno di segni di penna e bruciature di sigaretta.

Dopo una pausa, Dalinda fece un cenno alla guardia e si sedette a sua volta.

La donna in divisa, infastidita per non poter seguire la conversazione, uscì dalla stanza e si posizionò in maniera da tenere sotto controllo le due attraverso il vetro della porta.

Dalinda domandò in un fiato:

«L'avete vista? Come sta? Vi ha... vi ha chiesto di me?». La voce era incrinata dall'angoscia, e anche dall'amore.

Sara ebbe molta pietà di lei. «Sì, l'abbiamo incontrata. È davvero una splendida bambina. Ha parlato subito di te, le manchi moltissimo.»

Gli occhi neri della ragazza si riempirono all'istante di lacrime, alle quali però resistette. La mascella si serrò e l'espressione divenne dura. «Ti ho chiesto come sta.»

Sara mantenne la calma. «In un certo senso bene: si muove, chiacchiera, è reattiva. E considera che non la conosciamo da prima, quindi magari certi comportamenti sono normali. Ma io ho avuto l'impressione che non stesse bene. Quindi ho deciso di andare a fondo.»

Dalinda la scrutò diffidente:

«Che intendi?».

«Ascoltami: è necessario chiarire alcuni aspetti della morte di tuo padre, e...»

La giovane si alzò di scatto:

«Ti ripeto che non torno su quell'argomento, non ho davvero niente da aggiungere. Per me la conversazione può finire qui».

Sara replicò, ferma:

«E magari così ammazzi tua figlia, senza nemmeno aver ucciso tuo padre».

La ragazza si accasciò sulla sedia, stravolta:

«Di che parli?».

«Del fatto che l'omicidio di tuo padre e la salute di Beatrice potrebbero essere collegati: questa ipotesi rimane l'unica via che possiamo percorrere, perciò o mi aiuti o devo fermarmi. E se non continuiamo, allora a tua figlia non resterà davvero nessuno.»

Seguì un lungo silenzio, alla fine del quale Dalinda mormorò:

«Quindi, secondo te... mia cognata e mio fratello...».

«No, non dico questo. Ma non posso indagare su chi ha contatti con la bambina, e su chi possa volerle male, se mi vengono taciute di proposito le informazioni. Pare che mangi pochissimo, e...»

«Come sarebbe? Ma se Bea mangia come un lupo! Chi te l'ha riferito, questo?»

Sara chiuse gli occhi e li riaprì, calma:

«Gli zii. Quindi, come vedi, qualcosa sta succedendo. Ti prego, rispondi a qualche domanda? Sforzati per lei. Altrimenti davvero ho le mani legate».

Dalinda fissò la finestra polverosa, sbarrata da una fitta rete metallica dalla quale, opaco, entrava il sole del cortile. «Chiedi, ma non sono sicura di riuscire a rispondere. Saprai che spesso all'epoca dei fatti non ero molto presente a me stessa.»

La donna dai capelli grigi annuì:

«È fondamentale accertare le condizioni di tuo padre prima della morte. Hai idea di come stesse di salute?».

La giovane restò disorientata. «Che c'entra con Bea? Pensavo volessi verificare alcuni aspetti del delitto, e invece mi chiedi come stava prima.»

Sara non si spazientì, non era nella sua natura. Ma non rimaneva molto tempo: e quella, Teresa lo aveva ribadito, era l'ultima occasione che aveva di incontrare Dalinda. Doveva sapere tutto quello che le serviva. Perciò simulò un moto di rabbia:

«Parla, maledizione! Altrimenti me ne vado, e tu sarai l'unica responsabile della sorte di tua figlia!».

La ragazza rispose in fretta:

«Va bene, va bene. È solo che mi hai spiazzata. Senti, io con mio padre cercavo di avere meno contatti possibili. Lui è... era una merda. Una vera merda. Ci teneva prigionieri col denaro in modo che nessuno di noi, e ci abbiamo provato, ah se ci abbiamo provato, potesse liberarsi di lui».

«E come ci riusciva?»

Dalinda rise, amara:

«A uno coi soldi, con tantissimi soldi, ogni cosa è permessa. Aveva amicizie, relazioni alla luce del sole e legami nell'ombra. Di noi scopriva le mosse in anticipo, e prendeva le contromisure. Ti proponevi per un impiego? Ti rispondevano che non c'erano posti. Tentavi di aprire un'attività? I locali non si affittavano più, o erano appena stati ceduti. Robe così, insomma. Alla fine ci siamo arresi, mio fratello è entrato in azienda e io ho detto: "Non vuoi che sia indipendente? E allora mantienimi, merda che non sei altro"».

«Quali erano i vostri rapporti? D'accordo, cercavi di evitarlo, ma...»

«Ma ci vivevo insieme... Be', il palazzo è molto grande. E avevo l'occasione di sbattergli in faccia i miei eccessi.

Sì, distruggevo anche me e non davo alla bambina il buon esempio. Però questo lo comprendi soltanto dopo, quando sei rinchiusa in un posto così; mai sul momento.»

Sara guardò l'orologio. Mancava un quarto d'ora alla fine del colloquio. Bisognava arrivare al punto. «Eri a conoscenza della malattia di tuo padre? Dall'autopsia risulta che...»

«Ho letto il referto. Non sono rimasta molto sorpresa, per la verità. Da giovane fumava, beveva, e si concedeva tutti i piaceri possibili. Mia madre è morta sotto il peso della vergogna che lui le rovesciava addosso. Da vecchio si era calmato parecchio, e me lo rinfacciava ogni volta che ci vedevamo. Ma che fosse così malato, che stesse addirittura morendo, non lo immaginavo. Altrimenti, chissà, magari l'inconscio mi avrebbe fermata e non l'avrei ammazzato.»

Sara registrò che l'espressione del volto, la postura delle spalle e i movimenti delle mani esprimevano assoluta sincerità, ma anche apatia e disinteresse. Era solo che non le fregava nulla del padre. Neppure della sua morte. Non poté evitare di provare un senso di enorme tristezza: Dalinda si era convinta di averlo ucciso.

«Ascolta, quest'infermiera che assisteva tuo padre, Rosanna Rimotti... Com'era?»

La ragazza sbatté le palpebre, sorpresa:

«Chi? Ah, sì, quella bagascia da quattro soldi con cui giocava al paziente e alla dottoressa. Ma non era una delle sue zoccole? La incrociavo per caso, quando rientravo presto la sera, però non ci ho mai parlato. Perché?».

«Assisteva tuo padre, pare per un problema alla schiena. Passavano molto tempo insieme e...»

Dalinda scoppiò a ridere. Aveva una bella risata, improvvisa, piena, coinvolgente. «Ma no, guarda che lui le sue puttane le accoglieva in casa anche quando mia madre stava morendo nel letto al piano di sopra. Non ha mai mantenuto la minima decenza con noi. All'esterno si mostrava duro e puro, in famiglia veniva fuori alla grande per lo schifoso che era.»

Sara era alle strette: il tempo era finito, e non era venuta a capo di niente. «Quindi nella vita di tuo padre, prima della sua morte, non c'era niente di nuovo, di particolare? Qualcuno che poteva aver interesse a mettere le mani sul suo patrimonio, per esempio?»

La guardia entrò, avvicinandosi al tavolo.

Dalinda si alzò e rispose:

«Non conosco nessuno che non avrebbe messo con piacere le mani sui suoi soldi, ma lui non mollava mai di un centimetro. Quel poveretto di mio fratello ha dovuto subire ogni tipo di umiliazione. Tanto è una spugna, assorbe tutto senza problemi». Mentre stava per uscire si bloccò. «Qualcosa dell'ultima bagascia travestita da infermiera me l'ha riferita Bea.»

La donna in divisa manifestò insofferenza, ma Sara si alzò a sua volta e la fermò con un gesto:

«Un momento, per favore. Che ti ha detto Bea?».

La giovane corrugò la fronte, sforzandosi di riportare un ricordo alla mente. Poi fece una smorfia di incertezza e disinteresse:

«Mah, poca roba. Che era gentile, che le raccontava qualche favola prima di metterla a letto. Che le preparava la merenda, e se ne stava con lei finché non aveva finito. Le piaceva, credo».

La sorvegliante sbuffò e prese la ragazza per un braccio.

Sara chiese ancora:

«E non ha aggiunto altro? Per esempio sul nonno o sulla malattia?».

Dalinda ci pensò qualche istante, poi si strinse nelle spalle:

«No, nient'altro. Non ho dimenticato quelle parole sulla gentilezza perché al momento fui un po' gelosa, tutto qui. Ma non è una novità. Dopo che mia madre morì, ce ne furono almeno un paio, di puttane, che speravano di accasarsi con papà avvicinandosi prima a me e a mio fratello. Ce ne siamo sempre liberati con facilità».

La guardia aumentò la stretta e Dalinda se la scrollò di dosso con decisione:

«Oh, stai al posto tuo. Non prenderti confidenza, non sei la mia badante!». Poi si voltò ancora verso Sara, l'espressione dura nella quale c'era un'evidente crepa di angoscia. «Io ho risposto alle tue domande. Adesso, ti prego, mantieni il patto e assicurati che la mia bambina stia bene.»

A quel punto fu trascinata via.

XLIV

Uscita dal carcere, inseguendo una serie di pensieri confusi, Sara quasi non si accorse della macchina di Pardo parcheggiata con le ruote sul marciapiede, e l'ispettore che si sbracciava per farsi notare.

Lo raggiunse a passo svelto, e si avvide che, imbronciata e con le braccia incrociate sul seno, Viola occupava il posto del passeggero.

L'ispettore emise un lungo sospiro:

«Scusami, colle', non sono riuscito ad avvisarti, ma quel dannato cellulare a che ti serve, si può sapere? È che la ragazzina, qua, aveva bisogno di aiuto e io…».

Sara aprì lo sportello e si accomodò sul sedile posteriore:

«Parti, andiamo via da qui. Parliamo per strada».

«E dove vado?»

«Verso la periferia nord. Poi ti dico quando fermarti. Viola, stai bene?»

La ragazza rispose secca:

«Chiedilo a questo gentiluomo del tuo assistente, come sto».

Davide scattò, dando una manata sul volante:

«Io non sono l'assistente di nessuno, sia chiaro! Sono un ispettore della polizia di Stato, e pretendo un po' di rispetto! Smettetela di trattarmi come un cacchio di maggiordomo, porca miseria!».

Viola rispose, urlando:

«Non c'è bisogno di gridare! Chi grida non ha argomenti!».

Sara, preso atto che la salute di Viola non registrava problemi evidenti, cercò di venire a capo del diverbio:

«Intanto mi dispiace che abbiate trovato il telefono staccato, peraltro tra qualche minuto dovrete spegnere anche i vostri. È necessario, quando devo andare in un certo luogo. Ora, per favore, volete spiegarmi qual è il problema?».

Viola e Davide cominciarono a parlare in contemporanea gesticolando e a voce altissima, provocando un frastuono che trasformò l'abitacolo dell'auto in un inferno.

Sara si tappò le orecchie e sussurrò:

«Non si capisce una parola. Per favore, uno alla volta. Viola, comincia tu».

Pardo sbuffò, concentrandosi torvo sulla strada:

«E ti pareva».

La ragazza gli rivolse uno sguardo in tralice e disse:

«La pancia. La colpa è della dannata pancia. Il piano della Rimotti è lievemente sfalsato rispetto alla vetrata del bar, quindi la microcamera, che è adesiva e senza filo, per riprendere al meglio dev'essere attaccata quasi un metro sotto il davanzale. Ora, spiegami come faccio a sporgermi così tanto con questa dannatissima mongolfiera?».

A Sara parve che l'impedimento pratico fosse stato espresso con precisione.

«Oltretutto, durante il posizionamento della camera bisogna controllare il monitor del portatile, altrimenti si corre il rischio di un'inquadratura sbagliata, perciò servono due persone, a meno di non salire e scendere più volte di fila dalla sala da tè. Comportamento che darebbe un po' nell'occhio, no?»

Pardo intervenne, secco:

«E a questo non si poteva pensare prima, vero? Bisognava chiamare un povero cristo che se ne stava a casa a farsi gli affari suoi, senza nemmeno chiarire il motivo. Ti arriva una telefonata da un numero sconosciuto e una voce dice soltanto: "Vieni subito, c'è un guaio serio". Potevo prendermi un colpo».

Viola strinse gli occhi, ostile:

«E tu saresti un ispettore? Non te l'hanno insegnato che di certe cose non si discute al telefono? Che possiamo essere tutti intercettati con facilità? Chiedi a lei!».

Sara, chiamata in causa, mormorò:

«In effetti...».

Pardo agitò la mano, arrabbiatissimo:

«Così io mi ritrovo con te irraggiungibile, questa che blatera di un guaio e riattacca. Sapevo che era dall'infermiera, poteva essere successa qualsiasi cosa! Dal Vomero a Fuorigrotta ci ho messo sette minuti, potevo ammazzarmi o ammazzare qualcuno! Ti pare giusto?».

Sara, conciliante, ripeté:

«In effetti...».

La ragazza vomitò le parole come fossero insulti:

«Già, meglio una al nono mese che si appende a un davanzale. Che poi potevo essere notata da chiunque, mentre così, con un piccolo aiuto…».

Pardo la interruppe, velenoso:

«Senza contare l'umiliazione, la vergogna di essere presentato a tutti come il padre del bambino, l'uomo che se n'era andato abbandonandola appena scoperto che era incinta. Questa mitomane ha sostenuto che io, proprio io, mi sono messo con una ragazzina e l'ho mollata con mio figlio in grembo! Dovevi vedere le facce di quelli del bar, peggio di Landru! La cameriera, quando ho chiesto un caffè, me l'ha quasi rovesciato addosso, ed era pure una chiavica, secondo me ci ha sputato dentro!».

Sara represse una risata.

Viola replicò, offesissima:

«E come dovevo presentarti? Per giustificare la vicinanza all'ospedale e il bisogno di un'infermiera avevo già raccontato che ero sola, che non avevo nessuno che mi aiutasse. Ho dovuto inventarmi su due piedi che…».

Pardo era imbufalito:

«Che questo delinquente, questo infame senza coscienza era stato convocato da lei proprio nel locale per un'estrema richiesta di riavvicinamento. Che ho dovuto rifiutare, capisci? Io, che sono una persona di saldissimi princìpi, che desidera una famiglia, che adora i bambini! Proprio io ho dovuto fingere di essere un uomo senza cuore, un dannato egoista che non riesce a tenere chiusi i pantaloni. Ma lo sai come ha continuato questa pazza? Che sono un assistente universitario e che mi sono messo con una studentessa! Io!».

Viola replicò con freddezza:

«Una storia va imbastita considerando ogni dettaglio. E io mi sono basata anche sull'aspetto, no? L'ho percepito fin da quando ti ho visto che eri il tipo dell'egoista satiro senza cuore, e...».

«Io? Io? Ma se gli amici mi sfottono perché non ho avventure e, senza falsa modestia, potrei pure permettermelo! E non immagini, Sara, il commento della cameriera quando sono uscito... "Che schifo" ha detto al barista. "Certi uomini non si meritano di campare." A me!»

Viola agitò la mano con noncuranza:

«E vabbe', che sarà mai, una cameriera che non rivedrai più nella vita. In compenso abbiamo piazzato la microcamera alla perfezione, la sala da tè era vuota e la ragazza, proprio per la storia che le ho raccontato, ha controllato che nessuno salisse. Così abbiamo potuto operare in piena tranquillità, e...».

«Tranquillità un corno! Tranquilla tu, che te ne stavi placida al tavolino a comandare: "Spostala un po' più a destra, un po' più a sinistra, un po' più in basso e un po' più in alto". Io per poco non mi spezzo l'osso del collo appeso a un davanzale, e rischio anche di essere visto da qualcuno.»

Viola sorrise, feroce. «Non preoccuparti, avevo già la giustificazione. Avrei sostenuto che, in preda a un rimorso devastante, stavi tentando il suicidio.»

A quel punto Sara cercò di ricondurre la conversazione sui fatti principali:

«Comunque ora abbiamo un monitoraggio della Rimotti. Credo che sia a conoscenza di elementi importanti. Lo sospettavo prima, e adesso ancora di più».

Sia Viola sia Davide si fecero attenti. L'ispettore chiese:

«Con Dalinda com'è andata?».

Sara scosse il capo:

«Ha ripetuto più o meno quello che sapevamo già: che tipo d'uomo era il padre e che con lui non aveva rapporti. Si è davvero convinta di averlo ucciso. Ma a me interessavano i particolari del periodo precedente al delitto: eventuali segnali della malattia di Molfino o la sua consapevolezza di essere destinato a morire presto. E su questo, niente».

Viola intervenne:

«E... le cose tue? L'interpretazione dei movimenti... Il volto, le mani. Che impressione hai avuto?».

Sara spostò lo sguardo sulla strada che sfilava dai finestrini. I quartieri residenziali andavano cedendo il passo ai sobborghi popolari, ma il traffico restava molto intenso.

«È sincera, non ho dubbi. E non è nemmeno reticente, per lei il padre era davvero meno di un estraneo. Può averlo ammazzato sul serio, magari in un accesso d'ira e sotto l'effetto di qualche sostanza. Ma non è questo il punto. Il punto è Bea. Le vuole bene, però non deve essere stata una madre presente, al di là delle droghe. Pensava a sé, insomma. Certo, io non sono proprio nella posizione per stigmatizzare...»

Pardo fece un'espressione perplessa:

«Tu? Che c'entri tu?».

Viola glissò:

«Appunto, tu non c'entri. C'entra la bambina. E se la madre non era molto presente...».

«Sì. Bea passava il tempo con una serie di persone, in primis il nonno. Ma anche altri.»

Ci fu una pausa, poi Sara si rivolse a Davide:

«Svolta alla prossima a destra, vai fino in fondo e fermati».

Il poliziotto borbottò:

«Ordini. Sempre ordini. Uno schiavo sono diventato. Vai di qua, corri di là, appenditi al davanzale. Che palle. Ma poi, dove stiamo andando?».

Sara rispose:

«Andiamo a chiedere una consulenza a un vecchio amico. Spegnete i cellulari. Dopo, ispettore, telefoneremo alla Astolfi, la segretaria del defunto e per nulla compianto Andrea Molfino. Deve fornirci qualche notizia confidenziale».

Davide sogghignò:

«Quella specie di rettile non aprirà bocca senza che Gianpiero l'abbia prima autorizzata. Impossibile».

Sara ricambiò il ghigno:

«Se glielo chiediamo con cortesia, magari sì. Poi, non serve che risponda. Basterà vedere come reagisce».

XLV

Dopo aver spento i cellulari e parcheggiato la macchina in una via secondaria, Sara cominciò a camminare a passo svelto, seguita da Pardo e Viola. Dieci minuti più tardi, l'ispettore e la ragazza avevano perso il senso dell'orientamento e non sarebbero più stati in grado di tornare indietro e ritrovare la vettura.

Davide chiese:

«Ma si può sapere dove siamo diretti, o almeno dove siamo? Non capisco nemmeno che città è, questa».

Sara non rispose, continuando a imboccare vicoli e a sbucare in anonime piazzette, fino a quando non si fermò all'improvviso e indicò un portone. «Ecco, siamo arrivati. Allora, Viola, io sono tua madre e lui è il tuo compagno. Siamo qui per una visita di controllo. È chiaro?»

Pardo esplose:

«Devo di nuovo fare io il compagno di questa psicopatica? E passare come un vigliacco stupratore di bambine?».

Anche Viola protestò:

«Ma non lo vedi che è un vecchio? Non è plausibile che una come me abbia un figlio da uno come lui. E poi, se stessimo insieme, pensi che lo farei uscire conciato così, con questa giacca?».

Davide fissò l'indumento, un principe di Galles grigio che sfoggiava con fierezza:

«Questa giacca probabilmente costa quanto la tua dannata macchina fotografica!».

Sara li interruppe con decisione:

«Basta col cabaret, per favore. Vi ho spiegato chi dovete essere, adesso recitate al meglio la parte, altrimenti vi mollo qui e continuo da sola. Siamo intesi?». Quindi si avviò verso il portone.

Dopo un attimo e uno sguardo storto, Viola e Davide le andarono dietro.

Il palazzo era modesto ma dignitoso, popolare come la zona in cui era ubicato. Salirono una rampa di scale, sotto l'occhio vigile del custode il cui peso superava con buone probabilità il quintale. Sul pianerottolo del primo piano c'era una targa con la scritta STUDIO MEDICO DOTT. PELUSO, e sullo stipite l'interruttore del campanello.

Sara suonò, lasciando che Viola e Davide la precedessero. La porta si aprì con uno scatto, mostrando un'ampia sala d'aspetto gremita di pazienti in attesa. A una scrivania sedeva una donna con un camice verde. La coppia si avvicinò, piuttosto incerta, e quando quella chiese: «Prego, la prenotazione?», Sara avanzò di un passo:

«Ciao, Luisa».

L'infermiera esibì un'espressione sorpresa, e si portò una mano tremante alla gola:

«S-salve, signora...».

Prima che potesse pronunciare il nome, Sara sussurrò in maniera che nessun altro sentisse, indicando il pancione di Viola:

«Visco, la signora Visco. Sono la madre di questa ragazza, che come vedi ha un urgente, urgentissimo bisogno di essere visitata. Non può mica aspettare il suo turno, non ti pare?».

L'altra allungò una mano per alzare la cornetta del telefono. «Io... non sono sicura, signora Sa... Visco, vero? Ora sento il dottore, e...»

Sara, con un gesto rapido, la costrinse a riagganciare:

«Non c'è bisogno che ci annunci, tanto siamo di casa. Grazie per l'interessamento, comunque. Spiega tu ai signori in attesa il motivo dell'urgenza, vuoi? Ti ringrazio». Poi, approfittando di un anziano che usciva dallo studio del medico, si infilò all'interno seguita da Viola e Davide, mentre alle loro spalle si sollevò la vibrante protesta degli altri pazienti.

Il viso di Franco Peluso si pietrificò appena riconobbe la donna dai capelli grigi.

«Ciao, Franco. Ci si rivede. Scusa l'intrusione, ma abbiamo poco tempo e non te ne farò perdere.»

L'uomo la fissò stranito, alzandosi dalla sedia.

«Perché sei qui? Altre minacce, altre recriminazioni? Guarda che se vuoi una ricetta, te la puoi scordare. Ne abbiamo già discusso, Sara. E io mantengo la parola.»

La donna distolse gli occhi, mentre i due che erano con lei la guardavano sorpresi. Poi mormorò:

«No, non preoccuparti. Anzi, ti chiedo scusa per... per

l'altra sera. Non ero in me. Non mi capita spesso, e spero che mi capiti sempre meno. Mi dispiace».

Franco annuì, spiazzato ma ancora diffidente. Quindi spostò lo sguardo da Viola a Davide prima di riportarlo sulla ragazza. «Loro chi sono? E perché ti presenti di giorno e con la sala d'aspetto piena? Hai dimenticato i protocolli di sicurezza?»

«No, non li ho dimenticati. Ma se le cose stanno come immagino, c'è qualcuno che è in grave pericolo e, come ti dicevo, il tempo stringe. Ti presento Davide e Viola, che è... aspetta un bambino.»

Il medico la squadrò. «Vedo. E non aspetterà ancora per molto, secondo me. È questo il motivo della vostra visita?»

«No, non è per lei. Ci devi spiegare alcune cose, Franco. Perché se non ci dai una mano tu, davvero non saprei a chi rivolgermi.»

Il medico si risedette alla scrivania, abbandonandosi sulla poltrona. «Sara, avevo giurato a me stesso di non avere più alcun contatto con te. Io... sto limitando le mie consulenze all'unità. Mi occupo di altro, ora.»

Franco è un bravo ragazzo, amore. È fidato e serio, soprattutto professionale e molto preparato. Il suo problema è che gioca su troppi tavoli. Siccome lo pensano in tanti che sia competente e affidabile, in tanti se ne servono. Non essendo interno all'unità, può anche scegliere di tacere. Non dissimulerà mai, perché conosce il nostro lavoro e sa che capiremmo se mentisse, ma potrebbe non essere sempre disposto a collaborare.

«Me ne rendo conto. Se ti assicurassi che stavolta non è per l'unità, che quello che mi riferirai non avrà conseguenze, e che lo utilizzeremo solo per salvare un'innocente? Mi aiuteresti?»

Il dottore conosceva Sara da trent'anni, e non l'aveva mai vista così partecipe. Certo non nei giorni della morte di Massimiliano, quando si era chiusa in un mutismo che gli aveva fatto pensare al peggio.

«Parla» le disse alla fine.

«Può succedere che uno col fegato ridotto come nel referto autoptico che ti ho mostrato non si renda conto di essere malato? Che lo ignori, e che lo ignori anche chi vive con lui?»

Peluso rifletté:

«Risulterebbe subito evidente da qualsiasi analisi del sangue o dell'urina, ci sarebbero segnali e...».

Sara lo interruppe, impaziente:

«Questo è ovvio. Ma se uno non si sottoponesse ad analisi? Quali sarebbero i sintomi di un fegato in quelle condizioni?».

Il dottore allargò le braccia:

«Be', ci sarebbero delle momentanee aritmie cardiache, una febbre saltuaria. Un senso diffuso di stanchezza, sonnolenza. Inappetenza, astenia. Forse un po' di ittero, ma anche no. Senza accertamenti è difficile, poi è chiaro che quando la situazione precipita...».

«Quanto tempo avrebbe avuto messo così, prima della fine?»

«Forse pochi giorni.»

Nella stanza calò un silenzio lugubre. Lo interruppe Davide, che mormorò:

«Però non aveva sintomi clamorosi, insomma. Soprattutto per un uomo anziano, no?».

Viola intervenne:

«Ma qualcuno esperto che stesse accanto a un malato di quel tipo, per esempio l'occhio allenato di un operatore sanitario, non se ne accorgerebbe, dottore?».

Peluso la fissò:

«Può essere, signora. Può essere, ma non è certo. Considerando lo stato generale di aggravamento, una persona coinvolta dal punto di vista affettivo insisterebbe perché fossero eseguiti degli accertamenti specifici sul malato, almeno gli esami del sangue».

Di nuovo il silenzio calò nella stanza.

Poi Viola lo interruppe, piano, quasi sovrappensiero:

«Su un anziano...».

Davide, guardandola come se la vedesse per la prima volta, concluse:

«... o su una bambina».

Sara annuì:

«Grazie, Franco. Grazie davvero». Poi si voltò e uscì, seguita dalla ragazza e dall'ispettore.

XLVI

Camminarono in silenzio per un lungo tratto.

A un certo punto Davide tentò di parlare, ma Sara, brusca, lo zittì; lui si guardò attorno smarrito, ragionando sul perché avessero parcheggiato così distante dallo studio medico.

Quando furono vicino all'automobile, la donna disse:

«Il dottor Peluso è una specie di consulente dell'unità nella quale operavo. Ne ha viste di tutti i colori, mi serviva per comprendere cosa fosse successo al vecchio Molfino. Ora abbiamo le idee più chiare».

Pardo rispose a muso duro:

«Ah sì? Allora forse avrai la bontà di spiegarlo anche a me, quali sono queste idee. Perché evidentemente mi è sfuggito qualcosa».

Viola si grattò la testa:

«In effetti anch'io, Sara, non credo di avere un quadro completo della situazione. Che facciamo, adesso?».

Sara la scrutò in volto, rilevando i chiari segni della stanchezza. Era una giornata calda e la ragazza si stava sottoponendo a sforzi gravosi che nelle sue condizioni avrebbe dovuto evitare. «Tu adesso te ne vai buona buona a casa a riposare. Anzi, ci fai il favore di controllare, attraverso le tue diavolerie, quello che succede nell'appartamento della Rimotti, che è sempre più la figura centrale della vicenda. Noi invece, se Davide ci riesce, cerchiamo di parlare con la segretaria dei Molfino.»

Capendo l'antifona, Pardo si allontanò di qualche passo per telefonare alla Astolfi. Dopo meno di un minuto tornò dalle donne, un po' perplesso:

«In tutta sincerità credevo che avrebbe opposto resistenza o preso tempo; invece ha accettato subito. Possiamo incontrarla tra un'ora, ma non in ufficio: al caffè alle spalle del palazzo».

Sara annuì:

«Non mi sorprende. Credo che si aspettasse la telefonata. Diamoci una mossa, su. Prima però accompagniamo Viola».

Il bar dove la Astolfi aveva dato loro appuntamento era un riservato, civettuolo locale ai margini dell'elegante zona in cui era ubicato. Davanti al bancone di legno lucido, dal quale un'ampia selezione di paste invitava la clientela alla trasgressione alimentare, c'erano tre tavolini.

Sara e Davide occuparono quello più in disparte, perplessi perché in un ambiente così angusto sarebbe stato difficile avere una conversazione confidenziale.

Forse, pensò l'ispettore, con la scelta di questo caffè la segretaria vorrà solo dirci che non è autorizzata a parlare.

Dopo qualche minuto Concetta Astolfi fece il suo ingresso. Finse di non conoscerli e si infilò in una porta in fondo al locale. Passando davanti ai due mosse con un impercettibile cenno la messa in piega, indicando loro la via.

Sara e Davide si guardarono, poi la seguirono ignorati dal personale.

Si ritrovarono in una saletta occupata da un tavolino e da quattro sedie. Le pareti erano rivestite con pannelli insonorizzanti.

La Astolfi, senza salutarli, cominciò a parlare:

«Questo bar era di proprietà di Andrea Molfino, e questa stanza serviva per gli incontri con personaggi che non poteva ricevere in ufficio. È abbastanza vicino per consentire un rientro veloce al palazzo, ma anche abbastanza discreto da non essere sorvegliato».

Informazione interessante, rifletté Sara. Devo ricordarmi di dirlo alla bionda, ammesso che non ne sia già a conoscenza.

La donna continuò:

«Prima di tutto sappiate che ho accettato di incontrarvi non perché sono infedele né tantomeno una spia. Anzi, è proprio il contrario: sono venuta per fedeltà alla memoria di un uomo meraviglioso, che è stato circuito al termine della sua vita, quando è diventato debole». Tirò il fiato. Si era preparata il discorsetto e ora che l'aveva concluso si sentiva più smarrita di prima.

Sara si concentrò su di lei. Era una donna ordinaria, forse lo era sempre stata. Alcune caratteristiche, le labbra strette, le borse sotto gli occhi piccoli, la pelle bianchiccia denunciavano una bruttezza che la gioventù non poteva aver contenuto più di tanto. Per l'idea che si era fatta del vecchio Molfino, escludeva che tra i due, in passato, ci fosse stata una relazione: più probabile che un amore a senso unico si fosse trasformato in una specie di canina devozione. Non a caso aveva usato le parole "fedeltà" e "infedele".

Davide disse:

«Abbiamo voluto incontrarla in via riservata, signora, perché non ci sono chiari alcuni aspetti relativi proprio al periodo cui si riferisce, e cioè agli ultimi mesi di vita del cavalier Molfino».

La segretaria rispose glaciale:

«Io non ci ho creduto nemmeno per un momento a quella balla dei servizi sociali. Figurarsi. Negli anni vi siete travestiti da operai della luce e dei telefoni, camerieri e autisti, e vi abbiamo sempre individuati. L'errore è ogni volta lo stesso: a un certo punto mettete i piedi dove il ruolo che interpretate non vi consentirebbe di metterli. È inevitabile. Solo che stavolta la finanza non c'entra, ed è questo il motivo per cui siamo qui».

Sara, come da tacito accordo, lasciava che fosse Davide a portare avanti la conversazione; e nel frattempo si dedicava a studiare le espressioni e le posizioni di mani e spalle della Astolfi. I dettagli le restituivano l'impressione che la donna vivesse un forte conflitto interiore risolto con difficoltà, un abituale condizionamento alla reticenza, superato con fatica, che si scontrava con una risoluta determinazione ad andare fino in fondo. Non avrebbe mai rivelato tutto, concluse; ma credeva ciecamente in quello che stava per dire.

Pardo protestò:

«Non ci interessa il vostro giro di affari. E per quanto io sia convinto che le grandi fortune create dal nulla nascondano sempre qualcosa di losco, non è questa la sede per discuterne».

Bravo Davide, pensò Sara. Meglio essere chiari, se si vuole che gli altri lo siano.

L'ispettore proseguì:

«Il cavaliere era malato, signora. Molto malato. Se lei sostiene, e non abbiamo ragione di non crederle, che l'ultimo checkup non aveva evidenziato nulla di sospetto, significa che la situazione è precipitata in pochissimo tempo. Ci chiediamo come sia possibile che nessuno se ne sia accorto, soprattutto chi doveva sincerarsi delle condizioni del cavaliere, come il dottor Rao o l'infermiera che…».

Concetta Astolfi lo interruppe, tagliente:

«La Rimotti, intende? L'infermiera Rosanna "Zoccola" Rimotti era una volgare squillo che fingeva di occuparsi della salute del cavaliere e invece badava a ben altro».

Davide replicò:

«Al di là delle sue opinioni personali, al momento nessuno è accusato di niente. Ma siamo persuasi che se non fosse stato ucciso, Molfino sarebbe comunque morto dopo poco. Questa certezza cambia molti aspetti della questione, come può immaginare. E vorremmo sapere in che modo e perché sia potuto accadere».

La donna intrecciò le dita attorno al ginocchio ossuto. Teneva le gambe accavallate e lo sguardo perso nel vuoto, alla sinistra dell'interlocutore. Sara notò un muscolo che guizzava sotto la mascella. Il conflitto non era ancora del tutto risolto. Ritenne di intervenire, con tono pacato:

«Non deve rivelare segreti o mettere a rischio il suo lavoro, Concetta. Noi stiamo provando a fare un po' di giustizia, e a proteggere chi è innocente. Tutto qui».

L'uso del nome proprio, il tono confidenziale, la dichiarazione d'intenti e l'esclusione della finanza dagli obiettivi delle domande fecero breccia nell'ultima barriera della Astolfi. La donna annuì, si sedette più comoda e si rivolse a Sara. «Andrea Molfino era un uomo particolare. Geniale, umorale, complicato. Ma sempre sincero. Forse perché non sentiva il bisogno di mentire, o forse perché non ne era capace. Bastava a se stesso ed è sempre stato così, fino a quella sciocchezza del mal di schiena.»

Pardo alzò un sopracciglio, sorpreso:

«Il mal di schiena?».

«Sì, è stato quello l'origine di tutto. Credo che cominciasse ad accusare gli anni, stare l'intero giorno alla scrivania, al telefono… la tensione, chissà. Un dolore banale, come possiamo avere in tanti, ma poi arrivò quella dannata puttana, la fisioterapista. Avete presente com'è fatta?»

Davide e Sara annuirono.

«E vi sembra credibile come fisioterapista? Una con quel corpo? Insomma, ci ha messo poco a installarsi a casa e a diventare la padrona. Lui era… gli piacevano le donne, insomma. Ne ho viste passare parecchie, in questi trent'anni. Non avete idea di quanti mazzi di fiori del giorno dopo ho fatto recapitare.»

Ridacchiò al pensiero, e la cosa chissà perché produsse in Davide un brivido che gli fece rizzare i capelli sulla nuca. «Cioè, era diventata l'amante del cavaliere?»

Concetta si strinse nelle spalle:

«Chi lo sa. Ignoro il potere di questo tipo di donne, io sono diversa. Per me era troppo vecchio per una così, ma di sicuro a lui piaceva moltissimo averla attorno. Però a me non ha mai chiesto di mandarle un mazzo di rose».

Davide cercò di ritornare al dunque:

«Va bene, si teneva la bella fisioterapista per il mal di schiena, ma poi? Come può essere che nessuno si sia accorto della malattia?».

La Astolfi sbuffò:

«Se ti affidi alle cure di un'infermiera come quella, può succedere benissimo, ispettore. E d'altra parte quel fesso di Rao lo avete incontrato, no? Un cocainomane che dipende in tutto e per tutto dai soldi dei Molfino e di quelli come loro. Dice quello che gli dicono di dire, compila i certificati e prescrive le cure che gli chiedono. Non scherziamo».

Davide e Sara si guardarono, e lui continuò:

«Quindi la Rimotti era l'unica che si occupava della salute del cavaliere e si era piazzata in casa Molfino in pianta stabile. E il resto della famiglia non aveva niente da obiettare?».

La Astolfi assunse un'aria seria, poi si alzò in piedi. Fece qualche passo nervoso, e tornò a fissare Pardo:

«Il resto della famiglia... Ma Dalinda l'avete vista? È una donna sbagliata, dopo essere stata una bambina sbagliata e una ragazza sbagliata. Magari la galera le permetterà di sopravvivere, perché se fosse rimasta libera sarebbe senz'altro morta per overdose o ammazzata da chissà chi in qualche vicolo. Questione di tempo».

«E Gianpiero?»

Concetta tornò a sedersi:

«Ah sì. Il tenero, dolce Gianpiero, il mio nuovo datore di lavoro. Ha sempre obbedito agli ordini, lui; come voleva il papà. "Ligio e grigio" diceva Andrea. È cresciuto studiando, coi vestiti in ordine, e si è perfino sposato quando l'ha voluto il padre. Adesso si trova a gestire gli affari secondo quello che ha imparato in qualche aula universitaria, incapace perfino di stringere la mano ai lupi che si ritrova davanti. Anche qui è questione di tempo, e manderà tutto in rovina. Meglio, creda a me, che chiuda i battenti prima. Tanto il patrimonio è enorme, non avete idea di quello che negli anni è stato messo al sicuro all'estero».

Davide restò un attimo in silenzio, poi disse:

«Insomma, a nessuno interessava la vita del vecchio. E nemmeno la sua morte».

Concetta si sporse in avanti:

«La sua morte sì, ispettore. Poteva anche interessare a qualcuno, non crede? Perché se Andrea fosse stato convinto a firmare un pezzo di carta qualsiasi con le sue volontà...».

Sara la interruppe:

«Si spieghi meglio, Concetta, per favore».

La Astolfi la fissò inespressiva:

«Andrea aveva assicurato che mi avrebbe ricompensata. Che sarei stata a posto per tutta la vita, anche se lui fosse morto. Ed era uno che le promesse le manteneva».

Pardo chiese, in un soffio:

«E invece?».

La donna rispose come se stesse sputando le parole in faccia al poliziotto:

«Invece niente. Nemmeno una parola, non è venuto fuori nulla di scritto. Eppure in quella casa, da qualche parte, sono sicura che ci fosse un testamento. Ne sono certa».

Seguì un attimo di silenzio. Poi Pardo proseguì:

«E secondo lei che fine avrebbe fatto, questo testamento?».

«Non lo so, ma posso immaginarlo.»

«E cosa immagina?»

«Che quella zoccola abbia avuto il tempo di organizzare tutto. Che abbia trovato le volontà di Andrea, e lo abbia convinto a firmare un altro documento in cui, magari, si teneva conto anche di lei: o *solo* di lei.»

Davide guardò Sara, per poi tornare alla Astolfi:

«Ma non è spuntata nessuna carta, giusto? Quindi tutto è rimasto com'era. Che senso avrebbe avuto se…».

«Non ci arriva, ispettore? Analizzi le possibilità: è quello che vi insegnano. Tracci il quadro della situazione, e vedrà che gli eventi risulteranno chiari.»

Sara intervenne:

«Cioè, lei pensa che la Rimotti sia in possesso di un testamento a proprio favore? E perché non l'avrebbe ancora presentato?».

«Perché poi Andrea è stato ammazzato, ecco perché. Magari è stato ucciso da Dalinda proprio per l'esistenza di quel documento, per evitare di perdere tutto. E con ancora due gradi di giudizio non le converrebbe certo, alla zoccola, attirare l'attenzione su di sé. Stava sempre là, e si poteva accusarla di aver circuito un uomo anziano e malato. Oppure Andrea può aver cambiato idea all'ultimo, e la Rimotti l'ha ucciso per questo. In fondo l'arma del delitto non è stata trovata, e un testamento mica scade… Vedrete che lo utilizzerà quando la colpevolezza di Dalinda sarà riconosciuta in via definitiva, così non correrà più rischi e potrà prendersi tutto.»

«E Gianpiero, la moglie, la bambina?» continuò Sara.

La Astolfi replicò quasi con indifferenza:

«Terranno la quota legittima, e staranno bene comunque. Andrea adorava Bea, non l'avrebbe mai lasciata in difficoltà. E a quella nullità di Gianpiero, meglio che gli levino ogni cosa di mano il prima possibile, credetemi».

Sara annuì, pensosa:

«In questo caso l'unica a perderci…».

La donna si mise a ridere, emettendo il suono della carta vetrata su una lavagna:

«La qui presente Astolfi Concetta, che ha dedicato l'intera vita al servizio di un uomo che non l'avrebbe mai lasciata con una mano davanti e una dietro. Per questo ho accettato di incontrarvi, per smascherare quella vile puttana, che ha un piano, ve lo dico io. Avrebbe aspettato la morte naturale di Andrea, della cui malattia si era accorta di certo, per poi arraffare il malloppo».

Davide aveva dei dubbi:

«E se invece non si fosse resa conto della malattia? In

fondo Molfino non aveva fatto analisi, e i sintomi evidenti erano ancora lievi».

Concetta gli rivolse uno sguardo gelido:

«La zoccola si stava rendendo indispensabile: l'avrebbe convinto a sposarla. E in quel caso non avrebbe avuto bisogno del testamento. Vi ripeto, Andrea non sarebbe morto senza lasciarmi quello che mi aveva promesso. Il testamento esiste, e spunterà quando le acque si saranno calmate».

Sara si alzò, seguita da Davide:

«Un'ultima cosa, Concetta. Il cavaliere come assunse la Rimotti? Incaricò lei di trovargli un'infermiera?».

«Io? No di certo, avrei esaminato le candidate con occhi diversi. Andrea non parlava volentieri con me o con altri dei suoi acciacchi, erano una debolezza e lui odiava le debolezze. Forse chiese a qualcuno di cercare su Internet, non era pratico della Rete. Ma non saprei proprio a chi.»

Prima di uscire, Davide prese il cellulare per controllare se ci fossero chiamate e disse, sorpreso:

«Qui non c'è campo. Per niente».

La Astolfi lo fissò irridente:

«E crede che nel posto dove lui teneva i suoi appuntamenti più confidenziali avrebbe lasciato la possibilità di intercettare un telefono? Questa sala è completamente isolata, non l'avevate capito?».

Quando uscirono e tornarono rintracciabili, sia Sara sia Davide trovarono le notifiche delle chiamate di Viola.

XLVII

Stesa sul divano, Viola percepiva ogni singolo battito che echeggiava nel suo corpo. Quello del cuore, un po' accelerato per la fatica e per il caldo. Quello di Alien, che nell'ultima ecografia pareva un martellino pneumatico. Quello dei calci che continuava ad assestare. E quello che le risuonava nelle orecchie, il ben noto ritmo delle infinite lamentele di sua madre.

«Eppure il ginecologo te l'ha spiegato, l'ho sentito con le mie orecchie: "Per favore, non stancarti". Ti conosce da quand'eri bambina, se non a me almeno a lui dovresti dare ascolto! Se ti dice: "Non ti muovere", dovresti riposare. Ma tu nemmeno per l'anticamera del cervello, e d'altra parte sei identica a quello stronzo di tuo padre, mai una volta che ti dava la soddisfazione di risponderti, se ne rimaneva in un mondo tutto suo, emettendo quel mezzo fischio, proprio come te, che invece canticchi. Che fastidio.»

«*And I never thought I'd feel this way, and as far as I'm concerned, I'm glad I got the chance to say that I do believe, I love you*» sussurrava melodiosa la ragazza, cercando di concentrarsi su altro. La splendida canzone di metà anni

Ottanta, dedicata all'importanza degli amici, le frullava in testa fin dalla sera prima, malgrado il vivace confronto, volendo usare un eufemismo, con l'ispettore Pardo. In realtà, e lo ammetteva volentieri con se stessa, si sentiva viva come non accadeva dalla morte di Giorgio. Ma non avrebbe saputo spiegarlo alla madre, che di certo avrebbe reagito male.

«Che poi davvero non la capisco quest'ansia di stare per strada. Sì, vabbe', è primavera: ma in città si respira solo gas di scarico, mica il profumo dei fiori. E potresti anche sviluppare delle allergie, che ne sai di quello che succede al sistema immunitario quando si è nelle tue condizioni? E in quel caso non potresti neppure prendere medicine! Siamo sempre alle solite: mettere al mondo un povero disgraziato, senza padre e con una madre che ha la stessa testa vuota del suo, di padre. Ma certo, tanto c'è la nonna che ha i soldi, e ci si può affidare a lei... Guarda che se solo avessi la forza, ma non ci riesco perché sono troppo buona d'animo, accidenti a me!, ti disereederei e starei a guardarti mentre provi a cavartela senza il mio aiuto.»

«*And if I should ever go away, well, then close your eyes and try to feel the way we do today, and then if you can remember...*» Dài, fallo, pensò la ragazza. Così magari mi dai il coraggio di mandarti dove doveva mandarti anche il povero papà, che invece alla fine ha scelto di farsi scoppiare una vena da qualche parte. Lanciò uno sguardo pigro allo schermo del computer, che riproduceva le finestre della Rimotti riprese dalla scrupolosa microcamera che l'acrobatico Pardo aveva attaccato sotto al davanzale della sala da tè. Amici con cui litigare, pensò. Mica poco, tutto sommato. Le finestre erano chiuse, le tende tirate. Rosanna era ancora fuori: probabile che le visite a domicilio fossero poche.

«E poi il parto, che come tu dovresti sapere se ti fossi degnata di documentarti un minimo, incosciente che non sei altra, è del tutto imprevedibile. Quando aspettavo te, mi sentivo sempre male, avvertivo dolori stranissimi, ho provato ogni tipo di voglie e di nausea, me ne stavo sempre a letto. Se tuo padre e mia madre non fossero stati a mia completa disposizione, forse non avrei portato a termine la gravidanza. E magari, visto questo modesto risultato, non sarebbe stato un grosso errore.»

«*Keep smiling, keep shining, knowing you can always count on me, for sure, that's what friends are for*» canticchiò testarda Viola pensando che, se ogni assassino si premurasse di filmare certe odiose performance della propria vittima prima di ucciderla e poi le mostrasse come prova attenuante al proprio processo in tribunale, molte celle sarebbero vuote.

Quella riflessione la portò con la mente all'omicidio del vecchio Molfino, su cui aveva raccolto delle informazioni appena Sara l'aveva coinvolta nelle indagini. In Rete c'erano anche le fotografie del funerale del finanziere, con la piccola Beatrice in prima fila. Secondo le regole a tutela dei minori, aveva gli occhi pixellati, ma si intuiva la sua espressione addolorata e che teneva la mano di una donna giovane, forse la zia. Quella cosa le aveva provocato una stretta al cuore.

Diede un'altra pigra occhiata al monitor, e notò un movimento. Rosanna era rientrata.

«Poi, tutto il giorno davanti a quell'affare. Guarda che le radiazioni fanno male al bambino. Quegli apparecchi sono come minimo radioattivi, non lo dicono in modo che continuiamo a comprarli, altrimenti li butterebbero dai balconi, altroché. Già sono certa che quando ti nascerà un figlio down, o focomelico o handicappato, sarò io a dovermelo sciroppare, mentre tu andrai in giro con quell'inutile macchina a scattare fotografie insulse. Perciò, per favore, puoi spegnere il computer? Non capisco proprio a che ti serve… Cercassi contatti con qualche uomo interessante, potresti almeno farti mantenere da lui.»

Dopo avere aperto le tende in salotto, la donna nello schermo gettò borsa e giacca sul divano e si lasciò cadere in poltrona. Aveva l'aria sfiduciata. Si passò una mano sulla faccia, poi si alzò e uscì dal campo visivo avviandosi verso l'interno dell'appartamento e scomparendo alla vista.

«Ma figurati, mai una scelta indovinata riguardo agli uomini! Pensa a quel fesso che ti eri caricata, che poi si è fatto pure ammazzare giovane… E non escluderei che sia capitato in un momento di autoconsapevolezza. Hai considerato la possibilità che si sia suicidato? Magari ha osservato questo sacco di pulci all'estremità del guinzaglio, ha capito che il futuro gli riservava una donna come te e un figlio inetto come i genitori e ha scelto di non andare avanti.»

Rita, che come al solito dormiva sul suo cuscino, sentendosi chiamare in causa alzò la testa e rivolse uno sguardo opaco a Rosaria. Poi concluse che la donna non suscitava in lei alcun interesse, e si rimise a dormire.

La Rimotti ricomparve nello schermo, con un bicchiere in mano. Sorseggiò il liquido, si avvicinò alla borsa estraendo un pacchetto di sigarette insieme a un accendino. Ne accese una, tirò una lunga boccata e si lasciò di nuovo cadere in poltrona, mandando giù un altro sorso.

Come ti capisco, pensò Viola. Quanto piacerebbe anche a me ubriacarmi un po'.

«*For good times and bad times, I'll be on your side forever more. That's what friends are for*» completò il ritornello senza staccare gli occhi dallo schermo. Ora riusciva a escludere in maniera totale il sottofondo sgradevole della voce di sua madre.

L'infermiera beveva e fumava in silenzio. Viola notò ancora una volta quanto fosse bella, con le gambe lunghe, il seno sodo e soprattutto, fece caso, nella sua particolare condizione, il ventre piatto. A un certo punto, come colpita da una preoccupazione improvvisa, Rosanna si rizzò a sedere. Allungò la mano verso la borsa, frugò all'interno ed estrasse il cellulare. Viola, quasi obbedendo a un impulso, allungò a sua volta la mano e premette sul computer il tasto di registrazione. La Rimotti fissò a lungo il display. Quindi, con un gesto lento depose il bicchiere sul tavolino davanti a lei, poi spense la sigaretta. Durante tutto il tempo tenne gli occhi sul telefono, sul viso una strana espressione in cui si alternavano terrore e attesa. Poi, esitando, lo portò all'orecchio e si alzò. Parlò per un paio di minuti. O almeno, cercava di parlare, perché si fermava spesso, come se la persona all'altro capo della linea la interrompesse di continuo. Gli occhi tradivano sentimenti contrastanti, che Viola non riusciva a interpretare. Durante la conversazione Rosanna camminava avanti e indietro, perciò non sempre la ragazza aveva modo di guardarla in faccia. Alla fine l'infermiera annuì più volte, abbassando le spalle; quindi chiuse la comunicazione, gettò il telefono sul divano, e si appoggiò allo stipite della finestra, quasi stesse per mancare. Viola ebbe addirittura l'impressione che si fosse accorta della microcamera sulla parete del palazzo di fronte, tanto la fissava dritta negli occhi.

Dapprima l'espressione della donna era dura. Poi di colpo si disfece, lasciando il posto a un pianto muto e disperato. Alla fine si mosse lenta verso l'interno dell'abitazione.

Se avessi i superpoteri, scoprirei quello che ha detto, pensò la ragazza. E subito si ricordò che in fondo qualcuno coi superpoteri c'era. E che gli amici sono fatti per questo. Interruppe la registrazione, rivolse un sorriso alla madre che le chiedeva dove diavolo stesse andando, chiuse il portatile, se lo mise sottobraccio e cominciò a comporre un numero di telefono, dirigendosi verso la porta.

Aveva qualcosa di molto urgente da riferire.

XLVIII

C'era tramonto e tramonto, ai giardinetti.

C'era quello dei pensionati, impegnati nella perenne partita a bocce condita da saltuarie imprecazioni che attiravano la disapprovazione di austere lettrici dai capelli tinti; e c'era quello dei bambini sudati che si disputavano i giochi di legno e plastica. C'era quello dei gruppi di ragazzi che cominciavano a radunarsi ai margini, in attesa di avere campo libero per rollarsi una canna, e c'era anche quello di uno strano terzetto riunito su una panchina attorno a un computer portatile aperto sulle gambe di una giovane donna, nell'angusto spazio che il ventre enorme gli consentiva di occupare.

Davanti a loro, a scoraggiare l'eventuale curiosità dei passanti riguardo alle immagini che scorrevano sullo schermo del pc e che i tre seguivano attenti, se ne stava un Bovaro del Bernese di sessanta chili in fremente attesa di trascinare in giro il proprietario a folle velocità.

In quel momento, però, l'uomo era impegnato a esternare le proprie perplessità:

«Cioè, giusto per capire: ogni volta che questa tizia riceverà una telefonata, ci chiamerai con quel tono cospiratorio, e dovremo correre a rotta di collo?».

Viola indicò lo schermo:

«Ma sei scemo? Non vedi che è scoppiata a piangere dopo un paio di minuti di conversazione?».

«Perché è depressa, si mette a bere e a fumare appena torna a casa, senza neanche infilarsi un paio di pantofole! Sei una novellina, è inutile: almeno cercami quando si spoglia... Con un fisico così, quello dev'essere un vero spettacolo per cui vale la pena...»

Sara lo interruppe:

«E invece sei stata bravissima! Perché è probabile che in questa telefonata ci sia la soluzione di tutto».

Gli altri due tacquero all'improvviso nel pieno della discussione, come gli alunni al rientro in classe della maestra.

Dopo un attimo di comprensibile sorpresa, Pardo chiese con una vena di incertezza nella voce:

«Ah, sì? Quindi l'interpretazione dei sogni e delle stelle funziona anche in video? Per me si tratta di una che magari ha preso l'ennesimo palo col fidanzato, o una roba del genere».

«Perché tu sei abituato a un altro mestiere, ispettore. Tu ti accorgi delle cose solo quando ci sbatti il muso. Invece per trent'anni il mio lavoro è stato cercare di capire da lontano, e con strumenti molto meno raffinati di questi, quello che si diceva la gente. E quello che provava.»

Viola annuì, concedendosi la soddisfazione di rivolgere un'occhiata di trionfo a Davide:

«Ecco il motivo per cui ho registrato. Se stai attento,

l'umore di lei cambia. Prima sembra triste, malinconica forse. Dopo è disperata. C'è una bella differenza».

Pardo fece una smorfia:

«Bah, per me è solo una di cattivo umore che poi scoppia in lacrime. Mi pare una normale evoluzione di certi sentimenti. Poi le donne piangono, no? Che c'è di strano?».

«Perché sei un maschio, e in quanto tale ottuso, sessista e superficiale.»

«Ah, e non sarebbe sessista definire uno ottuso solo in quanto maschio?»

«Non è il pianto. È quello che dice.» La frase di Sara, che nel frattempo continuava a scorrere il filmato, tacitò di nuovo l'ispettore e la ragazza nel pieno del litigio.

«E che ne sai di quello che dice, scusa?» domandò Pardo, incerto e diffidente. «Come puoi esserne sicura? Cammina, si volta e dà le spalle alla camera. O adesso leggi anche la nuca della gente?»

La donna invisibile gli rispose senza staccare mai gli occhi dal monitor. «Le frasi. Si interpretano le frasi, non le parole. È come il metodo di lettura veloce, ne hai mai sentito parlare? Gli occhi individuano le parole chiave, e compongono il resto del pensiero collegando i puntini con le linee.»

Pardo non era intenzionato a lasciarsi persuadere con facilità:

«Davvero? E se quando si gira pronuncia un "non"? Non cambia il senso della frase successiva? E le intonazioni? Per esempio, se sta rivolgendo una domanda, come lo capisci non potendo sentire la risposta?».

Viola replicò insicura:

«Dalla postura, dal modo di muoversi?».

Sara le sorrise:

«Sì, esatto. Se uno afferma, si muove in un certo modo; se domanda, in un altro. È codificato».

«Ah, sì?» sbottò Davide. «Allora forza, illuminami con la tua interpretazione del sogno. E magari diamo un senso al tempo che stiamo perdendo, invece di cercare chi ha ammazzato davvero Molfino.»

L'ex poliziotta annuì:

«Ha detto di no. Che non regge più, che non vuole continuare con questa cosa. Che non dorme ed è stanca».

Pardo fece una smorfia:

«Potrebbe parlare di una relazione. Magari sta con uno sposato, e vuole darci un taglio; o si riferisce al lavoro, e non vuole più occuparsi di un'anziana che la maltratta. Oppure discute di soldi con la sorella o la zia, e non intende prestargliene più. Ti rendi conto che queste frasi possono essere spiegate in mille modi? Per favore, non perdiamo altro tempo».

Sara socchiuse gli occhi. Poi cominciò a mandare il filmato avanti e indietro, zoomando sul viso o sul corpo della Rimotti, e picchiettando sullo schermo:

«No. Parla di vita e di morte, di tormento estremo. Gli angoli interni delle sopracciglia verso l'alto, le labbra tirate all'insù, l'inferiore che trema almeno due volte. Si gira l'anello, vedi? Significa che si sente manipolata. Indietreggia quando ascolta quello che le stanno dicendo, il che segnala repulsione. Volta la faccia dalla parte opposta a quella in cui cammina: è tipico di chi si sente inibito, bloccato. Stringe i pugni e manifesta collera repressa. Potrei continuare a lungo. No, qui non si tratta di soldi o di sesso. La persona con cui sta discutendo vuole obbligarla a continuare qualcosa che ha già fatto o sta ancora facendo, mentre lei vorrebbe finirla».

Viola sussurrò:

«La bambina. Il nonno e la bambina».

Davide, suo malgrado impressionato, decise di mantenere il ruolo dello scettico:

«E quali contatti avrebbe l'infermiera con Bea? Anche volendo dare ascolto alla gelosia e alla rabbia della segretaria che si è vista sfilare il patrimonio dalle mani, e ammettendo che la Rimotti abbia avuto un ruolo nella morte del vecchio, come arriverebbe alla piccola?».

Sara tacque, pensosa. Poi disse:

«Lo ignoro. Ma è vitale capire con chi era al telefono. Perché è certo che la persona con cui parlava in qualche modo la domina. La tiene sotto controllo, costringendola a certi comportamenti. E c'è anche altro».

Viola domandò:

«Cosa?».

Sara manovrò il video, con scarsa perizia. Poi arrivò a un'immagine, e la visionò più volte. «Guardate qui. Osservate bene.»

Pardo non notò nulla:

«Be'? Si gira avanti e indietro per tutto il tempo, che c'è di diverso dal resto del filmato?».

Sara inquadrò un primo piano stretto della faccia di

Rosanna: proprio nel momento in cui si voltava, le labbra componevano una parola.

«Ecco, dice: "...lotano" o qualcosa di simile. Potrebbero essere le sillabe di un verbo in terza persona plurale. Fino a questo punto ha usato solo il singolare, "io", "tu", purtroppo né femminile né maschile, solo qui utilizza il plurale e non la prima persona. Non "noi", "loro".»

Davide si picchiò con una mano sulla gamba, provocando l'immediato risveglio di Boris, che si alzò per difendere Sara da eventuali aggressioni. Pardo lo guardò storto. «Un'altra complicazione, adesso? Dovremmo pure porci il problema di chi sono questi "loro"? Un complotto internazionale, magari? Senti, questa storia sta prendendo una piega che va al di là della mia comprensione.»

Viola lo redarguì subito:

«Be', questo è evidente da molto tempo, mi pare».

Sara si alzò:

«Continuare a discutere non serve, fidatevi della mia esperienza. Abbiamo un solo termine dell'equazione, senza l'altro possiamo solo azzardare deduzioni campate in aria. È tardi, andiamo a casa. Riflettiamo su come muoverci e domani ci risentiamo per decidere. Viola, solo una cortesia: tieni d'occhio la microcamera. Se succede qualcosa di strano in casa della Rimotti ci chiami subito. D'accordo?».

Pardo e Viola annuirono, sottraendosi di malavoglia ad altre schermaglie. La ragazza e l'uomo si guardarono in cagnesco. Tutt'altra fu l'occhiata che si scambiarono Sara e Boris nel salutarsi.

XLIX

Mai come quella sera la tentazione della boccetta sul tavolo era forte.

Sara aveva lasciato Viola e Davide, e invece di avviarsi verso casa aveva deciso di andare vicino al mare.

Le capitava di rado, perché era un'abitudine sua e di Massimiliano e, come tutto quello che avevano condiviso, le acuiva in modo insostenibile il senso della perdita. Aveva provato a cercarlo, l'uomo che aveva amato, scoprendo presto che era inutile: non lo ritrovava davanti alla superficie azzurra, perché l'aveva sempre dentro di sé, e non riusciva ad allontanarlo per lo stesso motivo.

Ma quella sera aveva bisogno di cogliere gli ultimi raggi del tramonto sulla collina guardando dal basso. Come se i dettagli rosa e le case edificate sui canali scavati dalla lava fossero simili ai particolari di quella storia inestricabile che si andava man mano componendo, in un quadro per lei ancora incomprensibile, e di nuovo disfacendo.

Sara non era un'investigatrice, era un'interprete. Non ricostruiva fatti ma conversazioni. Poteva intercettare uno stato d'animo, non penetrare le maglie di un articolato complotto. Non era attrezzata. Perciò Davide magari aveva ragione quando protestava per come lei conduceva quella strana indagine, senza un filo logico, al pari di un puzzle complesso in cui chiunque collocava le tessere ma nessuno seguiva uno schema.

Si sedette sul muretto che separava il lungomare dalla scogliera. Era proprio l'attimo preciso in cui Massimiliano, un secolo o cinque minuti prima, le chiedeva di girare il viso verso il sole morente e la fissava sorridendo.

Tu sei proprio come il nostro mestiere: vai interpretata. Uno ti guarda distratto e ti colloca su uno scaffale dentro di sé. Così fanno tutti, in una perenne corsa verso chissà che. Io invece mi fermo, qui e ora, lascio perdere il resto e comincio a studiarti. E vedo l'assoluta bellezza, amore mio. Vedo due occhi socchiusi nella luce rossa di questo tramonto, qualche lentiggine sulla punta di un piccolo naso, una profondità senza fine. Ti prego, tirati su i capelli, legali. Ecco, guardati adesso: sei una meraviglia assoluta. Perché mentre ti osservo, tu osservi me, e io sento che mi ami almeno la metà di quanto ti amo io. E mi basta, e mi basterà finché vivo.

Non molto, per com'è andata, pensò Sara sperando che l'ironia allentasse la morsa del dolore intatto e fresco che sentiva ancora in petto, dal giorno in cui era morto.

Massimiliano avrebbe capito, avrebbe messo insieme i pezzi, sarebbe arretrato di un passo e sorridendo con quella meravigliosa fossetta sul mento avrebbe esclamato: Ma non vedi, amore? È così chiaro.

Invece a lei non era chiaro niente. C'era qualcuno, un regista occulto dietro l'omicidio del vecchio Molfino e dietro la progressiva malattia di Bea. Qualcuno che si stava vendicando? Oppure era un progetto finalizzato a mettere le mani sul denaro del finanziere? Nel primo caso, nessuna delle persone coinvolte era esclusa dal novero dei sospettati; nel secondo, se fosse stata vera l'ipotesi della Astolfi, dipendeva dall'esistenza del testamento di Andrea. Era la Rimotti la colpevole? E se era lei, perché quell'angoscia terribile al telefono?

Aveva bisogno di più dati, più informazioni.

Guardò l'orologio. Forse, prima di affrontare la notte, doveva incontrare qualcuno. E mercanteggiare un po'.

Davide Pardo inseguiva al solito le ondivaghe decisioni di Boris gironzolando per il quartiere. L'assenza di qualsiasi trattativa col Bovaro del Bernese escludeva ogni scelta condivisa in merito al tragitto, ma almeno gli consentiva di concentrarsi sugli affari propri, mentre con destrezza tentava di evitare che il cane rovesciasse scooter parcheggiati o cassette della frutta esposte all'esterno dei negozi.

L'ispettore era arrabbiato.

Non tanto, e non solo, per il continuo battibecco con la ragazzina incinta, anche se doveva ammettere che gli dava un particolare fastidio: perché era supponente, perché era una principiante, e soprattutto perché qualche volta, ma solo per pura fortuna, aveva avuto ragione.

Anche Sara, con i suoi vaticini, le sue oscure competenze e il suo indecifrabile passato, non aveva smesso di infastidirlo. Lui era un investigatore tradizionale, bravo ed esperto, si disse mentre Boris superava allegramente un pulmino delle sue stesse dimensioni costringendo l'automezzo a inchiodare. L'immediata bestemmia rivolta all'indirizzo del proprietario dell'animale arrivò con inesorabile puntualità. Lui sì che sapeva come si batte una pista, dannazione; e invece doveva assistere alla persistente rinuncia a ogni basilare principio investigativo, in nome dell'interpretazione dei sentimenti attraverso la saliva o dei pensieri attraverso la pettinatura, o quello che accidenti era.

Pardo aveva sempre provato disgusto per l'eccessiva scientificità delle indagini. Al giorno d'oggi pareva che non potesse esistere colpevole senza una scia di DNA lasciata come la bava di una lumaca, o senza una prova che si rilevasse alla luce bluastra del Luminol. Anche alla televisione, non c'era scena del crimine che non avesse un pelo dal quale si poteva risalire al segno zodiacale del potenziale assassino, individuato per avere il sole in Saturno. E l'atteggiamento di Sara gli pareva in linea con quell'orribile andazzo, se non peggio: almeno il DNA era rilevabile in laboratorio, i pensieri e le sensazioni un po' meno, dal suo punto di vista.

Ora, per esempio, avrebbe proceduto in modo molto diverso. Sì, ma come?, si chiese. Be', intanto avrei ristretto il campo, si rispose subito.

Boris, voltandosi un attimo verso di lui senza rallentare l'andatura, parve fissarlo con diffidenza: Sentiamo, sembrò dirgli, come l'avresti ristretto 'sto campo?

Avvertì il vago disagio dell'approssimazione con cui era stata chiusa l'inchiesta per l'omicidio di Andrea Molfino.

L'arresto di Dalinda si basava solo sulla comune volontà dei magistrati di risolvere presto la questione e della famiglia di mettere a tacere lo scandalo. Ma dov'era l'arma del delitto? In questo l'anziana collega, molto meno anziana di come appariva, non aveva tutti i torti. Non se n'era occupato lui, ma sul momento gli era sembrato giusto e corretto. Quasi ci fosse un regista, rifletté scusandosi con un vecchietto al quale il Bovaro aveva ribaltato il carrello della spesa. Qualcuno che era stato capace di orientare il corso degli eventi secondo il proprio interesse. Già, ma chi? Era un *modus operandi* riferibile al vecchio Molfino, un pescecane abituato a ricoprire il ruolo del burattinaio. Ma in questo caso il finanziere era la vittima; non c'era più. E allora?

Allora era necessario scovarlo, questo regista. Capire, per esempio, se la tesi di Sara e Viola era vera: chi aveva messo la Rimotti sulla strada di Andrea, posto che, com'era evidente, non poteva essere stata la Astolfi? E d'altronde quale donna avrebbe piazzato la bella e torbida infermiera accanto a un vecchio ormai inoffensivo ma pur sempre lupo, che perde il pelo e le zanne ma non il vizio?

Già. Quale donna?

Seguendo il filo frammentario dei suoi pensieri, l'ispettore Pardo andò incontro alla sera sciando su strada al seguito di Boris.

Ed era molto più vicino alla soluzione di quanto lui stesso potesse immaginare.

Viola sistemò il computer sul tavolo, rivolto verso la parete. Non aveva acceso la luce, e aveva chiuso la porta attenta a non fare rumore. Si era perfino tolta le scarpe, scendendo gli scalini che la separavano da casa.

Il motivo era ovvio: sfuggire alla sorveglianza della madre e all'incursione che Rosaria avrebbe effettuato nell'appartamento da cui la figlia, nel pomeriggio, era uscita.

Stasera no. Stasera Viola non avrebbe trovato canzoni da canticchiare né la forza di assorbire alcuna cattiveria. Stasera voleva pensare.

Peraltro non le dispiaceva muoversi al buio. Era una specie di gioco che faceva sin da piccola, mettendo alla prova la conoscenza degli spazi, degli spigoli e dei tappeti, immaginando di essere non vedente, proprio lei che aveva eletto la vista a mestiere, imprimendo panorami e volti sulla pellicola o sulla memoria digitale così come si presentavano ai suoi occhi. Aveva una compagna cieca, al liceo, una ragazza così piena di gioia e di vita, al contrario di lei, che quasi la invidiava; allora aveva cominciato a imitarla, almeno in casa, fingendo di vivere in un mondo buio, privo di colori ma colmo della comprensione e dell'affetto degli altri.

Giorgio, prendendola in giro in quel suo modo un po' supponente, ripeteva sempre che a lei piaceva sparire. Che volentieri sarebbe diventata un fantasma invisibile a tutti, in particolare a sua madre. Chissà, magari aveva ragione.

Sentì il muso di Rita nei paraggi della sua gamba, e allungò una mano per accarezzarla. Era stata il cane di Giorgio, ma ormai supponeva di doverla definire il *suo* cane. Tranquilla, pigra e docilissima, era l'esatto opposto di quella specie di leone che Davide portava in giro, anche se sarebbe stato più giusto dire: dal quale *era portato* in giro.

Pardo. Rifletté sul fatto che di rado nella vita le era capitato di frequentare qualcuno che aveva la capacità di farla incazzare tanto. Era lo stereotipo del maschio anni Sessanta, sciovinista e ottuso. Quanto fastidio le dava...

Ma l'ispettore e Sara erano anche la cosa più vicina a due amici che aveva; la donna, per la verità, era pure la nonna di Alien, che presto sarebbe emerso dall'angusto luogo in cui stava sempre più stretto, a giudicare dai calci che mollava. Sara, con le sue riflessioni silenziose che le attraversavano gli occhi. Sara, bella suo malgrado, invisibile e anonima finché la guardavi bene e ci parlavi un po'. Sara, che era come avrebbe desiderato essere lei, alla fin fine.

Girò il computer verso di sé e avviò l'applicazione che le consentiva di spiare l'abitazione dell'infermiera. Le finestre comparvero all'istante, ancora buie.

Viola si dispose all'attesa, andando in cucina e preparandosi un panino senza accendere la luce. Era certa che se lo avesse fatto, la madre avrebbe bussato alla porta nel giro di poco: il tempo di infilare un improbabile tailleur nell'eventualità di incontrare qualcuno tra un piano e l'altro. Si andava anche abituando all'oscurità, con il chiarore dei lampioni e dei fari delle auto che proveniva dall'esterno e con lo schermo del computer che trasmetteva una lattiginosa luminosità alla stanza.

Si sedette davanti al monitor e mangiò. Poi appoggiò le braccia sul tavolo e la testa sulle braccia. I pensieri si sfilacciarono, diventando vaghi e incoerenti. Quindi si addormentò. Sognò Giorgio, che la fissava beffardo dalla poltrona su cui si sedeva a leggere la sera, sfottendola come sempre per i brutti programmi televisivi che le piaceva guardare. Solo che stavolta la prendeva in giro per lo schermo del computer. «Vedi» le diceva, «sei così distratta che non ti accorgi di quello che ti succede sotto il naso. Proprio una deliziosa buona a nulla.»

Si svegliò di soprassalto, accusando un'immediata fitta alla schiena per la posizione che aveva mantenuto troppo a lungo senza accorgersene. Guardò l'ora nell'angolo dello schermo: quasi l'una del mattino. Si stiracchiò, era sul punto di alzarsi per raggiungere il letto, quando notò che le finestre della Rimotti erano illuminate. Strano così tardi, pensò.

Si fermò, attese. La vide passare, nuda. Rosanna tornò indietro, incerta tra due camicie da notte molto succinte. Ne scelse una, la indossò. Sparì di nuovo, ricomparve con un flacone di profumo che si spruzzò, fissandosi allo specchio. Era davvero bellissima, ma un particolare stonava: l'espressione del viso. Era dura, quasi triste…

Addolorata, pensò Viola. Era addolorata. Anzi, di più: straziata dal dolore.

Una donna non mette del profumo, se vuole dormire. Una donna usa del profumo se aspetta qualcuno. Ma una donna che aspetta qualcuno in camicia da notte, profumata, all'una del mattino non ha una faccia come quella.

Quella era la faccia di una donna che aveva paura.

Obbedendo all'impulso, Viola prese il telefono e chiamò un taxi. Infilò le scarpe e mise il computer nella borsa.

Uscì di casa nella notte.

L

«Ciao, Bionda» mormorò Sara.

Teresa rimase irrigidita, di spalle, mentre chiudeva lo sportello della macchina sotto casa sua. Poi si sciolse piano, scuotendo il capo:

«Dannazione, Mora. Levati 'sto vizio, altrimenti una di queste volte rischi che qualcuno ti spari addosso».

Uscendo dall'ombra, la donna invisibile rispose:

«Non si spara addosso a chi non si vede».

Teresa si guardò attorno. La strada deserta, la notte di maggio che portava con sé la calda minaccia dell'estate in arrivo. «Vieni, passeggiamo. Non mi piace fumare in casa, e ho voglia di una sigaretta.»

S'incamminarono lungo uno stretto marciapiede fiancheggiato da siepi ben curate. Sara cominciò:

«Bella questa zona. Hai sempre preferito posti raffinati, tu. Tra noi due sei quella che vive bene, non c'è niente da dire».

La bionda fece una smorfia, sbuffando fumo:

«Davvero? Intanto tu un uomo e una famiglia li hai avuti, e per tanto tempo. E siccome siamo in vena di confidenze, confesso che ti ho sempre invidiata, pur volendoti bene. Quando vi guardavate, tu e Massi… Mai visto un amore così, né prima né dopo avervi conosciuti. E in un ambiente come il nostro, poi. Incredibile».

Ogni tanto ti osservo. Mentre stai lavorando, la penna in mano e gli occhi su uno schermo, o con la cuffia in testa e lo sguardo nel vuoto, la punta della lingua che sporge fuori dalle labbra. Oppure ti mordi un po' l'interno della guancia, dipende da quello che stai ascoltando o guardando. Mi metto là e ti osservo, attento che nessuno se ne accorga. Mi godo lo spettacolo di te. Penso a quanta strada ho consumato prima di trovarti, a quanti chilometri inutili, quanti inutili giri hanno fatto le mie gambe. Poi tu senti i miei occhi addosso e ti volti verso di me, la mente ancora al lavoro, alle parole degli altri da decifrare. E mi sorridi, svelta e impertinente, prima di tornare alle tue cose. Dio, quanto ti amo. Quanto.

Teresa continuò:

«Ma immagino che tu non sia qui in piena notte per chiacchierare del passato, no? A meno che anche tu come la sottoscritta abbia problemi ad addormentarti. Che è il motivo per cui mi porto un po' di carne fresca a letto, quando capita: la uso come sonnifero. Troppi fantasmi mi tengono sveglia».

Beata te, pensò Sara. I miei invece preferiscono assalirmi nel sonno. Tu cerchi il sonno, io la veglia. Malattie professionali. «Hai ragione. Sono venuta perché credo di aver capito quello che è successo. Anzi, ne sono sicura.»

La Pandolfi si fermò, incuriosita. «Davvero? Dài, spara.»

Sara raccontò degli ultimi sviluppi, e di come era arrivata a sbrogliare quella matassa. La bionda sorrise, scuotendo il capo:

«Una parola, eh? Giusto. E complimenti per la ragazzina, mi pare una in gamba. Sembra più tua figlia lei del povero Giorgio. E ora, come intendi procedere?».

«Ecco perché volevo parlarti. Abbiamo bisogno di riscontri, è ovvio. Quindi io proporrei di disporre una stretta sorveglianza per questa persona. Solite modalità: intercettazioni totali sia degli ambienti sia dei vari mezzi di comunicazione, pedinamento costante e appostamenti, in attesa che faccia una mossa sbagliata. A quel punto…»

Teresa la fissava inespressiva. Le mise una mano sul braccio, sussurrando:

«No, Mora. Non funziona così. Non ti avrei cercata, se fosse stata applicabile la normale procedura».

«Che significa? Ti ho appena fornito la certezza che…»

«Proprio così, la certezza. Noi applichiamo i protocolli ai soggetti indicati dall'alto, dovresti saperlo bene. Non scegliamo in autonomia chi controllare. Ci imbattiamo in casi come questo e qualcuno pensa che sia un peccato lasciar morire una bambina solo perché è fuori dai perimetri di sicurezza determinati altrove, perciò arrivi tu che sei un'anomalia, Mora. Un'anomalia contattata da qualche anonimo trasgressore di normative.»

Sara la fissò, smarrita:

«E allora come dovrei agire, adesso? Come vorreste che mi comportassi?».

Teresa aveva metà del viso illuminata dalla luce di un lampione e l'altra nell'ombra: una perfetta metafora, pensò Sara. «Adesso sta a te, Mora. Decidi tu. Hai le tue certezze, e il destino di quella bambina tra le mani. Se non metti fine al pericolo nell'unico modo che hai, la piccola morirà, ammesso che non sia già troppo tardi. E la colpa sarà tua, solo tua, perché noi la nostra parte l'abbiamo fatta.»

L'altra sogghignò, beffarda:

«Quindi dovrei uccidere per vostro conto, è così? Io con le mani sporche di sangue, voi con la coscienza a posto».

L'amica si strinse nelle spalle. «Te l'avevo detto, tesoro, che funzionava così. Ne abbiamo discusso. Ma intendiamoci, se non ti va, non ti cercherò più. In fondo è stato solo uno scrupolo di coscienza. Un incidente di percorso nel nostro lavoro di merda, no? Aggiungiamo pure che dovremmo non avercela più da decenni, una coscienza. Ed è davvero strano sentirla ancora.»

Sara annuì, lentamente. «Insomma, non intendi provare altro.»

«No. È chiaro che, se deciderai di procedere come al posto tuo agirei io, provvederemo a cancellare ogni traccia. Cosa che per inciso abbiamo già fatto, no? Sia tu sia noi.»

Anche nella notte calda, un brivido attraversò la schiena di Sara. «Questo che sarebbe, Bionda? Un tentativo di ricatto? Credi che mi interessi dove trascorrerò il resto della vita?»

Le due donne si fronteggiavano al limite del cono di luce del lampione. Un cane abbaiò in lontananza.

«Chissà. Forse sì. Forse, prima di prendere impegni a lungo termine, dovresti guardare in faccia tuo nipote. Dicono che essere nonni sia molto più bello di essere genitori. Così magari decidi pure di tornare a esistere.»

Passò del tempo, forse un minuto, forse tre; Sara non avrebbe saputo stabilirlo. Mormorò:

«Nessuno potrà mai prendere quel posto. Nessuno. Io sono nata insieme a lui nel momento in cui l'ho visto, e sono morta insieme a lui quella mattina in cui hanno staccato la macchina. Il resto, tutto il resto, è tempo perso».

La bionda scosse lievemente il capo, mettendo in luce l'altra metà del viso:

«E invece il mondo continua a girare, Mora. Gira con tutto il peso dell'infamia che c'è in superficie. Gira, e si porta addosso tanti colpevoli e pochissimi innocenti. Noi guardiamo. Guardiamo accadere le cose, e le riferiamo a qualcuno che prenderà le decisioni. Noi osserviamo, decifriamo e passiamo il testimone. Non è un po' lavarsene le mani? Forse adesso che siamo vecchie abbiamo paura che di là ci sia chi ci chiederà conto di questo. E abbiamo deciso di mettere qualche buona azione sull'altro piatto della bilancia. Massi ha creato l'unità: magari tu puoi redimerla dalle sue colpe».

Sara si sfregò il volto con una mano:

«Ma potremmo trovare le prove, e mandare in galera chi ha ammazzato il vecchio. Potremmo fermarli e muoverci perché riaprano il caso e...».

La bionda la interruppe, calma:

«Non è possibile. C'è una colpevole, è stata giudicata e

a quanto pare non ha intenzione di ricorrere in appello. Il caso è chiuso. Questo è un altro processo, e sta a te eseguire la sentenza».

Ci fu un altro breve momento di silenzio.

Poi Teresa aggiunse:

«È una bella bimba. E i piccoli hanno capacità di adattamento incredibili: noi ce le sogniamo. Io ho deciso di chiamarti dopo la segnalazione dell'ispettore. Una bella bimba, sì, ma con quegli occhi tanto tristi. Chissà, forse alla fine è meglio per lei andarsene da questo mondo di merda».

Sara fissò l'amica, pensando che quella elegante, incantevole signora bionda era l'animale più feroce che si aggirava nella giungla. Si voltò e se ne andò, senza una parola. Quando era già in auto, le arrivò la telefonata di Pardo.

LI

L'ispettore Pardo Davide della polizia di Stato dormiva in bilico sul margine del materasso. La sua posizione ricordava un punto interrogativo, le braccia allungate ad arco sopra la testa a concludere il semicerchio del corpo. L'uomo era agitato, data la paura di cadere al suolo che era stato l'ultimo pensiero razionale prima di sprofondare nel torpore.

In realtà il letto era ampio. Nell'ottimistica previsione di ospitare un certo numero di aspiranti proprietarie dell'appartamento e della sua vita, aspettativa rivelatasi del tutto infondata, aveva comprato un giaciglio di vaste dimensioni, spendendo come al solito più di quanto potesse permettersi; ma lo spazio era pressoché invaso dal vero padrone di casa: il peloso, gigantesco Bovaro del Bernese che aveva deciso di prendersi il giusto riposo nel luogo più morbido e accogliente dell'abitazione, peraltro occupandolo in diagonale.

Certo, Pardo avrebbe potuto optare per il divano. Il disagio sarebbe stato limitato ai piedi penzolanti, per questioni di lunghezza, dal bracciolo sud e avrebbe riposato di sicuro meglio. Ma l'ispettore non era tagliato per la Realpolitik, e non intendeva abdicare al principio di fondo secondo cui il territorio ceduto al nemico era perduto per sempre. Aveva comprato quel letto per dormirci, cacchio: e ci avrebbe dormito.

La condizione di estrema scomodità si traduceva in un dormiveglia penoso, in cui i sogni si alternavano ai pensieri abbattendo il labile confine tra i due spazi. Così i Molfino si scambiavano di posto con quella ragazza che gli aveva promesso di richiamarlo salvo sparire nel nulla e con quel collega contro il quale disputava la classifica del Fantacalcio, collezionando una serie di puntuali, crudeli sconfitte che comportavano gravi perdite economiche e ancor più fastidiosi sfottò sul posto di lavoro. Nel vortice di quelle immagini sconnesse, anche Viola ci metteva del proprio, continuando a zittirlo senza pietà, mentre Sara lo comandava a bacchetta. In un dibattito televisivo sull'importanza della qualità del riposo, insomma, Davide avrebbe potuto essere citato a esempio di come non ci si dovesse mai assopire.

Eppure non tutti i mali vengono per nuocere, si trovò a riflettere molte volte nei giorni successivi. Perché a un certo punto della notte, i collegamenti si misero per caso, come succede ogni tanto ai bussolotti estratti dalla mano di un bambino bendato, in un allineamento perfetto. E Davide Pardo scoprì al limite tra i sogni e la coscienza un'evidenza eclatante: cioè a chi si sarebbe rivolto il vecchio Molfino per cercare un'infermiera su Internet e chi avrebbe cercato, e trovato, un'infermiera come quella; e chi avrebbe avuto l'interesse a che gli eventi prendessero quella determinata piega.

L'illuminazione lo svegliò di colpo con un sussulto che lo proiettò sullo scendiletto. Il doloroso atterraggio gli strappò una bestemmia impastata. Boris sollevò il capo dal cuscino con blando interesse, salvo ripiombare all'istante nel sonno del giusto.

Seduto sul pavimento e massaggiandosi la schiena tra la terza e la quarta vertebra lombare, Pardo cercò di non smarrire la perfetta ricostruzione dei fatti che la sua fertile mente aveva partorito. E non la smarrì.

Allungò la mano sul comodino e abbrancò il cellulare. Scorse i numeri e pigiò quello sbagliato, distogliendo dal sonno profondo, prodotto di sicuro da un più che soddisfacente rapporto sessuale, la ragazza di cui aveva atteso inutilmente la telefonata, e ricevendo dalla stessa un sonoro, accorato vaffanculo prima di potersi scusare per l'errore. Alla fine riuscì a chiamare chi voleva, ottenendo la pronta risposta di Sara.

Il rumore di fondo era quello della strada, e Davide rimase sorpreso. Disse tutto d'un fiato quello che aveva scoperto, e per la verità, una volta formulate, le conclusioni gli sembravano meno ferree che nella sua testa, ma con enorme sollievo la donna rispose, calma:

«Sì, è così. Sono arrivata allo stesso punto, per un'altra via». E gli spiegò come era giunta all'identico traguardo, operando secondo le modalità che le erano proprie. La parola chiave non era un verbo, ma un sostantivo.

A Davide, forse anche per l'annebbiamento della mente

dovuto al riposo scadente e comunque interrotto in modo brusco, il ragionamento della donna sembrò più cervellotico del suo. Ma se i risultati erano gli stessi, allora valeva la pena seguire quella pista. Quindi chiese a Sara:

«Come procediamo? Perché aver definito un quadro logico non significa avere in mano quello che ci serve per incastrare il colpevole. Bisogna creare pure la situazione per inchiodare i responsabili. Dobbiamo concertare una strategia, e...».

Ma la donna lo sorprese un'altra volta, interrompendolo con voce lugubre:

«No, Pardo. Basta così. Abbiamo fatto quello che dovevamo. Grazie, la tua collaborazione non serve più. Torna pure a letto».

L'ispettore non credeva alle proprie orecchie:

«Ma... stai scherzando, vero? Non vorrai... Non possiamo mollare, adesso! Se è davvero come crediamo, la bambina corre dei rischi enormi! Anzi, dobbiamo sbrigarci per evitare che...».

«Ti ripeto: la faccenda si chiude qui. Non ho detto che tutto rimarrà com'è, ma è opportuno che tu ti fermi. Grazie ancora.» E chiuse la comunicazione.

Pardo restò a fissare il cellulare neanche fosse stato un animale a più teste. Come sarebbe, si chiese, *è opportuno che mi fermi*? Dopo la fatica, gli interrogatori, i chilometri nel traffico su e giù per la città, ora che avevano almeno un'ipotesi sulla quale lavorare dovevano fermarsi?

Certo, procurarsi le prove era un lavoro duro, ma l'esperienza investigativa lo confortava: quando si arrivava a certe scoperte, quando si capiva quello che poteva essere accaduto, il più era fatto. E ora lei lo lasciava così, col culo dolorante, a terra sullo scendiletto nel cuore della notte, senza poter chiudere il cerchio del proprio brillante ragionamento?

Si chiese cosa potesse essere capitato di nuovo. Cosa la collega gli tenesse nascosto, escludendolo con somma ingiustizia dall'ultima parte delle indagini. La mente gli prefigurò l'unico scenario possibile: ancora una volta stavano per fregargli la soluzione. Ancora una volta qualcun altro si sarebbe preso il merito del suo lavoro.

E no, disse a se stesso. Stavolta no.

Guardò l'orologio: l'una e trenta. Con perfidia decise di contattare la comare di Sara, l'altro termine dell'equazione, quella che di sicuro era d'accordo con l'anziana per consentirle di utilizzare in modo fraudolento ciò che col sudore della fronte aveva trovato lui. L'avrebbe svegliata? E chi se ne importava. Meglio. Magari priva di lucidità non avrebbe sfoderato il suo sarcasmo.

Compose il numero di Viola, e Boris brontolò infastidito da tutta quell'insolita attività notturna.

Anche la ragazza però era fuori:

«Stavo per chiamarti io. Sto andando dalla Rimotti, perché succederà un brutto guaio. Ammesso che non sia già successo».

Davide sbatté le palpebre, chiedendosi come fosse possibile che a dormire, o almeno a provarci, in quella città ci fosse solo lui. «Spiegami per filo e per segno.»

Viola rispose che era in taxi e che stava per arrivare.

Gli raccontò quello che aveva visto, e le conclusioni a cui era giunta osservando la faccia di Rosanna mentre si preparava. «Quella donna stanotte è disperata. Secondo me ci siamo, deve ricevere la persona con la quale ha messo in piedi tutto il casino. Ho il computer, per cui vedrò quello che accade, e nell'eventualità potrò intervenire.»

Pardo si stava già vestendo:

«Intervenire tu? In quelle condizioni? Sei pazza?».

La ragazza replicò in tono freddo:

«Guarda che io sono incinta, non invalida. E ho già avvertito Sara, che mi sta raggiungendo, siamo più che sufficienti. Stavo per chiamarti solo per correttezza, mica per altro».

«E quando ci hai parlato con Sara?»

«Un minuto fa. Credevo avessi trovato occupato.»

Pardo saltellava cercando di infilarsi una scarpa. «Senti, giurami che non prendi iniziative prima che io sia lì. Chi deve incontrare la Rimotti probabilmente è un assassino, capito? È gente pronta a tutto, pur di portare a termine quello che...» Si rese conto che stava parlando da solo.

Viola aveva riattaccato.

Raccattò distintivo e pistola d'ordinanza, che mise alla rinfusa in tasca.

Boris alzò la testa, cercando di capire se fosse già ora della pipì del mattino.

Pardo uscì di casa gettandosi a rotta di collo per le scale.

Cazzo cazzo cazzo, pensò.

LII

L'ispettore arrivò trafelato, correndo per la strada deserta. Si fermava ogni tanto a controllare i numeri civici, poi riprendeva la corsa con un effetto a singhiozzo che sarebbe risultato comico per chiunque lo avesse scorto da qualche finestra. Ma per fortuna a quell'ora non c'era nessuno.

Quando arrivò all'altezza giusta, si sentì chiamare con un bisbiglio dall'androne del palazzo di fronte, dove c'era l'insegna spenta del bar. Aguzzò la vista nel buio, cercando di rintracciare l'origine del sussurro. Vide Sara e si avvicinò. «È chi pensavamo?» chiese in un fiato.

La donna annuì con un movimento secco.

Accanto a lei Viola domandò:

«Quindi lo sapevate?».

Sara rispose:

«Ci siamo arrivati per vie diverse, ma non ne avevamo la certezza».

Nell'androne stagnava un pungente odore di urina, ma nessuno pareva farci caso. Viola teneva il portatile aperto tra le mani, come un vassoio. Le immagini che scorrevano sullo schermo riprendevano da quattro metri più su rispetto a dove si trovavano i tre, grazie alla microcamera installata con goffe acrobazie da Pardo; dalla strada, invece, si vedevano solo le luci accese in casa della Rimotti.

Davide si mise alle spalle di Viola per guardare il monitor e apparve Rosanna in négligé, le grazie poco nascoste dall'indumento quasi invisibile; e tuttavia non comunicava niente di sensuale, pur essendo incantevole. L'espressione era distorta dal fervore di un'animatissima discussione che la donna stava avendo con qualcuno che non rientrava nel campo visivo della telecamera. Dall'appartamento sopra di loro arrivava, nel silenzio della notte, l'eco smorzata di frasi concitate.

Davide si rivolse a Sara:

«Che dicono?».

L'involontaria ammissione di fiducia nei confronti delle facoltà interpretative della donna, che il poliziotto stava manifestando, sfuggì a entrambe le donne.

«L'altra persona non è inquadrata. Lei ribadisce che non vuole farlo più, e che non avrebbe mai pensato di trovarsi in una situazione così assurda. Credo stia per piangere.»

Come obbedendo a un ordine, Rosanna si portò una mano alla bocca e cominciò a singhiozzare. Si notò con chiarezza che nell'altra stringeva qualcosa, forse un flacone di vetro.

Pardo esclamò:

«Io vado su. È troppo pericoloso».

Sara gli bloccò il braccio:

«Aspetta. Non hanno ancora detto nulla di compromettente».

«Ma ti rendi conto del rischio? E se finisce come con il vecchio?»

Viola si voltò, sorpresa:

«Addirittura? Ma allora pensi che sia stata lei a...».

Sara rispose, cupa:

«No. Non lei».

Nel monitor comparve all'improvviso un uomo. Era di spalle, e brandiva un oggetto. Rispondeva alla donna in tono pacato, perché da fuori non si sentiva niente, ma il modo in cui serrava le dita intorno a quello che aveva in mano fece scattare Sara:

«Adesso! Andiamo su!».

Pardo schizzò come un felino. Assestò una spallata al portone, che si aprì con uno schianto, e salì le scale tre gradini alla volta. Dietro di lui, con la massima velocità che era consentita loro, si precipitarono Viola e Sara. Arrivarono sul pianerottolo alcuni attimi dopo l'ispettore, che stava prendendo a pugni la porta. Viola notò che aveva estratto la pistola dalla tasca, ed ebbe un tuffo al cuore. La sua mente, senza una ragione precisa, le ricordò che la realtà era ben diversa dai film.

«Polizia! Aprite!» urlò Davide.

Dall'interno provenivano voci alterate. La lite aveva raggiunto una tale intensità che i due in casa non prestarono alcuna attenzione all'ordine di Pardo.

Il poliziotto allora arretrò di un passo e, alzato il piede, colpì con forza all'altezza della serratura: la porta si spalancò con un rumore di legno che si spacca e di metallo che cede.

Davide entrò di slancio, seguito da Sara. Viola, tra le mani il computer su cui scorrevano le esterne della scena che ormai si stava consumando davanti ai suoi occhi, si fermò sulla soglia, incerta.

La stanza aveva un'ampiezza non congrua a quella che si poteva intuire dalle riprese: l'ingresso in pratica era a ridosso del divano, e l'ispettore non poté calcolarne la distanza dalla porta quando ruzzolò nel salotto. Perse l'equilibrio e crollò addosso alla Rimotti, con quello che in altre circostanze sarebbe sembrato un grossolano approccio. La donna cadde all'indietro, e d'istinto si avvinghiò a Pardo, trascinandoselo appresso.

La persona di fronte a loro, che era Gianpiero Molfino, si ritrovò la nuca del poliziotto davanti. Impugnava una statuetta di bronzo a mo' di corpo contundente. La alzò e colpì Davide in testa. L'impatto produsse un suono sordo e umido, orribile per le orecchie di Viola, che emise un lieve gemito. Il sangue sgorgò a fiotti dalla ferita e l'ispettore si accasciò al suolo.

Molfino, in preda a una furia cieca, sollevò di nuovo l'arma improvvisata per sferrare un altro colpo.

«Fermo!» disse in un soffio Sara dall'angolo della stanza, le gambe leggermente divaricate. Teneva con due mani una pistola di piccolo calibro. I capelli grigi e l'espressione fredda ricordavano una strega vendicatrice.

Non ci sono prove, le disse in un lampo il pensiero. Non c'è uno straccio di prova: la sorella è stata condannata, lui potrà sostenere che l'irruzione di Pardo non era autorizzata, che si trovava lì per saldare il conto dell'infermiera, o che ne era solo l'amante, e che, colto di sorpresa, si era difeso. È pieno di soldi, le suggerì il pensiero: ne uscirà pulito, e noi dovremo rispondere di un'intrusione immotivata. Sarà di nuovo libero, e potrà tornare ad avvelenare poco a poco la bambina.

Spara, la invitò il pensiero. Un colpo, uno solo, in mezzo agli occhi, e avrai eseguito la condanna. Arriveranno gli uomini di Teresa e ripuliranno come promesso. Metteranno il cadavere da qualche parte e simuleranno un suicidio. Basterà lasciare la pistola sul posto e si occuperanno di tutto loro. Spara, ripeté il pensiero.

Ora che sto per chiudere gli occhi, amore mio, mi passa davanti alla mente ogni nefandezza che ho compiuto con le mie mani, o che è stata commessa su mio ordine. A te, che sei l'unica cosa bella della mia vita, non posso e non riuscirei mai a confessarle: ma sono tante, e ancora fresco è il dolore di tacitare la coscienza, di ridurre al silenzio il mio cuore. Muoio dannato per queste colpe, amore mio, e il sentimento dolcissimo che provo per te non basta a redimermi di fronte a questo giudice implacabile che sono io stesso. Tu sei giovane. Hai tanti anni davanti e so che ci proveranno a ridurti come me. Lo so. Ti prego, amore mio. Non permetterglielo.

Gianpiero si lanciò con un urlo disarticolato su di lei agitando la statuetta. Sara ebbe il tempo di distinguere dietro le lenti gli occhi iniettati di sangue, la bocca contorta, la bava che gli rigava il mento.

Si spostò di lato con un passo, e colpì Molfino col calcio della pistola in mezzo alla fronte.

L'uomo rimbalzò all'indietro come un giocattolo rotto, e come un giocattolo rotto si abbatté al suolo.

Il silenzio che seguì fu interrotto solo dal respiro affannoso di Rosanna Rimotti, che singhiozzando cercava un modo di coprirsi.

«Ops» disse piano Viola dalla soglia.

Sara si girò verso di lei, e vide che la ragazza, con il computer ancora tra le mani e le gambe appena divaricate, aveva una piccola pozza d'acqua in mezzo ai piedi.

LIII

Negare? E perché dovrei negare, se è l'azione migliore che ho compiuto in tutta la mia vita, l'unica davvero buona?

Vi aspettavate forse che avrei usato i soldi o il potere? Che avrei attivato contatti e pagato i migliori avvocati per difendere la mia libertà? Che avrei approfittato di qualche cavillo per salvarmi dalla galera, scappando di notte con un aereo, poi imbarcandomi su una nave, poi salendo su un'auto coi vetri oscurati? Credevate che mi sarei ritirato in qualche paradiso fiscale sotto falso nome a godermi quel denaro?

Io non sono così. Non sono come lui. E se non avevo ancora confessato, se sono rimasto nascosto, è stato solo per completare il lavoro. Per finire quello che dovevo finire.

Sono stato io, sì.

Sono stato io, e allora?

Sono l'unico che ha avuto il coraggio di realizzare quello che hanno desiderato in tanti. Anzi, quello che avrebbero voluto fare tutti. Vi siete chiesti per quale motivo mia sorella, innocente, ha ammesso di averlo ammazzato? Certo, era piena di roba, non ricordava neppure il suo nome o dove si trovasse. Ma quando le hanno chiesto se l'aveva ucciso lei, ha risposto: «Sì, probabile. Anzi, è quasi certo». E sapete perché? Perché lo desiderava. Ci aveva pensato un milione di volte, proprio come il sottoscritto.

Voi non avete idea di com'era. Il Male in persona. Manipolava chiunque, costringendolo a comportarsi come voleva lui. Teneva una specie di archivio, con quella strega della Astolfi; obbligatela a mostrarvelo, mi raccomando. Lì dentro ci troverete un mare di documenti interessanti, con cui ricattava chi era insensibile a favori, regali e bustarelle, i pochi che non riusciva a corrompere. L'impero che ha costruito, di cui voi vedete solo la punta come se fosse un maledetto iceberg, è immenso. Una fortuna molto, molto maggiore di quella che si potrebbe spendere in dieci vite. Ma non era quello l'importante.

Ha basato la sua intera esistenza sull'avidità e sull'accumulo. Era una specie di gioco perverso, una disperata famelica voglia che non si estingueva mai. Aveva bisogno di succhiare, di svuotare la gente. Conosceva qualcuno che sembrava felice? Non trovava pace fin quando non gli aveva preso tutto, e finalmente leggeva in quegli occhi la disperazione. Solo allora passava oltre, e andava a cercare una nuova preda.

Per voi è solo un morto, un povero ammasso di vecchia carne sfatta con il cranio fracassato. Credetemi, quella è la migliore condizione in cui si è mai trovato, l'unico momento in cui è stato inoffensivo: quando è diventato pasto per i vermi, com'era giusto.

E peggio, molto peggio di così è stato per noi della famiglia. Chissà per quale motivo aveva scelto di averla, una famiglia. Forse per salvare le apparenze, forse per ingannare il mondo ostentando una parvenza di umanità. C'è stato un tempo, quando ero bambino, in cui mi guardava pieno di fiducia. Ha lasciato credere di amarmi. Falso. Niente di più falso.

Mia madre l'ha smembrata. Non uccisa, non distrutta, no: smembrata. Pezzo dopo pezzo.

L'ha privata prima della dignità, poi del carattere e infine della voglia di vivere. Con l'astuzia e la risolutezza, che metteva in ogni cosa, le è diventato necessario, vitale; poi un po' alla volta l'ha abbandonata. Quella povera donna si consumava nell'attesa di uno sguardo, di una parola. Era meravigliosa, dolcissima, sensibile, ma non è mai stata felice. L'ha affogata nelle sue stesse lacrime, tradendola di continuo, sputtanandola con amici e parenti, costruendole il vuoto intorno. Era il suo bersaglio preferito, il training della sua cattiveria, la palestra della sua perfidia.

Quando è morta, non ho mai colto in lui smarrimento, tristezza e tantomeno dolore: era arrabbiato, perché gli era stato sottratto il suo giocattolo.

È stato allora che ho deciso.

Ero adolescente, e ho deciso che l'avrei distrutto. Che l'avrei visto disperato.

Che lo avrei visto cadavere.

Dopo la morte di mia madre, la sua vittima preferita sono diventato io. Mia sorella era femmina, quindi inferiore, non voleva perdere tempo con lei. Io ero il bersaglio giusto: il figlio maschio debole e insicuro. L'erede a cui non lasciare niente se non quando fosse stato inevitabile, estirpandogli artigli e zanne perché non potesse mai essere come lui, il Grand'Uomo che sarebbe rimasto sempre il più potente. Era di un'abilità feroce, con me: mi coinvolgeva nel lavoro ma non troppo, affinché intuissi l'enormità dei suoi affari senza poterli gestire. Ero un impiegato che prendeva la mancia, uno spettatore non pagante delle sue evoluzioni.

Mi manovrava come una marionetta. Ha voluto che mi sposassi perché così ci si aspetta dall'erede di una famiglia ricca come la nostra. Ha deciso che diventassi una specie di addetto alla sua persona, una via di mezzo tra un segretario particolare e un maggiordomo. I dipendenti mi guardavano con malinconico scherno, e lui lo sapeva: anzi, amplificava questa situazione con rimproveri continui, insulti e maledizioni in pubblico.

Io ingoiavo tutto. Avevo un disegno, un piano, e a quello mi dedicavo attimo dopo attimo. Lo odiavo, e il mio odio doveva per forza essere alimentato come un freddo falò, al centro del cuore. Aspettavo il momento.

Mia sorella? Be', mia sorella, ripeto, gli interessava poco. La lasciava libera di distruggersi e, quando era sul punto di infangare l'onorabilità del Grand'Uomo, mandava uno dei suoi scagnozzi a recuperarla da qualche parte nel mondo e la teneva un po' a stecchetto, prima di rimetterla in pista. E lei si difendeva così: cercava la fuga, nello spazio, nel tempo o nella droga.

La scheggia impazzita è stata la bambina, il granello di

sabbia nell'ingranaggio. L'imprevisto che stava per rovinare tutto, la sua immensa perfidia e il mio piano per annientarlo.

Perché mio padre era pazzo per la bimba: con lei era l'opposto di com'era stato con noi, e in particolare con me, che ero sangue del suo sangue. La piccola era il motivo degli unici sorrisi che siano mai apparsi su quella faccia di cera.

Ma in qualche maniera, per paradosso, è stata lei a creare lo spiraglio che cercavo. Il dettaglio, il particolare, la crepa che mi ha consentito di azionare la leva per abbatterlo.

Un giorno, prendendola in braccio, gli si è bloccata la schiena. Ridicolo, eh? Uno aspetta un'eternità, alimenta il proprio odio ogni notte, costruisce cervellotici piani finanziari servendosi di ogni libro su cui ha studiato, immagina denunce, prove a sostegno, poi un vecchio di merda fa volteggiare una mocciosa in aria e ti si apre la mente.

Sulle prime ha finto di star bene, pretendeva di essere indistruttibile, immortale, ma camminava piegato. E sono stato io a dirgli: «Guarda, papà, che posso procurarti un'infermiera. Una che con un paio di massaggi ti rimette a posto». E pronunciando la parola "massaggi", Dio mi perdoni, ho strizzato l'occhio. Capite? Era sottinteso: con la scusa del mal di schiena, ti procuro una nuova puttana, così ti distrai. Alludevo alla sua inesauribile potenza sessuale che, nonostante l'età, poteva trovare ulteriore sfogo.

Ci misi poco a scegliere la Rimotti. Avevo già sondato il web alla ricerca della persona giusta, e avevo selezionato lei: bruna, volgare, formosa, esperta, in tutto e per tutto corrispondente alle zoccole che gli erano sempre piaciute. Una vera fisioterapista, ma anche puttana per arrotondare e soprattutto in servizio da esterna presso un ospedale. Dopo qualche tempo che lavorava da noi finsi di innamorarmi di lei e iniziammo una relazione clandestina. Le promisi che avrei lasciato mia moglie e l'avrei sposata: tutto quello che doveva fare era fidarsi di me e seguire il mio piano.

Dovetti catechizzarla per filo e per segno. Le spiegai di lui e altre informazioni gliele diedi in corso d'opera: di quali argomenti parlare o come muoversi. Nessuno poteva conoscerlo meglio di me, che lo avevo osservato nell'ombra per una vita. Io sono il più grosso errore di valutazione che lui abbia mai commesso. Il figlio molle e inutile, insicuro che credeva di aver allevato, e che considerava il suo fallimento, era in realtà il vero erede della sua astuzia. Un errore che ha pagato caro.

L'idea di usare proprio l'alotano è stata successiva, ma quella dell'avvelenamento ce l'avevo fin dall'inizio. Fui felice quando appresi che l'ultimo checkup era perfetto, e avevo tutto il tempo per ammazzarlo. Una malattia: a quell'età non c'è niente di più normale. E poi lui, col suo carattere, non avrebbe mai ammesso di sentirsi stanco, spossato, o di perdere le forze. Sarebbe morto, piuttosto.

Sarebbe morto. Non è divertente? Non ridete?

Mi misi a cercare, e fu così che trovai l'alotano. Un gas anestetico che, utilizzato in dosi bassissime, induce un sonno profondo. In un primo momento l'idea era di farlo crepare in quel modo, ma poi la causa della morte sarebbe potuta emergere dall'autopsia, perché qualcuno come la

Astolfi non avrebbe creduto al decesso per cause naturali e l'avrebbe richiesta. E invece, leggendo ogni notte pagine e pagine su Internet, ho scoperto che somministrato in maniera costante e nelle quantità giuste degrada il fegato e produce una condizione cirrotica. Una malattia che quadrava alla perfezione con la vita che aveva condotto quell'uomo terribile.

La Rimotti poteva sottrarre con facilità l'alotano in ospedale. Nessuno sarebbe potuto risalire alla provenienza, la somministrazione è semplicissima perché in forma liquida sembra una specie di dolcificante da mettere nel tè, nella camomilla. O nel latte.

Tutto procedeva secondo i piani. Si sarebbe ammalato, e io mi sarei goduto lo spettacolo come aveva fatto lui con mia madre. Mentre continuava la mia storia con la Rimotti, lei intratteneva mio padre con qualche giochetto sessuale, così il vecchio voleva che rimanesse in casa sempre di più.

Poi è impazzito.

Non so cosa gli sia preso, in realtà. Forse la puttana ha esagerato, forse lui ha pensato di ringiovanire. Forse ha avvertito che stava morendo, e in un ultimo rigurgito di odio ha pensato di sottrarci, a me e a mia sorella, ciò che non aveva mai creduto ci spettasse.

Quella sera mi ha chiamato, in casa eravamo soli, Bea dormiva nella sua stanza. «Guarda che mi sposo» ha detto. «Prepara le carte.»

"Le carte", capite? Il vecchio finanziere sposava l'infermiera. Avremmo avuto l'attenzione di tutti addosso.

Ma non è stato neanche quello. Lui si sposava e io, il

figlio di mia madre, sua moglie, che ero solo un ragazzo quando l'avevo vista morire nel vomito e nella diarrea, proprio io dovevo organizzare il matrimonio con la puttana che gli avevo procurato.

Quando me l'ha detto, ho provato a rispondergli, a parlargli davvero, ma lui mi ha voltato le spalle proprio mentre mi sforzavo di spiegargli le mie ragioni.

Mi ha voltato le spalle.

Così ho allungato il braccio e mi sono ritrovato una di quelle maledette statuette di bronzo tra le dita. È un bel pezzo, sapete? Vale un sacco di soldi. Raffigura la Sirena Partenope. La città che aveva avuto in mano, adesso ce l'avevo io.

Dopo mi sono seduto a terra, vicino al cadavere. Non avevo ben chiaro come agire, e nemmeno mi importava più di tanto. Proprio allora ho sentito rientrare Dalinda. Era strafatta come al solito. Non si reggeva in piedi, nemmeno riusciva a infilare la chiave nella toppa. L'ho portata dentro, ho aspettato due minuti che cadesse in un sonno profondo, e l'ho stesa vicino al cadavere.

Ho chiamato la Rimotti e l'ho obbligata a portarsi via la statuetta, temevo di non riuscire a cancellare le impronte, quindi ho sporcato Dalinda di sangue e me ne sono andato. Alla fine ho fatto la telefonata anonima alla polizia.

Perché ho voluto che la colpa ricadesse su mia sorella? Perché mi serviva tempo. Dovevo completare la distruzione che avevo cominciato. Quello di mio padre era un patrimonio immenso, e per dissiparlo serviva una lunga serie di affari sbagliati. Non potete immaginare quanto sia divertente la faccia della Astolfi che mi guarda lavorare, convinta che io sia un incapace.

Poi c'era la bambina. Il suo grande amore, l'unica che lo inteneriva. L'alotano era perfetto anche per lei: nel caso qualcuno avesse scoperto l'avvelenamento, avrei potuto sostenere che aveva ereditato la malattia del fegato dal nonno. E anche l'odio che io provavo per lui.

La Rimotti mi procurava il veleno e io preparavo il latte alla bambina con le mie mani. Mi serviva solo qualche mese ancora, e la piccola stupida avrebbe raggiunto il nonno… Altro che trasformarsi nella figlia che non avevamo mai avuto, come vorrebbe quell'imbecille nevrotica di mia moglie. Io non ho mai desiderato un figlio.

Ma la puttana ha cominciato a piagnucolare. Per mio padre non aveva avuto scrupoli, per la bambina invece sì. Ha iniziato a opporsi al mio piano, a ribellarsi. E quella sera al telefono mi ha detto che non ci stava più. Così sono andato da lei e lì ho rivisto la Sirena. Mi dà potenza quando la stringo. Mi fa sentire come non mi sono sentito mai.

Lei non voleva mollare il flacone col veleno, ma l'avrei persuasa.

Poi quei tre ficcanaso hanno sfondato la porta.

Come dite? Non erano in tre? Era un uomo solo?

Mi sarò confuso. La sostanza non cambia.

Perché, vedete, io non sono come lui. Lui era un bastardo assassino, io no. Io ho solo fatto giustizia.

Solo giustizia.

LIV

Viola non trovava una melodia da canticchiare, e la cosa la preoccupava molto. Non sia mai, pensava, che abbia perso il mio potere. Sarebbe la fine.

La madre continuò, imperterrita:

«In un ospedale pubblico e in questo quartiere… incredibile! E ti rifiuti di spiegarmi che ci facevi qua, in piena notte, invece di startene per una volta nella vita buona e ferma. Ma già, sarebbe stato troppo facile, no? Una mattina, come ogni donna normale, si chiamava la macchina e si andava in clinica, una camera singola, non come questo lazzaretto: guarda che schifo, quattro letti e un unico bagno, inconcepibile nel terzo millennio… E lei, signora, è inutile che mi guardi, dovreste essere voi le prime a ribellarvi!».

E dài, pensò Viola, è mai possibile che non mi venga nessuna canzone? Nemmeno in italiano?

«D'altra parte il figlio di una vagabonda e di un inetto dove poteva nascere se non in un quartiere anonimo, abitato da piccolo borghesi e commercianti? Che orrore. E nemmeno hai avuto la decenza di avvisarmi tu, mi è arrivata una telefonata da un centralino: "Pronto, la signora

Visco? Qui ci sarebbe una che sostiene di essere sua figlia, ha partorito stanotte. Se vuole venire, venga e arrivederci". Ma una signora lo deve sapere così, che ha avuto un nipote? Purtroppo era ovvio, trattandosi di te, che sei sempre stata una ribelle fin dalla nascita.»

Arrivò l'infermiera a cambiare la flebo, e Viola le rivolse uno sguardo disperato.

La donna, dal peso di circa un quintale e dall'aria sbrigativa, aveva sentito solo una parte dell'infinita litania prodotta da Rosaria, ma aveva molta esperienza e sapeva riconoscere le circostanze. Decise di raccogliere la muta richiesta di aiuto e s'intromise:

«Signo', mi dispiace, ve ne dovete andare adesso».

Rosaria la fissò in cagnesco:

«Come sarebbe? Siamo in pieno orario di visita, che per inciso nemmeno viene rispettato perché qua si bivacca pure di notte, e io dovrei andarmene?».

L'infermiera socchiuse gli occhi:

«Signo', se io dico che ve ne dovete andare così è. Non è questione di orario di visita».

«Ma se vedo coi miei occhi almeno cinquanta persone non autorizzate in questo reparto, perché proprio io?»

La donna sorrise minacciosa:

«Perché io sono la caposala, signo'. Significa che ho l'autorità completa su chi può o non può rimanere, e voi non potete. Adesso, per favore, ve ne andate subito, e magari vi consento di tornare stasera. D'accordo?».

Rosaria si alzò, sconcertata: non era abituata a essere contraddetta.

«Guardi, infermiera, che io ho conoscenze molto, molto in alto. La sua autorità può essere revocata con una telefonata, e per me sarà un punto d'onore...»

L'infermiera la prese per il braccio, sul viso di Rosaria comparve un'espressione inorridita:

«Ecco, brava, fatevi un punto d'onore o di quello che volete al bar di fronte. Qua non potete tornare fino alle...». Si voltò verso Viola, che annuì con un sorriso grato. «... Fino alle diciannove, va bene? L'ora della poppata, così vi presento pure il nipotino. Ma attenzione, in silenzio, perché i bambini avvertono tutto e riportano traumi. Siamo d'accordo?»

Rosaria raccolse la borsa e la giacca con aria offesissima, ma anche un po' impaurita.

«Pfff!» rispose. E uscì con un ritmico, secco suono di tacchi sul pavimento.

Viola mormorò:

«Non so come ringraziarla, signora. È sempre così. Mi dispiace se vi causerà qualche fastidio e...».

L'altra si strinse nelle spalle, finendo di cambiarle la flebo. Prima di uscire, sogghignò:

«E che me ne frega, signo'. Mica so' la caposala, io».

Dopo qualche minuto entrarono Sara e un impacciato Davide Pardo, con un mazzo di fiori e un'ampia fasciatura a turbante.

Viola fu felice di vederli.

La donna invisibile si avvicinò al letto:

«Ciao. Certo che hai scelto proprio il momento giusto, eh? Un tempismo perfetto».

«Sì, in effetti eri un po' occupata in quel momento. Fortuna che Davide ha potuto riprendere quasi subito in mano la situazione, così tu mi hai portata qui.»

Pardo, che si guardava attorno alla ricerca di un vaso, mugugnò:

«Insomma, proprio subito no... Non capivo nemmeno su che pianeta fossi. È stata Sara a chiamare il 113 e il 118 in rapida successione: io credevo che l'ambulanza fosse per me, visto che perdevo sangue come una fontana, e invece era per te, che perdevi acqua come se ti si fosse rotta una guarnizione».

La ragazza fece una smorfia:

«Ma che romanticismo, ispetto'. Comunque, mi raccontate che è successo? Sono due giorni che non ho notizie».

Davide alla fine trovò un vaso e cominciò a disporci i fiori con cura, quasi fosse un esperto di Ikebana.

Sara riassunse:

«Molfino a sorpresa ha confessato, mentre tutti si aspettavano una battaglia legale sui termini e le modalità con cui è stata scoperta la sua colpevolezza. È una fortuna, perché le nostre accuse non sarebbero state in piedi». Una fortuna per lui, pensò senza dirlo. Quella confessione gli aveva salvato la vita.

Davide intervenne:

«Beatrice è stata subito visitata e ricoverata. La cura sarà lunga, devono disintossicarla e mettere a posto il fegato, ma l'età l'aiuta non poco. Certo, l'ha scampata bella, pare ci volesse solo un altro po' di veleno per rendere la condizione irreversibile».

Viola chiese, preoccupata:

«E adesso con chi starà?».

Sara la tranquillizzò:

«Ci vuole un po' di tempo per la revisione processuale, ma Dalinda verrà scarcerata a breve. Intanto sarà affidata ai servizi sociali, quelli veri».

«Saperla con la madre, se è come me l'avete descritta, non è molto rassicurante.»

Pardo si grattò la testa:

«La paura l'avrà trasformata, vedrai. Si è sempre appoggiata a qualcuno, al padre o al fratello: adesso che è sola, magari cambierà per amore di Bea e la smetterà di fare stronzate. Non è più una ragazzina».

Viola lo provocò:

«Perché, c'è un limite di età per le stronzate? Guarda te, per esempio».

L'ispettore assunse un'aria offesa:

«Io sono un cazzo di eroe, se non te ne fossi accorta. Con una ferita alla testa da cinque punti e probabile commozione cerebrale. Ho dovuto pure firmare per uscire dall'ospedale!».

Viola annuì:

«Tu la probabile commozione cerebrale l'avevi pure prima, mica è stata la botta».

Sara la interruppe:

«Raccontami del... com'è andata, insomma? Me l'hai già spiegato al telefono, ma...».

A quel punto la ragazza rivolse a Sara un sorriso dolcissimo:

«Grazie, Sara. Grazie di avermi portata qui, grazie di aver passato la notte con me e di avermi lasciata solo quando è arrivata l'arpia. Grazie per esserci stata».

La donna dai capelli grigi abbassò gli occhi e non rispose.

La degente del letto alla destra di Viola disse, pettegola:

«Ah, è stata la signora che vi ha portata qui? Fortuna che c'era, eh? Una quando arriva in fondo ha bisogno di qualcuno che la aiuta, e vostra madre, signo', scusatemi se mi permetto, ma tutto mi sembra fuorché un aiuto».

La giovane sospirò:

«Sì, è così. Ma è pur sempre mia mamma e me la devo tenere così com'è».

Davide si guardò attorno:

«Be', ma il bambino? Dovrebbe essere questa l'ora in cui te lo portano. Non ce lo presenti?».

Proprio quando Pardo ebbe finito di parlare, si sentì un cigolio nel corridoio e due infermiere entrarono spingendo un paio di culle. Qualche secondo dopo, una fu avvicinata al letto di Viola.

Davide si sporse. «Madonna, quanto è piccolo! Sembra incredibile, date le dimensioni della pancia! Forse una parte ce l'avevi di tuo...»

Viola protestò:

«Pardo, non fare in modo che mio figlio ascolti la prima parolaccia dalla bocca della madre». Poi si rivolse all'infermiera che le stava porgendo il neonato: «Per favore, lo dia a lei. Sì, alla signora, qui. Non si preoccupi, è la nonna».

Sara arretrò di un passo, terrorizzata:

«No, no, io…».

L'infermiera si mise a ridere.

«E su, signo', lo avrete tenuto un bambino in braccio se siete la nonna, no? Guardate quant'è bello. E porta pure un bel nome: Massimiliano.»

Sara sentì come un pugno in petto. Guardò Viola, che abbassò gli occhi, imbarazzata.

«Be', mi piaceva. Mica potevo chiamarlo Alien, no? Poi ha anche una fossetta sul mento.»

Così Sara, dopo quasi due anni, abbracciò di nuovo Massimiliano.

E vide che era proprio vero: aveva una fossetta sul mento.

Ringraziamenti

Boris e Rita devono la loro esistenza a colui al quale è dedicato questo romanzo, che resterà sempre vivo e scodinzolante in ogni mio sorriso.

Sara è nata da una misteriosa signora dai capelli grigi e il volto senza trucco, bellissimo, in sosta sotto la pioggia nella via dove abito. Ovunque e chiunque sia, Sara la ringrazia.

E ringrazia mio figlio, Roberto de Giovanni, per il fondamentale aiuto in ambito medico, anche se io sono vagamente preoccupato per le sue troppo vaste conoscenze sulle amfetamine.

E ringrazia la splendida squadra Rizzoli, in primis Michele Rossi e Tommaso De Lorenzis che hanno pensato questa storia insieme a me, Luisa Colicchio e Francesca Cinelli che la porteranno in giro, Caterina Campanini che ne è la nutrice e Iacopo Bruno, autore di una copertina davvero splendida.

E ringrazia indirettamente Marco Vigevani e Luisa Pistoia, angeli custodi e miei badanti ufficiali.

Io, al solito, ho una sola persona da ringraziare. Tutto il coraggio, la forza e la dolce determinazione che non ho e che sono necessarie a fare questa vita sono di proprietà della mia meravigliosa Paola.

Finito di stampare nel luglio 2021 presso
Grafica Veneta – via Malcanton, 2 – Trebaseleghe (PD)
Printed in Italy